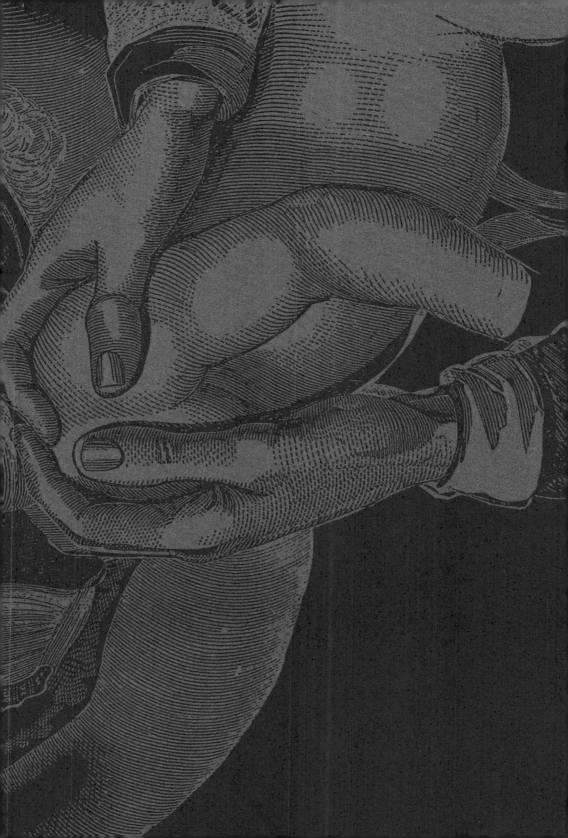

ROSEMARY'S BABY
Copyright © Ira Levin, 1967

Imagens: © Alamy Stock Photo, © Getty Images
Foram feitos todos os esforços para identificar
e creditar os detentores de direitos sobre
as imagens publicadas. Se os direitos sobre
alguma destas imagens não foi corretamente
identificado, por favor, entre em contato.

Tradução para a língua portuguesa
© Luci Collin, 2022

Diretor Editorial
Christiano Menezes

Diretor de Novos Negócios
Chico de Assis

Diretor de Planejamento
Marcel Souto Maior

Diretor Comercial
Gilberto Capelo

Diretora de Estratégia Editorial
Raquel Moritz

Gerente de Marca
Arthur Moraes

Gerente Editorial
Bruno Dorigatti

Editora
Marcia Heloisa

Capa e Projeto Gráfico
Retina 78

Coordenador de Diagramação
Sergio Chaves

Designer Assistente
Jefferson Cortinove

Preparação
Liana Amaral

Revisão
Retina Conteúdo

Finalização
Sandro Tagliamento

Marketing Estratégico
Ag. Mandíbula

Impressão e Acabamento
Ipsis Gráfica

DADOS INTERNACIONAIS DE CATALOGAÇÃO NA PUBLICAÇÃO (CIP)
Jéssica de Oliveira Molinari — CRB-8/9852

Levin, Ira
   O bebê de Rosemary / Ira Levin ; tradução de Luci Collin.
— Rio de Janeiro : DarkSide Books, 2022.
   240 p.

   ISBN: 978-65-5598-157-5
   Título original: Rosemary's Baby

   1. Ficção norte-americana 2. Terror I. Título II. Collin, Luci

22-1198   CDD 813

Índice para catálogo sistemático:
1. Ficção norte-americana

[2022, 2025]
Todos os direitos desta edição reservados à
DarkSide® *Entretenimento LTDA.*
Rua General Roca, 935/504 — Tijuca
20521-071 — Rio de Janeiro — RJ — Brasil
www.darksidebooks.com

Ira Levin

O Bebê de Rosemary

Tradução
LUCI COLLIN

DARKSIDE

O BEBÊ DE ROSEMARY
PARTE 1

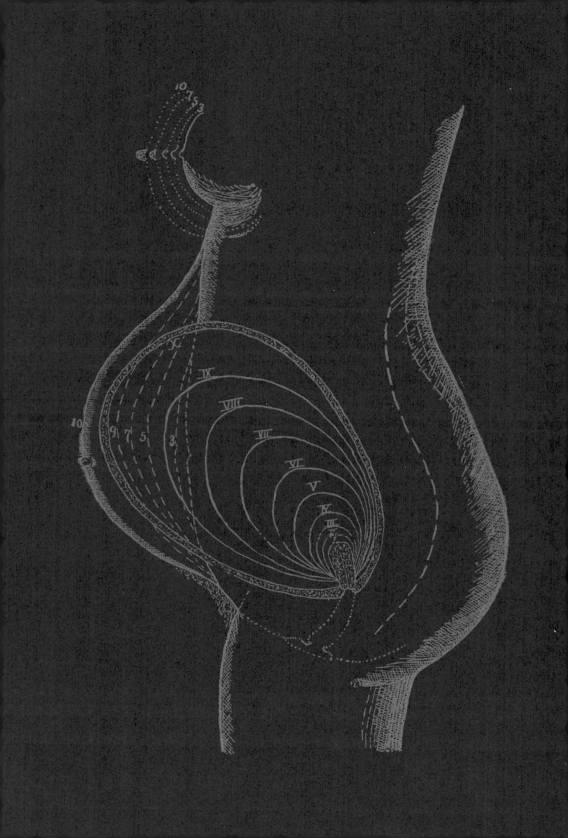

o Bebê de Rosemary
Ira Levin

CAPÍTULO 1

Rosemary e Guy Woodhouse tinham assinado a reserva de locação de um apartamento de cinco cômodos num prédio branco todo simétrico da Primeira Avenida. Receberam então o telefonema de uma tal de sra. Cortez, informando que vagara um apartamento de quatro cômodos no edifício Bramford. O Bramford, antigo, escuro e de enormes proporções, era um verdadeiro labirinto de apartamentos de pé-direito alto, bastante apreciado por causa das suas lareiras e dos detalhes de acabamento em estilo vitoriano. Desde seu casamento, Rosemary e Guy estavam na lista de espera da locação, mas, com a demora, já haviam desistido.

Encostando o aparelho telefônico contra o peito por uns segundos, Guy transmitiu a informação a Rosemary, que lamentou: "Ah! *Não!*", fazendo cara de choro.

"Tarde demais", disse Guy, voltando à chamada. "Já assinamos um contrato de aluguel ontem." Rosemary apertou o braço de Guy e perguntou: "Será que não conseguimos dar um jeito? Inventar alguma desculpa?".

"Só um minutinho, sra. Cortez, por favor?" Guy novamente interrompeu a conversa ao telefone. "Mas inventar o quê?", perguntou à esposa.

Rosemary, meio atrapalhada, agitou as mãos. "Não sei, a verdade. Dizer que finalmente conseguimos um apartamento no Bramford."

"Querida", disse Guy, "eles não vão nem considerar isso."

"Inventa *algo*, Guy. Vamos pelo menos dar uma olhada, que tal? Diga a ela que vamos fazer uma visita ao apartamento. Por favor. Antes que ela desligue."

"Nós já assinamos um *contrato*, Rô; já assumimos o compromisso."

"Por favor! Ou ela vai desligar o telefone!" Simulando um tom choroso de aflição, Rosemary puxou o fone e tentou posicioná-lo à altura da boca de Guy.

Guy riu e entregou os pontos:

"Sra. Cortez, acabou aparecendo uma possibilidade de cancelarmos o outro contrato, porque ainda não assinamos nada oficialmente. Por enquanto, só firmamos uma intenção de negócio. Podemos marcar uma visita ao apartamento?"

A sra. Cortez passou as informações: eles deveriam ir ao edifício Bramford entre onze e onze e meia, procurar pelo sr. Micklas ou pelo sr. Jerome, e dizer que tinham sido encaminhados por ela para uma visita ao apartamento 7E. Então, deveriam telefonar a ela. Guy anotou o número.

"Viu só como você consegue dar um jeito nas coisas?", Rosemary disse, calçando meias e um par de sapatos amarelos. "Que *excelente* mentiroso você é."

Guy, olhando-se no espelho, disse: "Meu Deus, uma espinha!".

"Não esprema."

"Só tem quatro cômodos, não se esqueça. Sem quarto de bebê."

"Prefiro quatro cômodos no Bramford", disse Rosemary, "a um andar inteiro naquele... naquele bloco de celas branco."

"Ainda ontem você adorava o prédio."

"Eu *gostava*. Nunca adorei. Aposto que nem o arquiteto que o projetou adora aquilo. Quando e *se* chegarem filhos, podemos juntar a sala de jantar à sala de estar e então teremos um belo espaço para um quarto de bebê."

"Logo, logo", acrescentou Guy, que passava o barbeador elétrico acima do lábio superior, e se olhava bem nos olhos, que eram grandes e castanhos. Rosemary se enfiou num vestido amarelo e se contorceu para fechar o zíper das costas.

Estavam no quarto da quitinete onde Guy morava quando solteiro. Era decorada com pôsteres de Paris e Verona, tinha um enorme sofá-cama e uma minicozinha modulada.

Era terça-feira, dia 3 de agosto.

O sr. Micklas era um homenzinho elegante; pelo fato de, em ambas as suas mãos, faltarem alguns dedos, um aperto de mão era embaraçoso, embora, aparentemente, ele não se sentisse nada constrangido.

"Ah! O senhor é ator!", ele exclamou, pressionando o botão do elevador com o dedo médio. "Os artistas gostam *muito* do nosso prédio." Ele citou quatro ou cinco, todos bastante conhecidos, que moravam no Bramford. "Será que já o vi em alguma peça?", perguntou.

"Bem, deixe-me ver... Fiz, há não muito tempo, o *Hamlet* e recentemente atuamos juntos no filme *Adeus às Ilusões,* não é Liz?"

"É brincadeirinha dele", explicou Rosemary. "Guy já teve ótimos papéis no teatro e tem aparecido bastante na TV como ator e em comerciais."

"Comerciais; é o que mais dá dinheiro, não é?", comentou o sr. Micklas.

"É sim", respondeu Rosemary, e Guy acrescentou: "Sem contar a emoção artística que é fazer comerciais!".

Rosemary lançou ao marido um olhar de súplica; ele replicou com uma expressão de surpresa e inocência e, a seguir, fez uma careta de vampiro sobre a cabeça do sr. Micklas.

O elevador, revestido de lâminas de carvalho e cercado por um corrimão de metal polido, tinha como ascensorista um rapaz negro, uniformizado e com um sorriso fixo.

"Sétimo andar", o sr. Micklas disse e, voltando-se para Rosemary e Guy, explicou: "Este apartamento tem quatro cômodos, dois banheiros e cinco armários embutidos. Originalmente, neste edifício só havia apartamentos enormes — os menores tinham nove cômodos —, mas agora quase todos foram subdivididos em grupos de quatro, cinco ou seis cômodos. O 7E tem quatro e era a parte dos fundos de um apartamento de dez. Ele tem a cozinha e o banheiro principal originais, ambos muito amplos, como vocês logo poderão constatar. O quarto principal foi transformado em sala de estar; tem um bom dormitório e outro cômodo foi reformado juntando as dependências de empregada, que pode servir como sala de jantar ou um quarto extra. Vocês têm filhos?"

"Planejamos ter."

"Seria ideal para um quarto de bebê, tem banheiro completo e um bom armário embutido. Este apartamento parece ter sido feito sob medida para um jovem casal como vocês."

O elevador parou e o ascensorista, todo sorridente, alinhou a porta com a altura do piso e a abriu. O sr. Micklas pôs-se de lado, cedendo lugar para que Rosemary e Guy passassem, e o casal saiu do elevador — em direção ao longo e sombrio corredor com um carpete verde escuro. Um trabalhador, em frente à porta de madeira torneada do apartamento 7B, que instalava um olho mágico, encarou-os e virou as costas.

O sr. Micklas foi indicando o caminho, à direita e então à esquerda, pelo estreito corredor. Rosemary e Guy, seguindo-o, notaram vários sinais de desgaste no papel de parede e as emendas já descoladas; viram uma lâmpada queimada numa arandela de cristal e um pedaço de remendo verde claro no carpete verde escuro. Guy olhou para Rosemary: *Carpete remendado?* Ela desviou o olhar e sorriu radiante: *Estou adorando; tudo é tão lindo!*

"A inquilina anterior, a sra. Gardenia...", comentou o sr. Micklas sem olhar diretamente para eles, "faleceu há alguns dias e nada foi retirado do apartamento ainda. Seu filho me pediu para informá-los de que, caso tenham interesse nos tapetes, no aparelho de ar-condicionado e em algumas peças do mobiliário, ele poderá negociá-los por um preço bem acessível." Ele dobrou outro corredor, mais moderno, forrado com papel de listras douradas e verdes.

"Ela morreu aqui mesmo no apartamento?", perguntou Rosemary. "Não que isso faça..."

"Não, não, ela faleceu num hospital", respondeu o sr. Micklas. "Esteve em coma por várias semanas. Era muito idosa e morreu sem recuperar a consciência. Vou agradecer se tiver uma morte assim — quando chegar a minha hora. Era uma senhora muito animada, até o fim; preparava suas próprias refeições, fazia as compras sozinha... Foi uma das primeiras mulheres advogadas no estado de Nova York."

Chegaram a uma escada no final do corredor. Ao lado dela, do lado esquerdo, ficava a porta do apartamento 7E, uma porta lisa, sem entalhes e mais estreita do que as anteriores pelas quais haviam passado.

O sr. Micklas apertou o botão perolado da campainha sobre a qual se via um cartão de plástico preto com letras brancas em que estava escrito *L. Gardenia*. E girou a chave na fechadura. Apesar da falta de dedos, ele moveu a maçaneta e abriu a porta com facilidade: "Entrem, por favor", ele disse, inclinando-se para a frente e mantendo a porta aberta com os braços bem esticados.

Os quatro cômodos do apartamento eram divididos, de dois em dois, a cada lado de um estreito corredor central que se prolongava em uma linha reta a partir da porta de entrada. O primeiro cômodo à direita era a cozinha e, ao vê-la, Rosemary não pôde conter um largo sorriso, pois era do tamanho do apartamento em que moravam, isso se não fosse maior. Dispunha de um fogão a gás de seis bocas com dois fornos, uma geladeira mastodôntica, uma pia monumental, uma infinidade de armários, uma janela com vista para a Sétima Avenida, um pé-direito alto *mesmo*, e tinha até — já imaginando o lugar sem a mesa e as cadeiras cromadas da sra. Gardenia, e também sem as pilhas de revistas *Fortune* e *Musical America,* amarradas com barbante — um lugar perfeito para aquele cantinho do café da manhã em azul e marfim que ela havia recortado do último número da *House Beautiful.*

Em frente à cozinha ficava a sala de jantar ou o segundo quarto, que a sra. Gardenia, aparentemente, usara como uma combinação entre escritório e estufa de plantas. Centenas de plantinhas, quase morrendo ou já mortas, estavam alinhadas em prateleiras rudimentares sob lâmpadas fluorescentes espiraladas; bem no centro do cômodo havia uma escrivaninha de tampo de correr transbordando de livros e papéis. Era uma bela peça de mobiliário, grande e lustrosa pelo envelhecimento natural. Rosemary deixou Guy e o sr. Micklas conversando junto à porta e, passando por cima de um vaso com samambaias murchas e amareladas, aproximou-se para melhor examinar a escrivaninha. Peças como essa eram exibidas em vitrines de antiquários; Rosemary passou a mão sobre ela e ficou imaginando se fazia parte das coisas que poderiam ser facilmente negociadas. Em uma graciosa caligrafia, em tinta azul sobre um papel lilás, estava escrito: *do que apenas o intrigante passatempo que acreditei que fosse. Já não posso mais me associar* — Rosemary se flagrou bisbilhotando aquelas frases e, procurando o sr. Micklas com o olhar, perguntou-lhe: "Será que essa escrivaninha está entre as coisas que o filho da sra. Gardenia quer vender?".

"Não sei", disse o sr. Micklas, "mas posso consultá-lo para a senhora."

"É uma beleza", Guy observou.

"Não é?", confirmou Rosemary sorrindo e se afastou para examinar melhor as paredes e as janelas. Aquela sala, quase que perfeitamente, poderia ser transformada no quarto de bebê que ela imaginara. Era um pouco escura — as janelas davam para um pátio interno —, mas um papel de parede branco e amarelo traria uma enorme luminosidade para o quarto. Apesar de pequeno, o banheiro era um bônus, e o armário embutido, cheio de vasos com plantinhas que pareciam estar gostando dali, era bom.

Eles se dirigiram à porta e Guy perguntou: "Que plantas são essas?".

"A maioria, ervas e temperos", comentou Rosemary. "Tem hortelã e manjericão... Essas aqui eu não sei."

Avançando pelo corredor, à esquerda, havia outro armário embutido e, então, à direita, um grande arco se abria para a sala de estar. Do lado oposto havia duas amplas janelas com vidraças em formato de losangos e, sob elas, bancos triangulares. Na parede direita havia uma pequena lareira, com a cornija de mármore branco esculpido, e, na parede esquerda, altas estantes de madeira maciça.

"Ah! Guy," suspirou Rosemary, buscando a mão do marido e apertando-a. O marido disse apenas um "humm" meio evasivo, mas apertou a mão da esposa em resposta. O sr. Micklas, bem atrás de Guy, acrescentou:

"A lareira ainda funciona, é claro."

O quarto de casal, logo atrás deles, era bem satisfatório — com uns três metros por quatro metros e meio, as janelas dando para o mesmo pátio interno que as da sala de jantar ou segundo quarto. O banheiro, que ficava depois da sala de estar, era enorme e a louça sanitária branca era cheia de acessórios e torneiras de metal polido arredondado.

"É um apartamento maravilhoso!", exclamou Rosemary, voltando à sala de estar. Ela deu um giro com os braços abertos como se quisesse abraçar o imóvel. "Eu adorei!"

"O que ela está tentando fazer", explicou Guy, "é convencê-lo a baixar o preço do aluguel."

O sr. Micklas sorriu e disse: "Nós gostaríamos é de aumentá-lo, uns 15% a mais, se nos fosse permitido. Hoje em dia, apartamentos como este, com todo esse charme e originalidade, são tão raros quanto dente de galinha. Os novos..." — ele interrompeu por um instante e voltou o olhar para um gaveteiro alto de mogno que ficava no final do corredor. "Que estranho", ele disse, "estou certo de que há outro armário embutido por trás daquele móvel. Pode apostar. São cinco ao todo: dois no quarto de casal, um no outro quarto e dois no corredor, esse ali e aquele lá." Ele se aproximou do gaveteiro.

Guy ficou na ponta dos pés e disse: "O senhor tem razão. Consigo ver o canto de uma porta".

"Ela deve ter mudado o móvel de lugar", comentou Rosemary. "O armário antes ficava ali." Apontou para uma mancha discreta deixada na parede próxima à porta do quarto e para as marcas fundas que os pés redondos do armário tinham feito no tapete vinho. Havia também leves sinais curvos e raiados saindo das quatro marcas e indo até onde agora se achavam os pés do gaveteiro contra a estreita parede adjacente.

"Me daria uma ajuda aqui?", o sr. Micklas pediu a Guy.

Os dois foram arrastando, com bastante cuidado e esforço, o gaveteiro até seu lugar de origem. "Agora sabemos o que a levou a entrar em coma", ironizou Guy.

"Ela não conseguiria afastar o móvel sozinha; tinha 89 anos", disse o sr. Micklas.

Toda hesitante, Rosemary olhou para a porta do armário que eles haviam descoberto. "Será que deveríamos abri-lo? Ou seria melhor aguardar a presença do filho dela?", perguntou.

O gaveteiro encaixou perfeitamente nas quatro marcas no tapete. O sr. Micklas esfregou as mãos com poucos dedos. "Estou autorizado a mostrar o apartamento", ele disse e, resoluto, abriu a porta. O armário estava quase vazio: um aspirador de pó num dos cantos e umas três ou quatro tábuas de madeira no outro. A prateleira superior estava cheia de toalhas de banho verdes e azuis.

"Quem quer que ela tenha trancado aqui, já escapou", disse Guy.

O sr. Micklas argumentou: "Talvez ela não precisasse de cinco armários".

"Mas porque ela iria ocultar o aspirador de pó e as toalhas?", perguntou Rosemary.

O sr. Micklas deu de ombros. "Isso, jamais saberemos. Pode ser que já estivesse ficando meio senil, afinal." Ele deu um sorriso. "Há mais alguma coisa que desejem ver ou que queiram perguntar?"

"Sim," respondeu Rosemary. "Eu gostaria de saber sobre a lavanderia. Há máquinas de lavar roupas lá embaixo?"

Eles agradeceram ao sr. Micklas, que os acompanhou até a rua, e então começaram a subir a Sétima Avenida bem devagar.

"É mais barato que o outro", disse Rosemary, esforçando-se para dar a impressão de que considerações de ordem prática prevaleciam em seu pensamento.

"Mas tem um quarto a menos, querida."

Rosemary caminhou em silêncio por alguns instantes, então disse: "A localização é melhor do que a do outro".

"Meu Deus, sim," disse Guy. "Posso ir a pé para quase todos os teatros."

Animada, Rosemary abandonou o pragmatismo: "Ah, Guy, vamos ficar com ele! Por favor! Por favor! É um apartamento *tão* maravilhoso! A velha sra. Gardenia não alterou *nada* nele! Aquela sala de estar poderia ficar... poderia ficar *linda*, e *aconchegante* e... ah, por favor, Guy, vamos ficar com ele, está bem?".

"Sim, está bem", concordou Guy sorrindo. "Isso se conseguirmos nos livrar do outro."

Tomada de felicidade, Rosemary apertou-lhe o braço. "Conseguiremos, sim!", ela disse. "Você arranjará uma solução, eu sei que você pensará em algo!"

De uma cabine de telefone público, Guy telefonou à sra. Cortez enquanto Rosemary, do lado de fora do vidro, tentava ler os lábios do marido para adivinhar o que estaria dizendo. A sra. Cortez disse que lhes daria um prazo até as três horas da tarde; se até lá não tivesse recebido confirmação da parte deles, ela ligaria para o próximo nome da lista de espera.

Eles entraram no Russian Tea Room e pediram dois Bloody Mary e sanduíches de salada de frango no pão preto.

"Você poderia dizer que eu fiquei doente e tenho que ser internada num hospital", inventou Rosemary.

Mas aquela desculpa não era nem convincente, nem impressionante. Em vez disso, Guy elaborou uma história sobre um convite que recebera para se juntar a uma companhia de teatro que estava encenando a peça O Bem-amado, de Neil Simon, e que estava de partida para uma temporada de quatro meses pelo Vietnã e Extremo Oriente, promovida pela USO.[1] O ator que fazia o papel de Alan tinha quebrado o quadril e a menos que ele, Guy, que sabia as falas do colega, assumisse o papel e substituísse o ator incapacitado, a turnê teria que ser adiada por pelo menos duas semanas, o que corresponderia a um terrível vexame, levando-se em consideração o modo como todos aqueles soldados vinham enfrentando os comunas. Sua esposa teria que permanecer com os parentes em Omaha...

Ele ensaiou umas duas vezes e foi em busca de um telefone.

Rosemary deu uns golinhos na sua bebida, cruzando os dedos da mão esquerda sob a mesa. Ela pensou no apartamento da Primeira Avenida, que ela já não queria mais, e fez uma conscienciosa lista mental das vantagens do imóvel: a cozinha novinha, a lavadora de louças, a vista para o East River, o ar condicionado central...

A garçonete trouxe os sanduíches.

Uma mulher grávida com um vestido azul-marinho passou perto da mesa. Rosemary a observou. Devia estar no sexto ou no sétimo mês e, toda contente, conversava com uma mulher mais velha cheia de pacotes, provavelmente sua mãe.

Alguém acenou do outro lado do salão — era a moça ruiva que tinha começado a trabalhar na CBS umas semanas antes de Rosemary ter saído de lá. Rosemary respondeu-lhe o aceno. A moça disse algo que Rosemary não conseguiu entender e, então, repetiu a frase. O homem que acompanhava a moça virou-se para ver Rosemary, um sujeito pálido e que parecia um morto de fome.

E lá veio Guy, alto e bonitão, abrindo um largo sorriso, irradiando um *sim* ao seu redor.

"Deu certo?", Rosemary perguntou enquanto ele se sentava.

---

1   USO, sigla para United States Organization, ONG dos Estados Unidos destinada a dar suporte moral às tropas do país no exterior.

"Deu", ele disse, "a reserva será anulada, o depósito já feito será devolvido. Só preciso ficar bem atento para que ninguém nos descubra. E a sra. Cortez estará a nossa espera às duas da tarde."

"Você ligou para ela?"

"Liguei."

De repente a moça ruiva apareceu na mesa deles, toda corada e com um olhar cintilante: "Bem que eu disse, 'o casamento sem dúvida está lhe fazendo muito bem, você está maravilhosa!'".

Rosemary, tentando se lembrar do nome da garota, sorriu e disse: "Muito obrigada! Estamos comemorando. Acabamos de conseguir um apartamento no Bramford!".

"No Bram?", indagou a garota. "Eu sou *apaixonada* por aquele prédio! Se vocês algum dia quiserem sublocar, serei a primeira a querer, não se esqueçam! Todas aquelas estranhas gárgulas e criaturas se movendo para cima e para baixo entre as janelas!"

O Bebê de Rosemary
Ira Levin

CAPÍTULO 2

Hutch, para grande surpresa deles, tentou demovê-los da ideia de se mudarem para o Bramford, argumentando que era uma "zona perigosa".

Quando Rosemary veio a Nova York pela primeira vez, em junho de 1962, se hospedou com uma garota da mesma cidade que ela, Omaha, e com outras duas que tinham vindo de Atlanta, em um apartamento na parte menos nobre da Avenida Lexington. Hutch morava no apartamento ao lado e, embora se recusasse a bancar o "pai substituto em tempo integral" que as garotas desejavam que ele se tornasse — já havia criado suas duas filhas e isso estava para lá de bom, obrigado —, ele era, entretanto, aquela pessoa com quem contavam em caso de emergência, como Naquela Noite Em Que Alguém Foi Visto na Escada de Incêndio, ou Quando Jeanne Quase Que Morre Engasgada. O nome dele era Edward Hutchins, era inglês e tinha 54 anos. Sob três pseudônimos diferentes, ele já escrevera três séries diferentes de livros de aventuras para o público juvenil.

A Rosemary ele dedicou um outro tipo de amparo emergencial. Ela era a caçula de uma família de seis filhos, dos quais cinco haviam se casado muito cedo e se estabelecido em casas próximas às dos pais; em

Omaha ela havia deixado para trás um pai enfurecido e desconfiado, uma mãe calada, e quatro irmãos e irmãs ressentidos. (Só o segundo irmão mais velho, Brian, que tinha problemas com álcool, havia dito: "Vá em frente, Rosie, faça o que tiver vontade de fazer", e entregara para ela uma sacolinha de plástico com 85 dólares). Em Nova York, Rosemary se sentiu culpada e egoísta, e Hutch tentava animá-la com chás fortes, conversas sobre pais e filhos e os deveres que uns tinham para com os outros. Ela lhe consultava sobre assuntos que seriam inadmissíveis na Universidade Católica; ele a encaminhou para um curso noturno de filosofia na Universidade de Nova York. "Transformarei essa caipira do interior em uma duquesa", ele declarava, imitando o personagem Henry Higgins de *My Fair Lady*, e Rosemary tinha astúcia suficiente para responder como Eliza Doolittle: "Bem capaz!".

Agora, quase todos os meses, Rosemary e Guy jantavam com Hutch, às vezes no apartamento deles, ou, quando era a vez de Hutch convidar, em um restaurante. Guy o achava meio maçante, mas sempre o tratara com grande cordialidade; a esposa de Hutch era prima do dramaturgo Terence Rattigan, com quem Hutch ainda mantinha correspondência. No mundo do teatro, Guy bem sabia, contatos sempre são importantes, ainda que fossem contatos de segunda mão.

Na quinta-feira após terem visitado o apartamento, Rosemary e Guy jantaram com Hutch no Klube's, um pequeno restaurante alemão na Rua 23. O casal dera à sra. Cortez o nome de Hutch como uma das três referências solicitadas, e ele já havia preenchido o formulário necessário.

"Bem que tive vontade de declarar que vocês eram viciados em drogas ou uns porcalhões", ele disse, "ou algo que soasse bem desagradável para síndicos de prédios."

O casal perguntou o motivo.

"Não sei se vocês sabem ou não", ele disse, enquanto passava manteiga num pãozinho, "mas o Bramford, no início do século, tinha uma péssima reputação." Ele ergueu os olhos, constatou que o casal não sabia de nada e então prosseguiu. (Ele tinha um rosto amplo e luminoso, faiscantes olhos azuis e alguns fios de cabelo preto penteados transversalmente sobre o couro cabeludo.) "Ao lado de gente como Isadora Duncan e Theodore Dreiser", ele contou, "o Bramford tem abrigado um número considerável de personagens bem menos interessantes. Foi lá que as irmãs Trench realizaram suas experienciazinhas culinárias e onde Keith Kennedy dava suas festas. Adrian Marcato também morou lá, bem como Pearl Ames."

"Quem eram as irmãs Trench?", Guy perguntou, e Rosemary acrescentou: "Quem era Adrian Marcato?".

"As irmãs Trench eram duas distintas senhoras vitorianas que, de vez em quando, praticavam o canibalismo. Elas cozinharam e comeram várias criancinhas, inclusive uma sobrinha delas."

"Que adorável", exclamou Guy.

Hutch, virando-se para Rosemary, prosseguiu: "Adrian Marcato praticava magia das trevas. Ele fez um belo estardalhaço lá pela década de 1890, anunciando que havia conseguido invocar Satã vivo. Como prova, ele exibiu chumaços de pelos e algumas raspas de garras; aparentemente as pessoas acreditaram nele, pelo menos um número suficiente para formar um bando que o atacou e quase o matou no saguão do Bramford".

"Você está de brincadeira", duvidou Rosemary.

"Estou falando muito sério. Alguns anos depois começou a época de Keith Kennedy e, lá por 1920, o prédio estava praticamente vazio."

Guy disse: "Eu sabia a respeito de Keith Kennedy e de Pearl Ames, mas nunca soube que Adrian Marcato havia morado lá".

"E essas irmãs?", indagou Rosemary, assustada.

"Foi só durante a Segunda Guerra e com a crise habitacional", Hutch continuou, "que o prédio se reergueu e agora alcançou esse prestígio como 'antigo e elegante edifício residencial', mas na década de 1920 era chamado de Bramford Macabro e as pessoas mais sensatas passavam longe dele. O melão é para você, não é, Rosemary?"

O garçom trouxe os pratos de entrada. Rosemary olhou inquisitivamente para Guy; ele franziu a testa e fez um meneio com a cabeça como quem queria dizer: *Não é nada, não se deixe assustar com o que ele está falando*.

O garçom se afastou. "Ao longo dos anos", disse Hutch, "o Bramford tem sido marcado por um grande número de acontecimentos medonhos e desagradáveis. E nem todos ocorridos num passado distante. Em 1959, encontraram o cadáver de um recém-nascido embrulhado em jornais no porão."

"Mas... coisas sinistras provavelmente acontecem em *qualquer* prédio de vez em quando", ponderou Rosemary.

"Sim, mas de vez em quando", disse Hutch. "O caso é, contudo, que no Bramford a incidência de acontecimentos sinistros é muito mais frequente do que apenas 'de vez em quando'. Também há outras irregularidades menos espetaculares. Há um maior número de suicídios no Bramford, por exemplo, do que em outros prédios do mesmo padrão."

"E qual será o motivo, Hutch?", Guy perguntou, passando-se por sério e preocupado. "Deve haver algum tipo de explicação."

Hutch fitou-o por alguns segundos. "Eu não sei. Talvez seja simplesmente porque a notoriedade de tipos como as irmãs Trench tenha atraído um Adrian Marcato; que a notoriedade dele tenha atraído um Keith Kennedy, e assim por diante, transformando o edifício num... num tipo de reduto de pessoas mais inclinadas do que outras a determinados tipos de comportamento. Ou, talvez, existam certas coisas que ainda desconhecemos — sobre campos magnéticos ou elétrons ou seja lá o que for —, características que podem tornar um lugar literalmente maligno. Mas uma coisa eu sei: o Bramford não é um caso isolado. Havia uma casa em Londres, na Rua Praed, na qual, num espaço de sessenta anos, foram cometidos cinco assassinatos brutais. Nenhum dos cinco casos tinha qualquer relação com os outros; nem as vítimas, nem os assassinos estavam relacionados, e os crimes cometidos foram motivados por razões distintas. Ainda assim, cinco assassinatos brutais aconteceram em sessenta anos. Tudo isso em uma pequena casa, com uma loja que dava para a rua e um apartamento no andar de cima. Essa casa foi demolida em 1954 — sem nenhuma necessidade urgente, e, até onde eu sei, o terreno ficou vazio."

Rosemary cortou um pedaço do melão com a colher. "Talvez existam também boas casas; casas onde as pessoas sigam se apaixonando, se casando e tendo filhos."

"E se tornando astros e estrelas", acrescentou Guy.

"Sem dúvida existem", disse Hutch. "Só que ninguém nunca ouve falar delas. São apenas as de má fama que ganham publicidade." Ele sorriu para Rosemary e Guy. "Preferia que procurassem uma boa casa ao invés de terem escolhido morar no Bramford."

Rosemary deteve a colher com o pedaço de melão a meio caminho da boca. "Hutch, você está mesmo empenhado em nos fazer mudar de ideia?", perguntou.

"Minha querida", disse Hutch, "hoje à noite eu tinha um encontro fabuloso com uma mulher encantadora e o cancelei só para encontrá-los e vir conversar com vocês. Estou seriamente empenhado em fazê-los mudar de ideia."

"Pelo amor de Deus, Hutch!", exclamou Guy.

"Não estou dizendo que vocês vão entrar no Bramford e que um piano lhes cairá na cabeça, nem que serão devorados por solteironas ou transformados em pedra. Só estou contando fatos verídicos, que acredito que devam ser considerados, juntamente com o aluguel razoável e a lareira que ainda funciona: o Bramford tem um histórico de acontecimentos desagradáveis. Por que entrar deliberadamente em uma zona perigosa? Se vocês estão encantados com o esplendor dos edifícios vitorianos, procurem o Dakota ou o Osborne."

"O Dakota é um condomínio fechado", retrucou Rosemary, "e o Osborne está em vias de ser demolido."

"Você não está exagerando um pouco, Hutch?", perguntou Guy. "Você sabe de algum 'acontecimento desagradável' nestes últimos anos? Além desse caso do bebê no porão?

"Um ascensorista morreu no inverno passado", disse Hutch. "Em um acidente bastante misterioso. Hoje eu passei três horas na Biblioteca consultando os *Anuários* do *New York Times* e vendo microfilmes; vocês querem ouvir mais?"

Rosemary olhou para Guy. Ele cruzou os talheres e limpou a boca com o guardanapo. "Acho tudo isso besteira", ele disse. "Tudo bem que uma série de coisas desagradáveis aconteceram lá. Mas isso não significa que mais coisas continuarão a acontecer. Não vejo motivo para considerá-lo uma 'zona perigosa' pior do que qualquer outro lugar dessa cidade. Você pode lançar uma moeda pro alto e tirar cara por cinco vezes, o que não significa que os próximos cinco lances também darão cara, e isso também não significa que essa moeda é diferente de qualquer outra moeda. É tudo coincidência, só isso."

"E se *realmente* houvesse algo errado no prédio", observou Rosemary, "será que já não teria sido demolido? Como a tal casa em Londres que você mencionou?"

"A casa em Londres", disse Hutch, "era propriedade da família da última vítima assassinada lá. O Bramford pertence à igreja que fica ao lado dele."

"Viu só?", provocou Guy, acendendo um cigarro; "nós estamos sob proteção divina."

"Que não tem funcionado", acrescentou Hutch.

O garçom veio retirar os pratos.

Rosemary disse: "Eu não sabia que o prédio era propriedade de uma igreja", e Guy comentou: "A cidade toda é, querida".

"Vocês tentaram o Wyoming?", perguntou Hutch. "Fica na mesma quadra, acho."

"Ah, Hutch, nós tentamos todos os lugares possíveis", explicou Rosemary, "mas não se encontra nada, absolutamente nada, além de prédios *novos*, com salas quadradas que são exatamente iguais umas às outras, e câmeras nos elevadores."

"E isso é tão terrível assim?", perguntou Hutch, sorrindo.

"É sim!", disse Rosemary, e Guy acrescentou: "Nós já tínhamos arranjado um apartamento desse tipo, mas desfizemos o negócio para ficar com o do Bramford".

Hutch olhou para eles por uns instantes, então, encostando-se na cadeira, bateu na mesa com as mãos espalmadas. "Basta", capitulou ele, "vou cuidar da minha vida, que é o que eu deveria ter feito desde sempre. Desejo que aproveitem bem a lareira que ainda funciona! Vou dar de presente a vocês uma boa tranca para a porta e me manterei de boca fechada a partir de hoje. Fui mesmo um idiota, me desculpem."

Rosemary sorriu. "A porta já tem uma tranca", ela disse, "uma daquelas correntes de segurança e um olho mágico."

"Bem, espero que você use os três", disse Hutch. "E não vá vagar pelos corredores se apresentando a todo tipo de gente. Você não está em Iowa."

"Omaha."

O garçom trouxe os pratos principais.

Na tarde da segunda-feira seguinte, Rosemary e Guy assinaram o contrato de locação, com validade de dois anos, do apartamento 7E no Bramford. Deram à sra. Cortez um cheque de 583 dólares — um adiantamento do primeiro mês de aluguel e mais o equivalente a outro mês como fiança — e foram informados de que, se desejassem, poderiam ocupar o imóvel antes do dia primeiro de setembro, já que ele seria limpo até o final da semana e pintado na quarta-feira, dia 18.

Na mesma segunda-feira receberam um telefonema de Martin Gardenia, filho da antiga moradora. Eles combinaram de se encontrar no apartamento no dia seguinte à tarde. Lá chegando, deram com um senhor alto, de uns sessenta anos, de modos muito amáveis. Ele logo mostrou quais peças queria vender e passou os preços, realmente bastante acessíveis. Rosemary e Guy examinaram todas as coisas oferecidas e compraram dois aparelhos de ar-condicionado, uma penteadeira de jacarandá com uma banqueta bordada, o tapete persa da sala e o jogo de acessórios da lareira. Lamentavelmente, a escrivaninha da sra. Gardenia não estava à venda. Enquanto Guy preenchia o cheque e ajudava a separar os itens que permaneceriam no apartamento, Rosemary media a sala e o quarto com uma trena que comprara naquela manhã.

Em março daquele ano, Guy tinha feito um papel no seriado de TV *Outro Mundo*, que passava à tarde. Como o personagem estaria de volta por três episódios, Guy se manteve ocupado nas gravações pelo resto da semana. Rosemary selecionou, de vários folders com projetos de decoração que colecionara desde os tempos do colégio, dois que lhe pareceram adequados ao apartamento e, com eles por base, foi em busca de móveis, acompanhada de Joan Jellico, uma de suas amigas de Atlanta com quem havia morado ao chegar em Nova York. Joan tinha o cartão de um decorador que lhes deu acesso a todo tipo de lojas e showrooms. Rosemary examinou, tomou notas, e esboçou croquis para mostrar a Guy, e corria para casa cheia de amostras de tecidos e de papéis de parede tentando encontrar o marido nos intervalos de gravação do *Outro Mundo* e então saía novamente para fazer as compras para o jantar. Ela faltou à aula de escultura e cancelou, toda feliz, uma consulta ao dentista.

Na noite da sexta-feira o apartamento era deles: um grande espaço vazio com aquele pé-direito tão alto e uma estranha escuridão que eles enfrentaram com um abajur e uma sacola cheia de compras;

dos cômodos mais distantes podiam ouvir os ecos. Eles ligaram o arcondicionado, admiraram o tapete da sala, a lareira e a penteadeira de Rosemary; também admiraram a banheira, os trincos e as dobradiças das portas, o assoalho, o fogão, a geladeira, as janelas e a vista. Fizeram um piquenique no tapete da sala, com sanduíches de atum e cerveja, e desenharam projetos de decoração para os quatro cômodos, Guy tomando as medidas e Rosemary anotando. Voltaram ao tapete, desligaram o abajur, tiraram as roupas e fizeram amor ali, iluminados pela claridade da noite que entrava pelas janelas. "Shh!", sussurrou Guy assim que terminaram, com os olhos esbugalhados de medo. "Estou ouvindo as irmãs Trench mastigando!" Rosemary deu-lhe um forte tapa na cabeça.

Compraram um sofá, uma cama *king size*, uma mesa para a cozinha è duas cadeiras dobráveis. Chamaram a companhia telefônica, receberam as entregas e tomaram as providências necessárias para a mudança.

Os pintores foram na quarta-feira, dia 18; rasparam, emassaram, pintaram e retocaram, e terminaram o serviço na sexta-feira, dia 20, com um resultado nas cores bastante próximo ao que Rosemary solicitara. Um solitário instalador de papel de parede também veio e colocou o papel no quarto.

Eles telefonaram para lojas, para prestadores de serviços e para a mãe de Guy em Montreal. Compraram um armário, uma mesa de jantar, um aparelho de som, novos pratos e talheres. Estavam abonados. Em 1964, Guy fizera uma série de comerciais para a indústria farmacêutica Anacin que, exibidos com grande frequência, tinham lhe rendido dezoito mil dólares e ainda garantiam uma renda considerável.

Colocaram persianas nas janelas e forraram com papel as prateleiras, mandaram acarpetar o quarto e aplicar sinteco no corredor. Conseguiram um telefone moderno com três extensões, pagaram todas as contas e notificaram o Correio da mudança de endereço.

Na sexta-feira, 27 de agosto, mudaram-se. Joan e Dick Jellico mandaram um enorme vaso de plantas de presente; o agente de Guy mandou um vaso menor. Hutch enviou um telegrama: *O Bramford se converterá em um ótimo lugar quando uma de suas portas de entrada estiver identificada com os nomes R. e G. Woodhouse.*

O Bebê de Rosemary
Ira Levin

CAPÍTULO 3

Eis que Rosemary sentia-se ocupada e feliz. Ela comprou e instalou cortinas, encontrou um abajur em estilo vitoriano para a sala, pendurou panelas e caçarolas nas paredes da cozinha. Um dia descobriu que as quatro tábuas empilhadas no canto do armário embutido, que tinham descoberto no corredor, na realidade eram prateleiras, a serem encaixadas nos suportes de madeira das laterais. Ela as forrou com papel adesivo xadrezinho e, quando Guy chegou em casa, apresentou-lhe o armário já arrumado com todas as roupas de cama. Ela achou um supermercado na Sexta Avenida e, na Rua 55, uma lavanderia a seco para os lençóis e camisas de Guy.

Guy também andava bastante ocupado, passando tempo fora de casa todos os dias, exatamente como os maridos de outras mulheres. Depois do Dia do Trabalho, seu preparador vocal voltara à cidade; Guy retomara suas aulas de dicção pela manhã e passava as tardes fazendo testes para peças e comerciais de TV. Durante o café da manhã, ao ler as colunas de teatro dos jornais, mostrava sempre um humor oscilante — a maioria de seus colegas atores circulava em turnês com peças como

Arranha-céu, Drato! O Gato!, Os Anos Impossíveis ou *Setembro Ardente*; só ele estava em Nova York vivendo dos rendimentos restantes de um comercial da Anacin —, mas Rosemary tinha certeza de que logo ele conseguiria algo bom; em silêncio, ela colocava a xícara de café diante dele e em silêncio pegava para ler algum outro caderno do jornal.

Por enquanto, o quarto de bebê tinha virado um tipo de depósito em que fora guardada a mobília do antigo apartamento. O sonhado papel de parede branco e amarelo, luminoso e agradável, viria depois. Rosemary tinha uma amostra desse papel guardada dentro do livro *Picassos de Picasso,* junto com um anúncio da Saks com a foto de um bercinho e uma cômoda.

Rosemary escreveu ao seu irmão Brian para lhe contar o quanto estava feliz. Ninguém mais da família se importaria com essa notícia; todos eles eram hostis — pais, irmãos, irmãs — e não a perdoavam por: a) ter se casado com um protestante, b) ter se casado só no civil e c) ter uma sogra divorciada por duas vezes e atualmente casada com um judeu no Canadá.

No jantar, ela preparou para Guy um frango à Marengo e um vitelo *tonnato*, um bolo com creme de café e biscoitos amanteigados.

Eles conheceram a voz de Minnie Castevet antes mesmo de encontrá-la pessoalmente; essa voz atravessava a parede do quarto de casal e eles escutavam a vizinha berrar com um áspero sotaque do Meio-Oeste: "Roman, já pra cama! Já passa de onze da noite!". E, cinco minutos depois: "Roman, quando vier, me traz um refrigerante!".

"Eu não sabia que estavam reprisando os filmes de Ma e Pa Kettle", disse Guy rindo, e Rosemary sorriu sem entender muito bem. Ela era nove anos mais jovem do que ele e algumas das referências que citava não tinham muito sentido para ela.

Conheceram os Gould do 7F, um simpático casal de meia-idade, e os Bruhn, com forte sotaque alemão e o filho deles do 7C. No corredor, sorriram e acenaram com a cabeça para os Kellog do 7G, para o sr. Stein do 7H, e para os senhores Dubin e DeVore do 7B. (Rosemary identificava de imediato os moradores, pois ela, sem o menor constrangimento, lia seus nomes nas portas de entrada e também nas correspondências deixadas sobre os capachos.) Os Kapp, do 7D, nunca vistos e sem receber correspondência, não deviam ter voltado ainda das férias de verão; e os Castevet, do 7A, eram ouvidos ("Roman! Cadê a Terry?"), mas não vistos; ou eram reclusos e nunca saíam, ou saíam e voltavam em horários pouco usuais. A porta deles ficava em frente ao elevador, seu capacho era totalmente visível. Eles recebiam cartas de uma variedade surpreendente de lugares: Hawick, Escócia; Langeac, França; Vitória, Brasil; Cessnock, Austrália. Eram assinantes tanto da revista *Life* quanto da *Look*.

Mas Rosemary e Guy não tinham visto o menor sinal das irmãs Trench, de Adrian Marcato, Keith Kennedy, Pearl Ames e nem de seus equivalentes atuais. Tirando Dubin e DeVore, que eram homossexuais, os outros vizinhos pareciam pessoas bastante comuns.

Quase todas as noites o vozerio com sotaque do Meio-Oeste podia ser ouvido do apartamento que, como concluíram Guy e Rosemary, devia ser a parte maior da divisão do grande apartamento original. "Mas é *impossível* estar cem por cento certo!", a mulher argumentava, e "se você quer saber a *minha* opinião, não devemos dizer absolutamente *nada* a ela; essa é a *minha* opinião!"

Num sábado à noite, os Castevet deram uma festa com mais ou menos uma dúzia de pessoas que conversavam e cantavam. Guy logo caiu no sono, mas Rosemary ficou acordada até depois das duas da madrugada, ouvindo uma cantoria esquisita, acompanhada por uma flauta ou por um clarinete.

O único momento em que Rosemary se recordava das advertências de Hutch e se sentia desconfortável era quando tinha que descer ao porão para lavar roupa, o que acontecia a cada quatro dias, mais ou menos. O elevador de serviço, por si só, já era assustador — pequeno, automático e dado a rangidos e trepidações —, e o porão era um local misterioso com caminhos cobertos por lajotas que há muito foram brancas, em que se ouviam passos à distância e baques de portas invisíveis se fechando, onde geladeiras velhas se enfileiravam contra a parede sob brilhantes lâmpadas em proteções aramadas.

Foi bem aqui, imaginava Rosemary, que a criancinha morta, embrulhada num jornal, fora encontrada a não muito tempo atrás. De quem seria o bebê e como teria morrido? Quem o encontrara? A pessoa que o abandonou ali foi descoberta e punida? Ela pensou em ir à biblioteca consultar jornais antigos para ler sobre aquela história, como Hutch fizera; mas isso tornaria a tragédia mais viva, mais assustadora do que realmente era. Conhecer o local exato em que ficara o pequeno cadáver, talvez ter que passar por ali na ida e na volta da lavanderia e depois no caminho para o elevador se tornaria algo insuportável. Uma certa dose de ignorância, ela concluiu, garantia uma certa dose de felicidade. *Dane-se o Hutch com suas boas intenções!*

A lavanderia parecia o local ideal para uma penitenciária: paredes úmidas, mais daquelas lâmpadas em proteções aramadas e uma fila de fundos tanques duplos em cubículos delimitados por telas de ferro. Havia máquinas de lavar e de secar de uso comunitário, que funcionavam com moedas, e outras, particulares, que ficavam trancadas com cadeados nos cubículos. Rosemary costumava descer nos finais de semana ou depois das cinco da tarde; quando foi uma vez mais cedo, em um dia de semana, encontrou um bando de lavadeiras negras que passavam roupas e fofocavam e que, ao vê-la chegar, calaram-se de repente, incomodadas com sua intromissão. Ela sorriu para todas ao seu redor e tentou passar despercebida, mas elas não disseram mais nenhuma palavra, o que fez Rosemary se sentir embaraçada, desestabilizada, e opressora de negros.

Uma tarde, às cinco horas, passadas pouco mais de duas semanas desde que ela e Guy haviam se mudado para o Bramford, Rosemary estava sentada na lavanderia lendo a revista *The New Yorker* e esperando para colocar o amaciante na água de enxágue, quando uma moça com mais ou menos a sua idade apareceu — de cabelos castanhos e um rosto de camafeu; Rosemary percebeu, de imediato, que era Anna Maria Alberghetti. Ela usava sandálias brancas, short preto, uma blusa de seda cor de damasco e carregava um cesto de plástico amarelo com roupas. Cumprimentando Rosemary com um aceno de cabeça e depois não voltando a olhar para ela, a moça se dirigiu a uma das lavadoras, abriu-a e começou a colocar as roupas dentro da máquina.

Anna Maria Alberghetti, pelo que Rosemary sabia, não morava no Bramford, mas poderia muito bem estar hospedada em algum dos apartamentos do prédio e naquele momento estar ajudando nas tarefas domésticas. Ao olhar com mais atenção, Rosemary percebeu que se enganara: o nariz dessa moça era comprido e pontudo demais e havia outras diferenças no porte e na expressão. A semelhança, contudo, era impressionante — e, de repente, Rosemary notou que a moça a encarava constrangida, com um sorriso questionador, enquanto fechava e acionava a máquina de lavar.

"Me desculpe," disse Rosemary. "Achei que você fosse a atriz Anna Maria Alberghetti, por isso fiquei lhe observando. Me desculpe."

A moça sorriu, ruborizada, e abaixou o olhar. "Isso acontece com frequência", ela disse. "Não precisa se desculpar. As pessoas me confundem com a Anna Maria desde que eu era criança, quando ela estrelou o filme *Órfãos da Tempestade*." Ela olhou para Rosemary, ainda ruborizada, mas não mais sorrindo. "Eu não vejo nenhuma semelhança," ela disse. "Sou descendente de italianos, como ela, mas não há semelhança *física*."

"Vocês se parecem demais," disse Rosemary.

"Pode ser mesmo", disse a moça, "já que todo mundo me diz isso. Talvez só eu não perceba. Gostaria de perceber, acredite."

"Você a conhece?" perguntou Rosemary.

"Não."

"Por você ter se referido a ela como Anna Maria pensei que..."

"Ah, não, só a chamo assim. Acho que de tanto falar nela com todo mundo." Ela enxugou as mãos no short e se dirigiu a Rosemary, estendendo a mão e sorrindo. "Terry Gionoffrio", ela disse, "e nem *eu* sei como se escreve esse sobrenome, então, nem tente soletrá-lo."

Rosemary sorriu e apertou-lhe a mão. "Rosemary Woodhouse. Somos inquilinos recentes. Você já está aqui faz tempo?"

"Eu nem sou inquilina," disse Terry. "Só estou passando um tempo com o sr. e a sra. Castevet, lá do sétimo andar. Sou meio que hóspede deles, desde junho. Ah, você conhece o casal?"

"Não," respondeu Rosemary, sorrindo, "mas nosso apartamento fica exatamente atrás e antigamente era a parte dos fundos do apartamento deles."

"Nossa, meu Deus. Foram vocês que alugaram o apartamento da velhinha? A sra. ... — aquela velha que morreu!"

"Sra. Gardenia."

"Isso mesmo. Ela era *muito* amiga dos Castevet. Gostava de plantinhas e de cultivar temperos e sempre trazia alguns para a sra. Castevet usar."

Rosemary assentiu com a cabeça. "Quando visitamos o apartamento pela primeira vez", ela disse, "um dos quartos estava cheio de plantas."

"Então, agora que ela morreu" disse Terry, "a sra. Castevet fez uma pequena estufa na cozinha para ela mesma cultivar essas coisas."

"Um minuto, preciso colocar o amaciante", disse Rosemary levantando-se e pegando o produto da sacola e indo despejá-lo na máquina.

"Sabe com quem *você* se parece?" perguntou Terry; e Rosemary, abrindo a tampa do amaciante, disse: "Não, com quem?"

"Piper Laurie."

Rosemary riu. "Ah, não," ela disse, "é muito engraçado você dizer isso porque o meu marido namorou com a Piper Laurie antes de nos casarmos."

"Sério? Em Hollywood?"

"Não, aqui mesmo." Rosemary despejou a quantidade necessária de amaciante. Terry abriu a tampa da lavadora, Rosemary agradeceu e despejou o amaciante lá dentro.

"O seu marido é ator?", perguntou Terry.

Rosemary amavelmente assentiu com a cabeça e depois fechou o amaciante.

"Sério? Como ele se chama?"

"Guy Woodhouse. Ele trabalhou nas peças *Lutero* e *Ninguém Ama um Albatroz*, e também atua bastante na televisão."

"Puxa, eu assisto tv o dia inteiro," disse Terry. "Posso apostar que já o vi!" Um vidro se quebrou em alguma parte do porão; uma garrafa ou uma vidraça se estilhaçando. "Ui!", exclamou Terry.

Rosemary encolheu os ombros e lançou um olhar nervoso em direção à porta de saída da lavanderia. "Detesto este lugar", ela comentou.

"Eu também", disse Terry. "Que bom que você está aqui. Se eu estivesse sozinha agora, estaria morta de medo."

"Possivelmente algum entregador derrubou uma garrafa", disse Rosemary.

Terry disse: "Escute, vamos combinar de vir sempre juntas aqui? Sua porta fica ao lado do elevador de serviço, não é? Eu posso tocar a sua campainha e nós descemos juntas. Ou também podemos nos comunicar pelo interfone".

"Eu adoraria", disse Rosemary. "Detesto vir aqui sozinha."

Terry riu alegremente, pareceu buscar palavras e, então, ainda rindo, disse: "Eu tenho um talismã de boa sorte que poderá funcionar para nós duas!".

Ela abaixou a gola da blusa, puxou uma corrente de prata, e mostrou a Rosemary um pingente de prata, redondo e filigranado, com uns três centímetros de diâmetro.

"Ah, mas que *lindo*!", exclamou Rosemary.

"Não é?", disse Terry. "A sra. Castevet me deu anteontem. Tem mais de trezentos anos. Essa substância que tem dentro da bolinha foi cultivada por ela mesma lá na estufa. Diz que traz sorte, ou, pelo menos, deveria trazer."

Rosemary olhou mais atentamente para o talismã. Terry o segurava entre o polegar e o indicador. Estava cheio de uma substância verde escura e esponjosa e tinha um cheiro penetrante que fez com que Rosemary recuasse.

Terry riu novamente. "Sei que esse cheiro é horrível. Espero, pelo menos, que funcione!"

"É uma peça linda," admitiu Rosemary. "Nunca tinha visto nada igual."

"É europeu", disse Terry. Ela se encostou em uma das lavadoras e admirou os detalhes do talismã demoradamente. "Os Castevet são as pessoas mais maravilhosas do mundo, sem brincadeira. Eles me recolheram da sarjeta — literalmente; eu dormia na Oitava Avenida — e me trouxeram para cá e me adotaram como se fossem pai e mãe. Ou melhor, como avô e avó, algo assim."

"Você estava doente?", perguntou Rosemary.

"Isso seria um modo gentil de se referir ao meu estado", disse Terry. "Eu estava faminta, drogada e fazendo uma porção de outras coisas das quais hoje sinto tanta vergonha que dá vontade de vomitar só de me lembrar. E o sr. e a sra. Castevet conseguiram me reabilitar completamente. Me tiraram da heroína, me alimentaram, me deram roupas limpas e agora, conforme eles dizem, nada é bom o suficiente para mim. Eles me dão tudo que é comida saudável e vitaminas, e até chamam um médico para me examinar com frequência! É por que eles não tiveram filhos. Sou a filha que eles nunca tiveram, sabe como?"

Rosemary assentiu com a cabeça.

"No começo, pensei que eles tivessem algum motivo por trás disso tudo", disse Terry. "Talvez algo sexual que quisessem praticar comigo, que ele quisesse, ou ela. Mas eles têm sido como verdadeiros avós. Nada de coisas estranhas. Logo eles vão me matricular num curso de secretariado e, mais tarde, vou retribuir tudo isso. Eu só cursei três anos de ensino médio, mas há maneiras de compensar." Ela guardou o talismã dentro da blusa.

Rosemary disse: "É muito bom saber que ainda existem pessoas assim, quando se escuta tanto sobre apatia e gente com medo de se envolver". "Não existem muitas pessoas como o sr. e a sra. Castevet", disse Terry. "Eu estaria morta se não fosse por eles. Essa é a mais pura verdade. Morta ou presa."

"Você não tem ninguém da família que pudesse ter lhe ajudado?"

"Tenho um irmão na Marinha. Quanto menos se falar sobre *ele*, melhor."

Rosemary transferiu a roupa lavada para uma secadora e esperou até que a de Terry também estivesse pronta. Conversaram sobre os papéis ocasionais de Guy em *Outro Mundo* ("Claro que sei quem é! Você é casada com *ele*?"), sobre o passado do Bramford (sobre o qual Terry nada sabia) e sobre a visita que, em breve, o Papa Paulo VI faria a Nova York. Terry era católica, como Rosemary, mas já não era praticante; contudo estava ansiosa para conseguir um ingresso para assistir à grande missa papal que seria celebrada no estádio dos Yankees. Quando suas roupas lavadas já estavam nas secadoras, as duas foram juntas até o elevador de serviço e subiram até o sétimo andar. Rosemary convidou Terry para conhecer o apartamento, mas Terry declinou alegando ser melhor deixar para outra hora, já que os Castevet jantavam às seis e ela não gostaria de chegar atrasada. Ela disse que, mais tarde, chamaria Rosemary pelo interfone e assim poderiam descer juntas até a lavanderia para apanhar as roupas já secas.

Guy já estava em casa, comendo um pacote de batatas fritas e assistindo a um filme da Grace Kelly. "Essas roupas devem estar *beeem* limpas", ele ironizou.

Rosemary lhe contou sobre Terry e sobre os Castevet, e que Terry o reconhecera do *Outro Mundo.* Guy pareceu nem dar muita atenção, mas, no fundo, sentiu-se lisonjeado. Estava um pouco deprimido com a possibilidade de que um outro ator, chamado Donald Baumgart, fosse o escolhido para um disputado papel numa nova comédia, para a qual os dois tinham feito um teste aquela tarde. "Pelo amor de Deus", dissera ela, "que nome é esse, *Donald Baumgart?*" Talvez tivesse se esquecido de que seu verdadeiro nome, antes de mudá-lo, era Sherman Peden.

Rosemary e Terry foram buscar as roupas secas às oito horas e, na volta, entraram para que Terry conhecesse Guy e visse o apartamento. Ela ruborizou e ficou deslumbrada ao ver Guy que, por sua vez, sentiu-se motivado a fazer cumprimentos floreados e a trazer cinzeiros e acender fósforos. Terry não tinha entrado no apartamento antes; a sra. Gardenia e os Castevet tinham tido um pequeno desentendimento pouco antes de ela ter vindo morar ali e, logo depois, a sra. Gardenia entrara no coma do qual nunca mais voltou. "É um apartamento adorável", disse Terry.

"Algum dia será mesmo", disse Rosemary. "Ainda não está nem metade mobiliado."

"Ah, já *sei!*", Guy exclamou batendo palmas. Ele apontou triunfante para Terry. "Anna Maria Alberghetti!"

O Bebê de Rosemary
Ira Levin

CAPÍTULO 4

Chegou uma entrega da loja Bonniers, um presente enviado pelo Hutch; era um balde de gelo, de madeira, com o interior alaranjado. De imediato Rosemary telefonou para ele a fim de agradecer. Hutch tinha ido conhecer o apartamento logo depois de a pintura ter sido finalizada, mas não voltara mais lá desde que o casal tinha se mudado; Rosemary explicou que ainda não o convidara porque a entrega das cadeiras estava uma semana atrasada e que o sofá ainda demoraria quase um mês para chegar. "Pelo amor de Deus, nem se preocupe com isso", disse Hutch. "Só me conte como estão indo as coisas."

Rosemary lhe contou tudo, incluindo os detalhes engraçados. "E os vizinhos seguramente não me *parecem* anormais," ela disse. "A não ser anormais já considerados normais como os gays, pois temos dois aqui; e do outro lado do hall, temos um casal simpático chamado Gould que cria gatos persas em um lugar na Pensilvânia. Se ofereceram para nos dar um quando quisermos."

"Eles soltam pelo", disse Hutch.

"E tem também um outro casal que, na verdade, ainda não conhecemos; eles adotaram uma moça que estava perdida nas drogas, ela nós já encontramos, e eles a curaram totalmente do vício e agora vão matriculá-la num curso de secretariado."

"Parece que vocês se mudaram para a Fazenda Sunnybrook, daquela comédia", gracejou Hutch; "estou maravilhado."

"O porão é meio assustador", disse Rosemary. "Eu amaldiçoo você toda vez que vou lá."

"Por que me amaldiçoa?"

"Por causa das suas *histórias*."

"Se você se refere às histórias que eu escrevo, eu também me amaldiçoo; mas se você se refere às que lhes contei, pelo mesmo motivo você deve amaldiçoar o alarme de incêndio que avisa no caso de fogo, e a meteorologia que anuncia um furacão."

Rosemary, intimidada, disse: "Mas não será mais tão terrível. Aquela moça que eu mencionei tem descido comigo ao porão".

Hutch disse: "Me parece óbvio que vocês têm exercido a influência positiva que eu previa, e o prédio já não é uma câmara de horrores. Faça bom uso do balde de gelo e dê um abraço no Guy".

Os Kapp do apartamento 7D apareceram; um casal corpulento na casa dos 30 anos com a filha Lisa, de dois anos de idade, questionadora. "Como é seu nome?", Lisa perguntou, sentada no carrinho. "Você comeu todo o ovo? E comeu todo o Capitão Crunch?"

"Meu nome é Rosemary. Eu comi todo o ovo, mas nunca *ouvi* falar no Capitão Crunch. Quem é ele?"

Na noite de sexta-feira, dia 17 de setembro, Rosemary e Guy, com mais dois casais, foram à pré-estreia de uma peça chamada *Mrs. Dally;* depois foram a uma festa dada pelo fotógrafo Dee Bertillon em seu estúdio na Rua 48. Uma polêmica se iniciou entre Guy e Bertillon em relação às regras e limitações que a Associação dos Atores impunha aos artistas estrangeiros — Guy achava que estava certo, Bertillon achava que estava errado — e embora os presentes tentassem enterrar a discussão com uma série de brincadeiras e piadas, Guy decidiu que ele e Rosemary iriam embora mais cedo, lá por meia-noite e meia.

A noite estava amena e agradável e eles voltaram a pé para casa; ao se aproximarem da massa escurecida do Bramford viram, na calçada em frente ao prédio, um grupo de umas vinte pessoas em volta de um carro estacionado. Dois carros da polícia também estavam ali parados, em fila dupla, com as luzes vermelhas piscando.

Rosemary e Guy, de mãos dadas, apressaram o passo, com todos os sentidos aguçados. Os carros que passavam na avenida diminuíam a marcha para observar a cena; as janelas do Bramford eram abertas e rostos surgiam entre as cabeças das gárgulas. O porteiro da noite, Toby, apareceu na rua com um cobertor marrom-claro que um policial se apressou em pegar.

O teto do carro, um Fusca, estava todo amassado; o para-brisa trincado em um milhão de pedaços. "Morta", disse alguém, e outra pessoa acrescentou: "Eu olhei para cima e pensei que devia ser alguma ave enorme despencando, tipo uma águia ou algo assim".

Rosemary e Guy, na ponta dos pés e por sobre os ombros das pessoas, tentavam enxergar o que estava acontecendo. "Afastem-se, afastem-se, por favor", disse um policial no meio da aglomeração. Os ombros se afastaram, alguém vestindo uma camisa esportiva saiu. Na calçada jazia Terry, mirando o céu com um dos olhos, metade do rosto reduzido a uma massa vermelha. O cobertor marrom-claro foi colocado sobre ela e, aos poucos, foi tingido de vermelho.

Rosemary ficou de costas para o corpo, os olhos fechados, a mão fazendo um automático sinal da cruz. Cerrou a boca firmemente, com medo de que fosse vomitar.

Guy deu um passo para trás, respirou fundo e murmurou "Jesus!" e depois lamentou "Meu Deus do céu!".

"Afastem-se, por favor", repetiu um policial.

"Nós a conhecemos", balbuciou Guy.

Outro policial se voltou e perguntou: "Qual era o nome dela?".

"Terry."

"Terry do quê?" Ele tinha uns 40 anos e estava suado. Tinha belos olhos azuis, com cílios pretos e espessos.

Guy perguntou: "Rô, qual era o sobrenome dela? Terry do quê?".

Rosemary abriu os olhos e respirou fundo. "Eu não me lembro. Italiano, começava com G. Um nome comprido. Ela mesma fazia piadas sobre ele. Dizia que nem ela sabia escrever o sobrenome."

Guy disse ao policial de olhos azuis: "Ela estava morando com um casal chamado Castevet, no apartamento 7A".

"Isso já sabemos", disse o policial.

Um outro policial se aproximou, segurando uma folha amarelo-claro de papel de carta. O sr. Micklas estava logo atrás, com a cara fechada, vestindo uma capa de chuva sobre um pijama listrado. "Curto e grosso", ele comentou com o policial de olhos azuis, e passou para ele o papel amarelo. "Ela prendeu esse bilhete de despedida no batente da janela da sala com um esparadrapo, para que não voasse."

"Tinha alguém lá no apartamento?"

O outro policial balançou a cabeça negativamente.

O policial de olhos azuis leu o que estava escrito no papel e parou, pensativo. "Theresa Gionoffrio", disse. Ele pronunciou o nome como um italiano o faria. Rosemary assentiu.

Guy disse: "Quem a visse na quarta-feira à noite, como nós a vimos, jamais imaginaria que algum mau pensamento passasse pela cabeça dela".

"Nada além de maus pensamentos", disse o policial, abrindo uma pasta e colocando nela o papel amarelo.

"Vocês a conheciam?", o sr. Micklas perguntou a Rosemary.

"Vagamente", ela respondeu.

"Ah, claro. Vocês também são do sétimo andar", ele concluiu.

Guy virou-se para Rosemary e disse "Vamos, querida, vamos subir".

O policial perguntou, "Vocês têm alguma ideia de onde podemos encontrar esses tais de Castevet?".

"Não, nenhuma mesmo", respondeu Guy. "Nós nem sequer os conhecemos pessoalmente."

"Costumam estar em casa a estas horas", disse Rosemary. "Pela parede nós o ouvimos conversando. Nossos quartos são contíguos."

Guy passou o braço pela cintura de Rosemary e insistiu: "Vamos indo, querida". Cumprimentaram com a cabeça o policial e o sr. Micklas e foram em direção ao edifício.

"Aí estão eles!", exclamou o sr. Micklas. Rosemary e Guy pararam e se viraram para olhar. Vindo do centro da cidade, tal como eles tinham feito momentos antes, aproximava-se um casal, uma mulher alta, corpulenta, de cabelos brancos e um homem alto, magro e trôpego. "São os Castevet?", perguntou Rosemary ao sr. Micklas, e ele respondeu afirmativamente com a cabeça.

A sra. Castevet estava toda vestida de azul-claro, com acessórios — luvas, bolsa, sapatos e chapéu — branco-neve. Como se fosse uma enfermeira, ela amparava o marido pelo braço. O sr. Castevet estava deslumbrante com um paletó de anarruga todo colorido, calças vermelhas, gravata-borboleta rosa e um chapéu fedora cinza com uma fita rosa. Devia ter uns 75 anos ou mais; ela parecia ter uns 68 ou 69. Eles se aproximaram com uma expressão de jovial curiosidade, com sorrisos entre amistosos e perplexos. Quando o policial se aproximou deles, o sorriso foi diminuindo até desaparecer. Com uma expressão preocupada, a sra. Castevet sussurrou algo ao marido; ele franziu a testa e balançou a cabeça. Sua boca era grande, de lábios finos e rosados, como se pintados; seu rosto era muito pálido e os olhos, pequenos e brilhantes, eram fundos. Já a sra. Castevet tinha nariz grande e o lábio inferior carnudo, o lhe conferia um ar de sisudez. Trazia pendurados no pescoço, presos a uma correntinha, óculos de aros cor-de-rosa e usava um par de brincos de pérola.

O policial perguntou: "Os senhores são os Castevet, moradores do sétimo andar?".

"Somos, sim", respondeu o sr. Castevet numa voz seca e quase inaudível.

"Havia uma moça chamada Theresa Gionoffrio morando com os senhores?"

"Há sim", assentiu o sr. Castevet. "Algo errado? Aconteceu algum acidente?"

"Preparem-se pois não temos notícias muito boas", preveniu o policial. Ele esperou um momento, observando-os com atenção, e então disse: "Ela está morta. Tirou a própria vida". Ele ergueu a mão, o polegar apontando para trás por cima dos ombros. "Ela pulou da janela do apartamento."

O casal olhou para o policial sem alterar a expressão de seus rostos, como se nada tivessem ouvido; então, a sra. Castevet curvou-se para o lado e viu o cobertor ensanguentado, endireitou-se novamente e encarou o policial. "Isso não é possível", ela disse bem alto e naquele inconfundível sotaque do Meio-Oeste com que costumava ordenar "Roman-me-traz-um-refrigerante". "Deve haver algum engano. Não pode ser ela quem está ali."

Sem virar a cabeça, o policial pediu ao colega: "Artie, deixe o casal dar uma olhada no corpo, por favor".

Com passos firmes, a sra. Castevet seguiu o policial.

O sr. Castevet permaneceu onde estava, dizendo: "Eu sabia que isso ia acontecer. Eu vinha notando, há umas três semanas, que ela estava entrando em uma depressão profunda e até avisei a minha mulher, mas ela não deu a menor importância para o que eu disse. É uma grande otimista, que se recusa a admitir que as coisas nem sempre terminam do jeito que ela espera".

A sra. Castevet retornou e disse: "Isso não significa que ela tenha se suicidado. Era uma jovem muito feliz, sem *motivo* para se autodestruir. Deve ter sido um acidente. Ela poderia estar limpando as vidraças e perdeu o equilíbrio. Estava sempre nos surpreendendo, limpando e fazendo coisas para nós".

"Ela não iria limpar as vidraças à meia-noite", replicou o sr. Castevet.

"E por que não?", disse a sra. Castevet num tom agressivo. "Talvez estivesse limpando sim!"

O policial abriu a pasta, tirou o papel amarelo e o entregou ao casal.

A sra. Castevet hesitou, então pegou o bilhete e o leu. O sr. Castevet inclinou a cabeça por sobre o braço da esposa para também ler, os vívidos lábios movendo-se.

"Esta letra é a dela?", quis saber o policial.

A sra. Castevet assentiu. O sr. Castevet confirmou: "Sem a menor dúvida".

O policial estendeu a mão e a sra. Castevet lhe devolveu o papel. Ele disse: "Obrigado. Este bilhete será restituído aos senhores assim que concluirmos tudo isso".

A sra. Castevet tirou os óculos deixando-os pendurados no pescoço e cobriu os olhos com as mãos enluvadas. "Não consigo acreditar", ela disse. "Simplesmente não consigo acreditar. Ela estava tão feliz. Todos os seus problemas tinham ficado no passado." O sr. Castevet abraçou-a, olhou para o chão e sacudiu a cabeça.

"Sabe informar se tinha parentes?", perguntou o policial.

"Não tinha nenhum", respondeu a sra. Castevet. "Ela era totalmente só. Não tinha ninguém, só nós."

"Não tinha um irmão?", interveio Rosemary.

A sra. Castevet colocou os óculos e olhou para ela. O sr. Castevet ergueu a cabeça, com aqueles olhos fundos reluzindo sob a aba do chapéu.

"Tinha?", insistiu o policial.

"Ela me disse que tinha", respondeu Rosemary. "Na Marinha."

O policial olhou para os Castevet.

"Isso para mim é novidade", disse a sra. Castevet, e o marido confirmou: "Para mim também é".

O policial se dirigiu a Rosemary: "A senhora sabe qual o seu posto ou onde estaria servindo?".

"Não, não sei", ela respondeu e, virando-se para os Castevet, prosseguiu: "Ela o mencionou um dia desses, na lavanderia. Meu nome é Rosemary Woodhouse".

Guy acrescentou: "Nós moramos no 7E".

"Posso imaginar como deve estar se sentindo, sra. Castevet", disse Rosemary. "Ela parecia tão feliz, tão cheia de — cheia de esperanças quanto ao futuro. Ela me disse coisas *maravilhosas* sobre a senhora e seu marido; quão grata ela era a ambos por tudo quanto tinham feito por ela."

"Muito obrigada", agradeceu a sra. Castevet e o sr. Castevet acrescentou: "Muito grato por suas palavras. Ajudam a aliviar a dor do momento".

O policial indagou: "Vocês não sabem nada mais a respeito desse irmão, a não ser que está na Marinha?".

"É só o que sei", respondeu Rosemary. "Acho que ela não gostava muito dele."

"Deve ser fácil localizá-lo", disse o sr. Castevet. "Com um sobrenome incomum como Gionoffrio."

Guy abraçou Rosemary novamente e eles se viraram em direção ao edifício. "Estou tão chocada e consternada", disse Rosemary aos Castevet e Guy acrescentou: "É uma grande pena. É...".

A sra. Castevet disse "muito obrigada," e o seu marido sussurrou algo, uma frase longa cujas únicas palavras que se entenderam foram "nos últimos dias dela".

Subiram ao apartamento. ("Deus do céu!", Diego, o ascensorista noturno, não parava de repetir: "Deus do céu! Deus do céu!".) Com grande pesar eles olharam pela agora fatídica porta do 7A e caminharam pelas ramificações do corredor até seu apartamento. O sr. Kellog, do 7G, botou a cabeça para fora de sua porta sem destravar a corrente e lhes perguntou o que estava acontecendo lá embaixo. Eles lhe contaram tudo.

Durante alguns minutos sentaram-se na beirada da cama, conjecturando sobre as razões que poderiam ter levado Terry a tirar sua própria vida. Se ao menos os Castevet tivessem lhes dito o que estava escrito no bilhete, eles poderiam ter alguma noção mais clara dos motivos que a conduziram a uma morte violenta, que eles quase testemunharam. E mesmo que soubessem do conteúdo do bilhete, Guy lembrou, talvez nem assim teriam uma resposta exata, pois parte do acontecimento provavelmente estava além da compreensão da própria Terry. Algo a tinha levado às drogas e algo a tinha levado à morte; o que seria isso, era tarde demais para alguém descobrir.

"Você se lembra do que o Hutch disse?", Rosemary perguntou. "Sobre o fato de haver mais suicídios aqui neste prédio do que em outros?"

"Ah, Rô, isso tudo é bobagem, querida; aquela história de "'zona perigosa'."

"O Hutch acredita nisso."

"Bem, *ainda* assim é uma bobagem."

"Já posso imaginar o que ele vai dizer quando souber do que aconteceu."

"Não conte nada a ele", disse Guy. "Por certo ele não irá ler sobre isso nos jornais." Naquela manhã uma greve dos jornais de Nova York tinha se iniciado e havia rumores de que se estenderia por um mês ou mais.

Eles tiraram as roupas, tomaram um banho de chuveiro, terminaram uma partida de Scrabble — o jogo de palavras cruzadas — , fizeram amor e, depois, pegaram leite e um prato de macarrão na geladeira. Minutos antes de apagarem as luzes, lá pelas duas e meia da madrugada, Guy se lembrou de chamar a central de recados e recebeu a notícia de que conseguira o papel em um comercial dos vinhos Cresta Blanca.

Guy dormiu rapidamente, mas Rosemary ficou acordada ao lado dele, vendo o rosto desfigurado de Terry com aquele olho aberto olhando para o céu. Depois de algum tempo, porém, ela se viu de volta ao colégio Nossa Senhora, onde estudara. A irmã Agnes, brandindo os punhos para ela, expulsou-a da liderança das monitoras do segundo andar e disse: "Às vezes eu fico pensando em como você pode ser líder de *alguma coisa!*". Uma batida seca, vinda do quarto vizinho, fez Rosemary despertar e ela ouviu a sra. Castevet dizer: "E, por favor, não me conte o que a Laura-Louise disse porque não estou interessada!". Rosemary virou para o lado e se afundou no travesseiro.

A irmã Agnes estava furiosa. Em situações como essa, ela apertava tanto os olhos porcinos que eles viravam dois riscos e as narinas dela se dilatavam. Por culpa de Rosemary tinha sido necessário emparedar todas as janelas do Nossa Senhora e, por isso, o colégio não poderia mais participar do concurso de "as mais belas escolas" promovido pelo *World-Herald*. "Se você tivesse *me* escutado, não teríamos que ter *feito* isso!", gritava a irmã Agnes com forte sotaque do Meio-Oeste. "Já estaríamos prontos para participar do concurso em vez de ter que começar tudo desde o início!" Tio Mike tentava acalmá-la. Ele era o diretor do Nossa Senhora, que estava conectado por corredores à funilaria dele, na parte sul de Omaha. "Eu *disse* para você não contar nada para ela antes da hora", a irmã Agnes prosseguia, agora com a voz mais baixa, mas com os olhinhos porcinos destilando ódio e fuzilando Rosemary. "Eu *disse* que ela não tinha a cabeça aberta para isso. Teríamos tempo suficiente *depois* para deixá-la a par de tudo." (Rosemary tinha contado à irmã Verônica sobre as janelas terem que ser fechadas com tijolos, e a irmã Verônica decidira retirar o colégio da competição; mas ninguém iria sequer perceber o detalhe das janelas e eles teriam vencido. Contudo, tinha sido correto contar, admitiu a irmã Agnes. Uma escola católica não deveria vencer valendo-se de truques.) "Qualquer uma! Qualquer uma!", disse a irmã Agnes. "Só precisa ser alguém jovem, saudável e que não seja virgem. Não precisa ser uma vadia imprestável viciada em drogas, retirada da sarjeta. Eu já não disse isso desde o início? Qualquer uma. Desde que seja jovem, saudável e que não seja virgem." E nada disso fazia o menor sentido, nem mesmo para o Tio Mike; então Rosemary virou-se na cama e era sábado à tarde; ela, Brian, Eddie e Jean estavam em frente ao balcão de doces do cinema Orpheum, indo assistir a Gary Cooper e Patricia Neal em *Vontade Indômita*, só que era real, e não um filme.

O Bebê de Rosemary
Ira Levin

CAPÍTULO 5

Na manhã da segunda-feira seguinte, Rosemary estava guardando as compras do supermercado quando a campainha tocou, e o olho mágico mostrou a sra. Castevet, com bobes nos cabelos brancos cobertos por um lenço azul e branco, olhando direta e solenemente como se estivesse esperando pelo clique da câmera que iria tirar sua foto para o passaporte.

Rosemary abriu a porta e disse: "Olá. Como vai a senhora?".

A sra. Castevet sorriu com um ar desolado e disse: "Vou bem. Posso entrar por um instante?".

"É claro, entre, por favor." Rosemary se encostou na parede e manteve a porta bem aberta. Sentiu um cheiro levemente acre com a passagem da sra. Castevet, o mesmo cheiro daquela substância esponjosa verde-escura do talismã de prata que Terry usava. A sra. Castevet vestia calças legging, algo que jamais deveria usar; seus enormes quadris e coxas comprimidos faziam a gordura despencar. A calça era verde-limão, a blusa, azul; via-se a ponta de uma chave de fenda enfiada no bolso traseiro. Parada no corredor, entre a saleta de TV e a cozinha, ela

47

voltou-se, colocou os óculos pendurados na correntinha e sorriu para Rosemary. Um sonho que Rosemary tivera uma ou duas noites atrás veio de repente à sua memória — algo com a irmã Agnes gritando com ela por causa das janelas emparedadas — e ela, tentando esquecer, sorriu também, pronta para ouvir o que a sra. Castevet tinha a dizer.

"Vim aqui apenas para lhe agradecer", começou a sra. Castevet, "pelas coisas amáveis que você nos disse naquela noite, sobre o que a pobre Terry lhe contou de ser grata pelo que fizemos a ela. Vocês não podem imaginar quão reconfortante foi ouvir algo assim num momento de choque como aquele, porque tanto na minha cabeça quanto na do meu marido passavam pensamentos de que talvez tivéssemos falhado com ela e que, de algum modo, a *leváramos* a fazer aquilo, embora o bilhete que ela escreveu tenha deixado bem claro que seu ato foi de livre e espontânea vontade; mas, de qualquer jeito, foi uma bênção escutar as palavras ditas em voz alta vindas de uma pessoa em quem Terry confiara quase perto de seu final."

"Por favor, não há o que me agradecer", disse Rosemary. "Eu apenas repeti o que ela havia me contado."

"Há pessoas que não teriam nem se dado ao trabalho", disse a sra. Castevet. "Apenas virariam as costas sem querer perder tempo e nem gastar energia. Só quando se fica mais velho é que se percebe quão raros e difíceis são os atos de bondade neste mundo em que vivemos. Por isso agradeço *mesmo* a você, em meu nome e no de Roman. Roman é meu marido."

Rosemary abaixou a cabeça em aceitação, sorriu e disse: "Não há o que agradecer. Fico feliz por ter ajudado".

"Ela foi cremada ontem de manhã, numa cerimônia simples", disse a sra. Castevet. "É o que ela desejaria. Agora teremos que esquecer e seguir a vida. Certamente não será fácil; tivemos muitas alegrias tendo a Terry conosco, já que não tivemos filhos. Vocês têm filhos?"

"Não. Ainda não", disse Rosemary.

Olhando para a cozinha, a sra. Castevet exclamou: "Ah, que graça essas panelas penduradas na parede desse jeito. E veja só como você dispôs a mesa, muito interessante!".

"Copiei a ideia de uma revista", disse Rosemary.

"A pintura do apartamento ficou ótima", disse a sra. Castevet, toda empolgada, apontando para o caixilho da porta. "Foi o proprietário quem pagou? Aposto que vocês deram um bom dinheiro extra aos pintores; eles não fizeram um serviço tão bom assim lá em casa."

"Nós só demos uma gorjeta de cinco dólares a cada um", respondeu Rosemary.

"Ah, só isso?" A sra. Castevet virou-se e olhou o quarto-depósito. "Olha, que maravilha! Uma saleta de TV!"

"É só temporária", disse Rosemary. "Pelo menos, espero que seja. No futuro será o quarto do bebê."

"Você está grávida?", perguntou a sra. Castevet, examinando Rosemary.

"Ainda não", respondeu Rosemary, "mas espero ficar, assim que tudo estiver arrumado."

"Isso é maravilhoso", disse a sra. Castevet. "Vocês são jovens e saudáveis. Vocês devem ter muitos filhos."

"Estamos planejando três", disse Rosemary. "A senhora gostaria de conhecer o resto do apartamento?"

"Eu adoraria", disse a sra. Castevet. "Estou louca para ver o que você fez nele. Eu costumava vir aqui quase todos os dias. A moradora anterior era uma querida amiga nossa."

"É, eu sei", disse Rosemary, passando à frente da sra. Castevet para lhe indicar o caminho, "a Terry me contou."

"Ah! É mesmo?", disse a sra. Castevet seguindo adiante. "Parece que vocês duas tiveram longas conversas lá embaixo na lavanderia."

"Só uma", comentou Rosemary.

A sala de estar deixou a sra. Castevet encantada. "Meu Deus! Que diferença! Parece tão mais *iluminada*! Ah, olha só essa poltrona! Que linda, hein?"

"Chegou na sexta-feira", disse Rosemary.

"Quanto é que você pagou por uma poltrona como essa?"

Meio desconcertada, Rosemary respondeu: "Não tenho muita certeza. Acho que foi mais ou menos uns 200 dólares."

"Você não se importa com as minhas perguntas, não é?", explicou a sra. Castevet, dando uma batidinha no nariz. "É por isso que tenho o nariz tão comprido, de tanto xeretar."

Rosemary riu e disse: "Não, claro que não, não tem problema. Eu não me importo".

A sra. Castevet inspecionou a sala, o quarto de casal e o banheiro, perguntando quanto o filho da sra. Gardenia tinha pedido pelo tapete e pela penteadeira, onde eles tinham comprado os abajures, qual a idade de Rosemary e se a escova de dentes elétrica era de fato melhor do que as comuns. Rosemary acabou gostando daquela velha senhora tão direta, que falava alto e fazia perguntas indiscretas. Convidou-a para tomar um café com bolo.

"E o que faz o seu marido?", perguntou a sra. Castevet, sentando-se à mesa da cozinha e, indolentemente, examinando as etiquetas de preços nas latas de sopa e de ostras. Rosemary lhe contou, enquanto dobrava um filtro de café de papel. "Eu sabia!" exclamou a sra. Castevet. "Ontem mesmo eu disse para o Roman: 'Ele é um rapaz tão bonito que posso apostar que deve ser artista de cinema!'. Tem uns três ou quatro aqui no prédio, sabia? Em que filmes ele trabalhou?"

"Em nenhum filme", Rosemary disse. "Ele já atuou em duas peças chamadas *Lutero* e *Ninguém Ama um Albatroz,* e já fez vários trabalhos em rádio e televisão."

Tomaram o café acompanhado do bolo ali mesmo na cozinha, uma vez que a sra. Castevet se recusou a fazer Rosemary desarrumar a sala só por causa dela. "Escute, Rosemary", ela disse, engolindo bolo e café de uma só vez, "estou com uns belos filés temperados já descongelados. E metade será desperdiçada já que o Roman e eu agora estamos sós. Por que você e o Guy não aparecem lá em casa esta noite e jantam conosco? O que me diz?"

"Não sei, acho que não vai dar", respondeu Rosemary.

"Mas por que não?"

"Não, realmente, tenho certeza de que vocês não querem que..."

"Seria de grande ajuda para nós se vocês fossem", disse a sra. Castevet. Ela olhou para o colo e então voltou o olhar para Rosemary com um sorriso que tornava difícil uma recusa. "Tivemos visitas ontem e no sábado", ela disse, "mas esta será a primeira noite que estaremos sozinhos desde — o que aconteceu."

Rosemary se inclinou para a frente, comovida. "Se a senhora tem *certeza* de que não vamos dar trabalho", ela disse.

"Querida, se fossem me dar trabalho, eu não os teria convidado", a sra. Castevet disse. "Pode acreditar, sou tão egoísta quanto o dia é comprido."

Rosemary deu um sorriso. "Não foi isso que a Terry me contou."

"Ora, a Terry não sabia de quem estava falando," disse a sra. Castevet sorrindo.

"Terei de consultar o Guy", Rosemary disse, "mas acho que a senhora pode contar conosco."

A sra. Castevet disse animada: "Escuta! Diga a ele que não aceitarei não como resposta! Quando ele ficar famoso, quero poder dizer a todo mundo que o conheci antes da fama!".

Tomaram o café e conversaram sobre as dificuldades e os prazeres da carreira teatral, a má qualidade dos novos programas de televisão e sobre a greve nos jornais.

"Seis e meia é muito cedo para vocês?", perguntou a sra. Castevet já na porta.

"Não, está perfeito", respondeu Rosemary.

"O Roman não gosta de jantar mais tarde do que isso", a sra. Castevet disse. "Ele tem problema de digestão e, se come muito tarde, não consegue dormir direito. Você sabe qual é nosso apartamento, não? Às seis e meia no 7A. Estaremos aguardando vocês ansiosamente. Ah, olhe só, querida, chegou a sua correspondência; deixa que eu pego. Propagandas. Bem, é melhor do que não receber nada, não é?"

Guy chegou às duas e meia, de péssimo humor; ficara sabendo por seu agente que, como temia, aquele sujeito do nome grotesco, Donald Baumgart, tinha conseguido o papel que Guy tanto desejara na nova peça. Rosemary beijou-o, fez com que ele se acomodasse na poltrona nova e lhe trouxe um sanduíche de queijo derretido e uma lata de cerveja. Ela havia lido o roteiro da peça e não gostara; provavelmente não faria nenhum sucesso e não se ouviria mais falar de Donald Baumgart.

"Mesmo que a peça seja um fracasso", disse Guy, "é o tipo de papel que chamará a atenção da crítica. Você vai ver só, ele vai conseguir mais papéis depois da peça." Guy abriu uma parte do sanduíche, desanimado, analisou o recheio, tornou a fechá-lo e começou a comer.

"A sra. Castevet veio aqui hoje de manhã", disse Rosemary. "Veio para me agradecer por eu ter lhe contado que a Terry era grata a eles. Acho que no fundo ela só queria mesmo visitar o apartamento. É a pessoa mais xereta que já conheci na vida. Acredita que perguntou o preço de tudo?"

"Você está brincando", disse Guy.

"E como vai logo *admitindo* que é curiosa mesmo, acaba ficando engraçado e se torna desculpável, ao invés de desagradável. Ela chegou até a olhar a caixa de remédios."

"Assim, sem cerimônia?"

"Hum-hum. E adivinha o que ela estava vestindo?"

"Um saco de estopa tamanho GGG."

"Não, calça legging!"

"*Legging?*"

"Sim, verde-limão."

"Deus do céu!"

Ajoelhando-se no chão, Rosemary começou a tirar as medidas das janelas para fazer as almofadas dos assentos que ficavam sob o parapeito. "Ela nos convidou para jantar com eles hoje", disse, olhando para Guy. "Eu disse que teria que confirmar com você, mas que provavelmente iríamos."

"Pelo amor de Deus, Rô", disse Guy, "nós não queremos ir lá jantar, não é?"

"Acho que eles se sentem sós", Rosemary comentou. "Por causa da Terry."

"Querida", disse Guy, "se começarmos uma amizade com um casal de velhos como esse, não vamos *nunca mais* conseguir nos livrar deles. E eles moram no mesmo andar que a gente, eles vão bater aqui mil vezes por dia. Ainda mais se ela é tão intrometida, para começo de conversa."

"Eu lhe disse que podia contar conosco", disse Rosemary.

"Pensei que tivesse dito que iria me consultar primeiro."

"Eu disse, mas também disse que ela podia contar conosco." Rosemary lançou um olhar de desconsolo ao marido. "Ela estava tão ansiosa para que fôssemos."

"Bem, hoje não estou nem um pouco a fim de bancar o educado com a Ma e o Pa Kettle," disse Guy. "Sinto muito, querida, liga para ela e diz que não vamos lá essa noite."

"Tudo bem, vou ligar", disse Rosemary, continuando a tirar as medidas dos móveis.

Guy terminou o sanduíche. "Não precisa emburrar por causa disso."

"Não estou emburrada", disse Rosemary. "Eu concordo com o que você colocou a respeito de eles morarem no mesmo andar. É um argumento válido e você está totalmente certo. Não estou emburrada de jeito nenhum."

"Ah, inferno", disse Guy, "então vamos."

"Não, não, para quê? Não temos que ir. Já fiz as compras para o jantar antes de ela ter vindo, então *isso* não é problema."

"Nós vamos", disse Guy.

"Nós não precisamos ir se você não quiser. Isso pode soar meio falso, mas estou sendo sincera, de verdade."

"Muito bem, mas só se você quiser mesmo. E vamos deixar bem claro para eles que vamos só dessa vez e que isso não significa o início de nenhum vínculo. Certo?"

"Certo."

O Bebê de
Rosemary
Ira Levin

CAPÍTULO 6

Uns minutos depois das seis e meia, Rosemary e Guy deixaram seu apartamento e caminharam pelos corredores acarpetados de verde--escuro em direção à porta dos Castevet. Quando Guy tocou a campainha, o elevador ao lado deles se abriu e o sr. Dubin ou o sr. DeVore (eles não sabiam quem era quem) saiu carregando um terno num saco plástico de lavanderia. Ele sorriu e, abrindo a porta do 7B próxima ao casal, perguntou jocosamente: "Vocês estão batendo na porta errada, não?". Rosemary e Guy riram cordiais enquanto o vizinho entrou e disse: "Cheguei!", permitindo-lhes ter um vislumbre de um aparador preto e de um papel de parede vermelho e dourado.

A porta dos Castevet se abriu e a sra. Castevet ali estava, toda maquiada e muito sorridente, num vestido de seda verde-claro e com um avental rosa com babados. "Bem na hora!", ela disse. "Entrem! O Roman está preparando *Vodca Blushes* na coqueteleira. Puxa, fiquei feliz que você pôde vir, Guy! Não vejo a hora de contar às pessoas que o conheci antes da fama! 'Comeu bem ali naquele prato, sim — Guy Woodhouse em pessoa!' Não vou nem lavar o prato quando você terminar o jantar; vou deixar intacto!"

Guy e Rosemary riram e trocaram olhares: "*Sua amiga, hein?*", perguntava o olhar dele; "*O que é que eu posso fazer?*", respondia o olhar dela.

Entraram numa sala ampla, com uma mesa retangular posta para quatro pessoas, coberta com uma toalha bordada, pratos desemparelhados e filas de luminosos talheres de prata. À esquerda, a sala se abria para uma sala de estar que era no mínimo duas vezes maior do que a de Rosemary e Guy, mas praticamente com a mesma disposição. Tinha um janelão saliente em lugar de duas janelas pequenas e uma lareira imensa em mármore rosa esculpido com copiosos arabescos. A sala era mobiliada de modo estranho; junto à lareira havia um sofá, uma mesinha com um abajur e algumas cadeiras e, no lado oposto, algo como um escritório, muito bagunçado e cheio de arquivos de aço, mesas de jogo com pilhas de jornais em cima, estantes abarrotadas de livros e uma máquina de escrever sobre um suporte de metal. De ponta a ponta da sala estendia-se uma área de uns seis metros com um tapete marrom, felpudo e aparentando ser novo, com marcas do aspirador de pó. No centro, totalmente solitária, havia uma mesinha redonda com revistas *Life*, *Look* e *Scientific American*.

Conduzidos pela sra. Castevet, cruzaram o tapete e sentaram-se no sofá; nesse mesmo instante o sr. Castevet apareceu trazendo numa pequena bandeja quatro copos com um líquido rosa-claro quase transbordando. Com os olhos fixos nas bordas dos copos, ele pisava com todo o cuidado, parecendo que a qualquer momento poderia tropeçar, derrubar tudo e causar um desastre. "Acho que enchi demais esses copos", ele disse "Não, não se levantem. Por favor. Geralmente eu encho os copos com a precisão de um *barman*, não é, Minnie?".

A sra. Castevet pediu: "Muito cuidado com o tapete".

"Mas esta noite", prosseguiu o sr. Castevet, aproximando-se mais, "fiz uma quantidade um pouco maior e, para não desperdiçar, eu... Aqui está. Por favor, sentem-se. Aceita um, sra. Woodhouse?"

Rosemary pegou um copo, agradeceu a ele e sentou-se. A sra. Castevet rapidamente lhe passou um guardanapo de papel.

"Sr. Woodhouse, um *Vodca Blush*? Já experimentou este coquetel?"

"Ainda não", respondeu Guy, pegando um copo e sentando-se.

"Você quer, Minnie?", perguntou o sr. Castevet.

"Parece uma delícia", comentou Rosemary, sorrindo animada e enxugando a base do copo.

"São muito populares na Austrália", disse o sr. Castevet. Ele tomou o copo restante e ergueu-o na direção de Rosemary e de Guy. "Aos nossos convidados", brindou. "Bem-vindos ao nosso lar." Ele bebeu, inclinou a cabeça para trás com um ar de apreciação, com um olho quase fechado; da bandeja algumas gotas caíram sobre o tapete.

A sra. Castevet tossiu no meio do gole. "O tapete!", engasgou, apontando.

O sr. Castevet olhou para baixo e disse "Ah, querida!" e endireitou a bandeja.

A sra. Castevet deixou seu copo de lado, pôs-se de joelhos e colocou guardanapos de papel sobre a local molhado. "Um tapete novinho", ela disse. "Novinho em folha. Esse homem é desajeitado demais!"

Os drinques estavam realmente deliciosos.

"Vocês vieram da Austrália?", perguntou Rosemary, logo que o tapete foi seco, a bandeja devolvida à cozinha e os Castevet finalmente sentados nas cadeiras de espaldar reto.

"Ah, não", respondeu o sr. Castevet, "sou daqui mesmo de Nova York, mas já estive na Austrália. Já estive no mundo inteiro. Literalmente." Ele deu mais um gole no drinque; estava sentado de pernas cruzadas e com as mãos no joelho. Usava mocassins pretos com borlas, calças cinza, uma blusa branca e uma gravata de listras azuis e douradas. "Em todos os continentes, em todos os países", ele prosseguiu. "Em todas as grandes cidades. Pode citar um lugar e garanto que já estive lá. Vamos, pode dizer o nome de um lugar."

Guy disse: "Fairbanks, Alasca".

"Já estive lá", disse o sr. Castevet. "Conheço todo o Alasca; Fairbanks, Juneau, Anchorage, Nome, Seward; passei quatro meses lá em 1938 e fiz uma série de bate-e-voltas em Fairbanks e em Anchorage durante as minhas viagens ao Extremo Oriente. Estive também em cidades pequenas do Alasca, Dillingham e Akulurak."

"E *vocês*, são de onde?", perguntou a sra. Castevet, ajeitando as dobras do peitilho do vestido.

"Sou de Omaha", respondeu Rosemary, "e o Guy é de Baltimore."

"Omaha é uma cidade ótima", disse o sr. Castevet. "Baltimore também é."

"O senhor viaja a negócios?", perguntou Rosemary.

"Por ambos os motivos, negócios e prazer", ele respondeu. "Estou com 79 anos e tenho ido de um lugar para outro desde os 10 anos. Pode mencionar um lugar, eu já estive lá."

"Qual o seu ramo de negócios?", perguntou Guy.

"Simplesmente todos os tipos de negócios", respondeu o sr. Castevet. "Lã, açúcar, brinquedos, maquinários, seguros, petróleo..."

Uma campainha soou lá da cozinha. "O filé está pronto", disse a sra. Castevet, levantando-se com o copo na mão. "Mas não se apressem em tomar seus drinques; vamos levar para a mesa. Roman, tome seu remédio."

"Vai terminar dia 3 de outubro", comentou o sr. Castevet; "um dia antes da chegada do papa aqui. Nenhum papa visitaria uma cidade em que os jornais estão em greve."

"Ouvi na TV que ele vai adiar a viagem até que a greve esteja terminada", disse a sra. Castevet.

Guy sorriu e disse: "Bem, é a indústria de entretenimento que manda".

O casal Castevet riu e Guy também. Rosemary apenas sorriu e cortou o seu filé, que estava ressecado e sem gosto, e vinha rodeado de ervilhas e purê de batatas, cobertos por um molho com excesso de farinha.

Ainda rindo, o sr. Castevet continuou: "Sim, é mesmo, de fato! É *só* isso que é; indústria de entretenimento!".

"*Sem* sombra de dúvida," reforçou Guy.

"As vestimentas, os rituais", disse o sr. Castevet. "Todas as religiões, não só a Igreja Católica. Espetáculo para os ignorantes."

A sra. Castevet disse: "Acho que estamos ofendendo a Rosemary".

"Não, de modo algum", Rosemary disse.

"Você não é religiosa, minha cara menina, ou é?", o sr. Castevet perguntou.

"Fui criada para ser católica," respondeu Rosemary, "mas hoje sou agnóstica. Não me senti ofendida. De verdade."

"E você, Guy?", perguntou o sr. Castevet. "Você também é agnóstico?"

"Acho que sou", disse Guy. "Não consigo entender como alguém possa ser algo diferente. Quer dizer, não há nenhuma prova irrefutável de coisa alguma, não é?"

"De fato, não há", disse o sr. Castevet.

A sra. Castevet, estudando Rosemary, comentou: "Você pareceu incomodada, quando rimos da piadinha de Guy a respeito do papa".

"Bem, ele é o papa." Rosemary disse: "Acho que fui condicionada a sentir respeito por ele e ainda mantenho isso, ainda que já não o considere uma figura sagrada".

"Se já não o considera uma figura sagrada", o sr. Castevet continuou, "você não deveria ter *nenhum* respeito por ele, já que ele anda por aí enganando as pessoas e se passando por sagrado."

"Bom argumento", concordou Guy.

"Quando eu *penso* no quanto eles gastam em vestes e ornamentos," disse a sra. Castevet.

"Uma boa demonstração da hipocrisia que está por trás das organizações religiosas", o sr. Castevet disse, "foi dada, na minha opinião, naquela peça *Lutero*. Você participou dela num papel importante, Guy?"

"Eu? Não", respondeu Guy.

"Você não era o ator substituto de Albert Finney?"

"Não," disse Guy, "o substituto dele era o ator que fazia o papel de Weinand. Fiz apenas dois papéis menores nessa peça."

"Que estranho", disse o sr. Castevet. "Eu tinha certeza de que *você* era o substituto. Lembro-me de ter ficado impressionado com um gesto que você fazia e que procurei descobrir no programa quem era o ator; e eu poderia jurar que você estava indicado como substituto do Finney."

"A que gesto o senhor se refere?", perguntou Guy.

"Não me recordo exatamente, um movimento com..."

"Eu fazia uma coisa com os braços na hora em que o Lutero tinha aquela crise, um gesto de apoio involuntário..."

"Exatamente", disse o sr. Castevet. "Era bem isso que eu estava tentando me lembrar. Tinha uma excepcional autenticidade no gesto. Em contraste, permita-me dizer, com tudo o que o sr. Finney fazia."

"Ah, por favor", disse Guy.

"Eu achei a atuação dele forçada demais", disse o sr. Castevet. "Fiquei bastante curioso para ver o que *você* teria feito no papel dele."

Rindo, Guy disse: "Então somos dois a nos perguntarmos isso" e lançou um olhar embevecido para Rosemary. Ela retribuiu com um sorriso, feliz porque Guy estava feliz; não haveria nenhuma reprimenda da parte dele agora pela noite perdida com conversas com Ma e Pa Settle, quer dizer, Kettle.

"Meu pai era produtor de teatro", o sr. Castevet prosseguiu, "e na minha infância passei um bom tempo na companhia de atores tais como a sra. Fiske, Forbes-Robertson, Otis Skinner e Modjeska. Tenho a tendência, portanto, de buscar nos atores algo mais do que mera competência. Você, Guy, tem uma qualidade interior muito interessante. Algo que aparece também nos comerciais de TV que você faz, e essa qualidade pode lhe levar longe, de fato; desde que, naturalmente, você tenha a sorte de receber um daqueles 'empurrõezinhos' iniciais dos quais mesmo os grandes atores, de certo modo, também dependem. Você está ensaiando algum papel no momento?"

"Estou tentando conseguir um ou dois", respondeu Guy.

"Não acredito que você não os consiga", disse o sr. Castevet.

"*Eu* acredito", respondeu Guy.

O sr. Castevet o encarou e perguntou: "Está falando sério?".

A sobremesa era uma torta caseira de creme que, embora um pouco melhor do que o filé com legumes, pareceu a Rosemary demasiado doce e enjoativa. Mas Guy elogiou bastante a torta e, inclusive, repetiu. Talvez estivesse apenas representando, pensou Rosemary, retribuindo os elogios com elogios.

Depois do jantar, Rosemary se ofereceu para ajudar com a louça. A sra. Castevet imediatamente aceitou a oferta, e as duas mulheres tiraram a mesa enquanto Guy e o sr. Castevet retornaram à sala.

A cozinha, logo ao lado da sala, era pequena e parecia ainda menor pelo espaço tomado pela estufa que Terry havia mencionado. Essa estufa, com um pouco menos do que um metro de comprimento, ficava sobre uma grande mesa branca próxima à única janela da peça. Lâmpadas com hastes flexíveis se inclinavam até muito perto, e a luz refletida nas paredes de vidro, em vez de ser transparente, tornava tudo de um branco que quase cegava. No espaço restante ficava a pia, o fogão e a geladeira, muito próximos, e com armários por todos os lados. Rosemary secava a louça lado a lado da sra. Castevet; trabalhava diligentemente e sentia a íntima satisfação de saber que sua cozinha era maior e mais graciosamente equipada. "Terry me contou sobre esta sua estufa", ela disse.

"Ah, sim", a sra. Castevet comentou. "É um bom hobby. Você devia ter uma também."

"Eu gostaria de ter uma horta algum dia", disse Rosemary. "Fora da cidade, claro. Caso o Guy receba uma oferta de trabalho no cinema, vamos agarrar a oportunidade e pretendemos ir morar em Los Angeles. Sou uma moça do interior, no fundo."

"A sua família é numerosa?", perguntou a sra. Castevet.

"É", respondeu Rosemary. "Tenho três irmãos e duas irmãs. Sou a caçula."

"Suas irmãs são casadas?"

"São, sim."

A sra. Castevet passava a esponja ensaboada por dentro de um copo. "E elas têm filhos?", perguntou.

"Uma tem dois filhos e a outra, quatro", disse Rosemary. "Pelo menos era esse o número até a última vez em que nos falamos. Pode ser que agora já sejam três e cinco."

"Bem, isso é um bom sinal para *você*", prosseguiu a sra. Castevet, ainda ensaboando o copo. Trabalhava lenta e minuciosamente. "Se as suas irmãs têm uma porção de filhos, há chance de que você também venha a ter. Essas coisas são de família."

"Sim, nós somos bem férteis", disse Rosemary, esperando com a toalha a mão para poder enxugar o copo. "Meu irmão Eddie já é pai de *oito* filhos e tem só 26 anos."

"Meu Deus!", exclamou a sra. Castevet enxaguando o copo e dando-o a Rosemary.

"Ao todo, tenho vinte sobrinhos", disse Rosemary. "Mas sequer *vi* nem a metade deles."

"Você não costuma visitar sua família de vez em quando?", perguntou a sra. Castevet.

"Não, nunca", Rosemary respondeu. "Não me dou muito bem com a minha família, com exceção de um dos meus irmãos. Eles me consideram a ovelha desgarrada."

"Puxa! Mas por quê?"

"Porque o Guy não é católico e por não termos nos casado no religioso."

"Aff," suspirou a sra. Castevet. "Não é estranho como as pessoas fazem essas confusões em nome da religião? Bem, azar deles; não deixe que isso a incomode nem um pouco."

"Falar é fácil, difícil é fazer", respondeu Rosemary, colocando o copo na prateleira. "A senhora não quer que eu lave, enquanto a senhora enxuga?"

"Não, meu bem, está ótimo assim", disse a sra. Castevet.

Rosemary olhou para a sala. Só conseguia enxergar o canto que era tomado pelos arquivos de aço e pelas mesas de jogo; Guy e o sr. Castevet estavam no outro lado. Uma nuvem de fumaça azulada de seus cigarros pairava no ar.

"Rosemary?"

Rosemary virou a cabeça. Sorridente, a sra. Castevet lhe estendeu, com a mão numa luva de borracha verde, um prato lavado.

Levaram quase uma hora para terminar de lavar e secar toda a louça, as panelas e os talheres, embora Rosemary tivesse a certeza de que teria feito aquele trabalho na metade do tempo. Quando ela e a sra. Castevet saíram da cozinha e se dirigiram à sala, encontraram Guy e o sr. Castevet no sofá, um em frente ao outro, o sr. Castevet tentando reforçar os pontos da conversa batendo com o indicador na palma da mão.

"Agora, Roman, pare de incomodar os ouvidos do Guy com suas histórias sobre Modjeska", disse a sra. Castevet. "Ele só está escutando porque é muito educado."

"Não, as histórias são interessantes, sra. Castevet", disse Guy.

"Viu só?", disse o sr. Castevet.

"*Minnie*", a sra. Castevet disse a Guy. "Me chame de Minnie e ele de Roman, está bem?" Ela olhou para Rosemary com um olhar quase desafiador. "Está bem?"

Guy riu. "Está bem, Minnie", ele concordou.

Comentaram sobre os Gould e os Bruhn, sobre Dubin-e-DeVore; falaram sobre o irmão de Terry, que tinha afinal sido encontrado num hospital de marinheiros em Saigon, e, já que o sr. Castevet estava lendo o Relatório Warren, também falaram sobre o assassinato de Kennedy. Rosemary, sentada numa das cadeiras de espaldar reto, sentia-se estranhamente fora da conversa, como se os Castevet fossem velhos amigos de Guy a quem ela acabasse de ser apresentada. "O que *você* acha? Que houve algum tipo de complô?", o sr. Castevet lhe perguntou, de repente, e ela respondeu meio confusa, consciente de que o educado anfitrião estava tentando incluir na conversa a convidada deixada de lado. Ela pediu licença e, seguindo a direção dada pela sra. Castevet, foi ao banheiro, onde encontrou toalhas de papel florido com a inscrição "Para os Convidados" e um livro intitulado *Piadas para Privada,* que não tinha a menor graça.

Saíram de lá às dez e meia, dizendo: "Até, logo, Roman" e "Muito obrigada, Minnie", com entusiasmados apertos de mão e uma promessa implícita de que repetiriam aqueles encontros, o que, pelo menos da parte de Rosemary, era uma falsa promessa. Logo que viraram o corredor e ouviram a porta se fechar atrás de si, eles se entreolharam e, ao mesmo tempo, soltaram um suspiro de alívio.

"Agoora, Roman", disse Guy mexendo as sobrancelhas de um jeito engraçado, "pare já de incomodá os ouviiidos do Guy com suas históoorias sobre Mojeski!"

Rindo, Rosemary, se aconchegou ao marido e fez sinal de silêncio; de mãos dadas e na ponta dos pés, eles correram até a porta do seu apartamento que destrancaram, fecharam a porta, trancaram, passaram a corrente de segurança. Guy fingiu pregar trancas de madeira pesada, arrastar pesadas pedras até a porta e levantar uma ponte levadiça imaginária; enxugando a testa e arfando, ele voltou-se para Rosemary, que se dobrava de tanto rir.

"E aquele filé?", Guy perguntou.

"Meu Deus!", disse Rosemary. "E a torta! Como é que você comeu dois pedaços daquilo? Estava *um horror!*"

"Minha cara menina", disse Guy, "foi um ato sobre-humano de coragem e martírio. Pensei comigo mesmo: 'Meu Deus, aposto que nunca, em toda a vida dela, um convidado pediu a essa velha maluca para repetir *algum* prato!'. Então, decidi repetir." Ele fez um gesto pomposo. "De vez em quando, eu tenho esses rompantes de nobreza."

Eles foram para o quarto. "Ela cultiva ervas e especiarias", disse Rosemary, "e quando elas crescem demais, arranca e joga pela janela."

"Cuidado, as paredes têm ouvidos", disse Guy. "Ei, e aqueles talheres de prata, hein?"

"Não é engraçado?", Rosemary comentou, tirando os sapatos; "só três pratos que combinavam e aqueles talheres lindos, lindos."

"Sejamos bonzinhos; talvez os deixem para nós no testamento."

"Sejamos mauzinhos e compremos os nossos próprios talheres. Você foi no banheiro?"

"Lá? Não."

"Adivinhe o que tem lá."

"Um bidê."

"Não, um *Piadas para Privada*."

"Não."

Rosemary tirou o vestido. "Pendurado numa correntinha", ela disse. "Bem ao lado do vaso."

Guy sorriu e balançou a cabeça. Começou a tirar as abotoaduras, em pé perto do armário. "Mas as histórias que o Roman contou", disse Guy, "eram bem interessantes, na verdade. Eu nunca tinha ouvido falar em Forbes-Robertson antes, mas ele foi um dos grandes artistas da sua época." Com certa dificuldade, ele tirava a outra abotoadura e disse: "Vou voltar lá amanhã à noite para ouvir mais algumas histórias".

Rosemary olhou para ele, atônita. "Vai voltar lá?", ela perguntou.

"Vou sim", ele respondeu, "o Roman me convidou." Ele estendeu a mão para ela, pedindo: "Será que você consegue tirar esta para mim?".

Rosemary foi até ele e mexeu na abotoadura, sentindo-se subitamente perdida e desconcertada. "Eu achei que fôssemos sair com Jimmy e Tiger", ela disse.

"Isso já estava combinado?", perguntou Guy. Ele olhou-a nos olhos. "Eu achei que ainda iríamos ligar e confirmar."

"Não estava *combinado*," ela disse.

Ele encolheu os ombros. "Então vamos deixar para quarta ou quinta-feira."

Ela tirou a abotoadura e a segurou na palma da mão. Ele a pegou. "Obrigado", ele disse. "Você não precisa ir se não quiser; fique aqui em casa."

"Acho que sim", respondeu Rosemary, "vou ficar aqui mesmo." Ela sentou-se na cama.

"Ele conheceu Henry Irving também", disse Guy. "Isso é mesmo incrivelmente interessante."

Rosemary tirou as meias. "Por que será que eles tiraram os quadros da parede?"

"Que quadros?"

"Os quadros das paredes; eles retiraram. Na sala e no corredor que dá para o banheiro. Tem os pregos na parede e os espaços vazios. E aquele único quadro que *está* lá, sobre a lareira, não era dali originalmente. Ele é menor e tem uns cinco centímetros de parede mais clara de cada lado do quadro."

Guy olhou para ela. "Não reparei nisso."

"E por que será que eles têm todos aqueles arquivos e tranqueiras bem na sala?", ela perguntou.

"*Isso* ele me explicou", disse Guy, tirando a camisa. "É que o Roman publica uma revista para colecionadores de selos. É assinada por gente do mundo todo. Por isso é que ele recebe tanta correspondência de fora."

"Tudo bem, mas por que na sala?", perguntou Rosemary. "Eles têm três ou quatro quartos e todos estavam com as portas fechadas. Por que não usam um dos quartos?"

Guy aproximou-se dela, com a camisa nas mãos, apertou-lhe o nariz carinhosamente e disse: "Você está ficando mais xereta do que a Minnie". Ele atirou um beijo para ela e foi para o banheiro.

Uns quinze minutos depois, enquanto estava na cozinha fervendo água para fazer um café, Rosemary sentiu uma dor aguda no ventre, o que era o prenúncio de que ficaria menstruada. Ela relaxou, apoiando-se numa quina do fogão, esperando que a dor diminuísse e então, sentindo-se muito triste e frustrada, pegou o filtro de papel e o bule.

Ela estava com 24 anos, e eles queriam ter três filhos, um a cada dois anos; mas Guy "ainda não estava pronto" — talvez nunca estivesse pronto, ela temia, até que se tornasse uma combinação de Marlon Brando e Richard Burton. Será que não sabia o quanto era bonito, talentoso e que com certeza teria sucesso? Então o plano dela era engravidar por "acidente"; alegava que as pílulas lhe causavam dor de cabeça e que os preservativos eram abomináveis. Guy dizia que, no fundo, ela continuava sendo uma boa católica, e ela negava só para disfarçar. Ele seguia atentamente o calendário e evitava os "dias perigosos", e ela dizia: "Não, hoje é seguro, querido; tenho certeza que é".

E de novo, este mês, ele tinha vencido e ela perdera, nessa batalha inglória da qual ele sequer sabia que estava participando. "Diabos!", ela exclamou, derrubando o bule de café no fogão. Guy, lá do quarto, perguntou: "O que foi?".

"Bati o cotovelo!", ela respondeu.

Pelo menos agora ela sabia por que se sentira tão deprimida durante aquela noite.

Diabos mesmo! Se estivessem vivendo juntos sem estarem casados, ela podia apostar que já teria engravidado umas cinquenta vezes!

O Bebê de Rosemary
Ira Levin

CAPÍTULO 7

Na noite seguinte, depois do jantar, Guy foi até o apartamento dos Castevet. Ao terminar de ajeitar a cozinha, Rosemary ficou indecisa entre fazer as almofadas para os bancos da janela ou se meter na cama com o livro de Claude Brown, *Manchild in The Promised Land*, quando a campainha tocou. Era a sra. Castevet, acompanhada de outra senhora — baixa, gordinha e sorridente, com um vestido verde adornado com um broche de propaganda eleitoral onde se lia "Buckley para Prefeito".

"Olá, querida, espero que não estejamos lhe incomodando!", disse a sra. Castevet quando Rosemary abriu a porta. "Esta é a minha querida amiga, Laura-Louise McBurney, que mora no 12º andar. Laura-Louise, esta é a Rosemary, esposa do Guy."

"Olá, Rosemary! Bem-vinda ao Bram!"

"Laura-Louise acabou de conhecer o Guy, lá em casa, e quis conhecê-la também, assim viemos até aqui. O Guy disse que você não estava fazendo nada especial. Podemos entrar?"

Com um tom educado e resignado, Rosemary convidou-as a entrar na sala.

"Ah, as cadeiras novas chegaram", disse a sra. Castevet. "São lindas!"

"Chegaram esta manhã mesmo", disse Rosemary.

"Você está bem, querida? Parece meio abatida."

"Estou bem, sim", disse Rosemary e sorriu. "Estou no primeiro dia da minha menstruação."

"Você devia era ir para a cama!", disse Laura-Louise, sentando-se. "Nos *meus* primeiros dias, eu tinha tanta dor que não conseguia nem me mexer, nem comer e nem fazer *nada*. O Dan tinha que me dar gim num canudinho para matar a dor, e olhe que éramos totalmente abstêmios naquela época, a não ser por essa pequena exceção."

"As moças de hoje em dia se saem melhor, diferente de como era na nossa época", disse a sra. Castevet sentando-se também. "Elas são mais saudáveis do que nós, graças às vitaminas e aos bons cuidados médicos."

As duas senhoras tinham trazido, cada qual a sua, bolsas de costura verde idênticas de onde, para a surpresa de Rosemary, tiraram um crochê (Laura-Louise) e peças para cerzir (sra. Castevet); estavam aboletadas no sofá aparentemente dispostas a passar a noite em conversa e trabalhos manuais. "O que é aquilo ali?", perguntou a sra. Castevet. "Capas para os assentos?"

"Almofadas para o banco da janela", respondeu Rosemary, dizendo a si mesma *Tudo bem, não vai ter jeito*, e foi lá pegar as almofadas, trazendo-as para o sofá e juntando-se às senhoras.

Laura-Louise disse: "Você fez belos ajustes neste apartamento, Rosemary".

"Ah, antes que eu me esqueça", disse a sra. Castevet, "isto é para você. Meu e de Roman." Ela tirou da bolsa um embrulho em papel cor-de-rosa que colocou na mão de Rosemary; tinha algo duro dentro.

"Para mim?", Rosemary perguntou. "Não entendi bem."

"É só uma lembrancinha, só isso", disse a sra. Castevet, dissipando o embaraço de Rosemary com movimentos rápidos da mão. "Pela mudança."

"Não, a senhora não precisava..." Rosemary abriu o pacotinho embrulhado em folhas reaproveitadas de papel de seda. Dentro daquele rosa todo, estava o talismã redondo e filigranado de Terry, preso na correntinha de prata. O cheiro do conteúdo da peça fez com que Rosemary afastasse um pouco a cabeça.

"É muito antigo mesmo", disse a sra. Castevet. "Tem mais de trezentos anos."

"É lindo," disse Rosemary, examinando o talismã de prata e se perguntando se deveria contar que Terry o tinha mostrado a ela, mas a oportunidade de dizer algo acabou passando.

"A substância verde aí dentro é chamada raiz de tânis,", disse a sra. Castevet. "Traz boa sorte."

Não para Terry, pensou Rosemary e disse: "É lindo, mas não posso aceitar algo tão...".

"Já está aceito", disse a sra. Castevet, cerzindo uma meia marrom e nem sequer olhando para Rosemary. "Ponha já."

Laura-Louise disse: "Logo você se acostuma com o cheiro".

"Vamos, coloque-o", disse a sra. Castevet.

"Bem, então, lhe agradeço muito", disse Rosemary; e, com certa hesitação, passou a correntinha pela cabeça e examinou o talismã no peitilho de seu vestido. A peça se aninhou entre os seios, fria e desconfortável por um momento. *Vou tirar assim que elas saírem*, pensou Rosemary.

Laura-Louise disse: "Essa correntinha foi feita inteiramente à mão por um amigo nosso. Ele é um dentista aposentado e seu hobby é fazer joias de ouro e de prata. Logo você vai conhecê-lo na casa do Roman e da Minnie — qualquer noite dessas, tenho certeza, porque eles recebem tantos convidados. Você possivelmente conhecerá todos os amigos deles, todos os *nossos* amigos".

Rosemary interrompeu a costura e percebeu que Laura-Louise tinha enrubescido e estava embaraçada, como se tivesse cometido uma gafe ao dizer aquelas palavras. Minnie continuava ocupada cerzindo, sem notar nada. Laura-Louise deu um sorriso que Rosemary retribuiu.

"Você mesma é quem faz suas roupas?", Laura-Louise perguntou, mudando de assunto.

"Não, não as faço", disse Rosemary, "até já tentei várias vezes, mas nunca consegui acertar bem."

No fim, a noite não foi tão tediosa. Minnie contou algumas histórias divertidas de sua infância em Oklahoma, e Laura-Louise ensinou Rosemary dois segredinhos de costura muito úteis, além de ter explanado longamente sobre como Buckley, o candidato a prefeito pelo Partido Conservador, apesar da forte oposição, ainda teria chances de vencer as eleições futuras.

Guy chegou às onze horas, calado e estranhamente contido. Cumprimentou as senhoras e, sentado ao lado de Rosemary, inclinou-se e beijou-a no rosto. Minnie disse: "*Onze*? Puxa vida! Vamos, Laura-Louise".

Laura-Louise disse: "Venha me visitar a hora que você quiser, Rosemary; estou no 12F". As duas senhoras guardaram suas coisas nas bolsas de costura e saíram rapidamente.

"As histórias de hoje foram tão interessantes quanto as de ontem?", Rosemary perguntou.

"Foram, sim", Guy respondeu. "E você, foi boa a visita?"

"Foi boa. Avancei nas minhas costuras."

"Estou vendo."

"E ganhei um presente também."

Ela mostrou o talismã a ele. "Era de Terry", revelou. "Eles deram de presente a ela; ela me mostrou um dia. A polícia deve ter... devolvido depois."

"Ela, provavelmente, nem estava usando quando...", disse Guy.

"Aposto que estava usando, sim. Tinha muito orgulho dele como... como se fosse o primeiro presente que alguém tinha lhe dado na vida." Rosemary tirou a correntinha do pescoço e ficou segurando o talismã na palma da mão, observando-o.

"Não vai usar?", Guy perguntou.

"Tem um cheiro forte", ela disse. "Vem da substância que tem dentro, que se chama raiz de tânis. É cultivada pela Minnie na famosa estufa."

Guy cheirou o talismã e disse: "Não é tão ruim".

Rosemary foi para o quarto, abriu uma gaveta da penteadeira onde guardava uma caixa de metal da Louis Sherry cheia de bugigangas. "Não sou boa nem em tênis nem em tânis", ela declarou à sua imagem no espelho, antes de guardar o talismã no estojo e fechar a gaveta.

Guy, observando da porta, disse: "Se você aceitou, deveria usar".

Naquela noite Rosemary acordou e encontrou Guy sentado na cama, fumando na escuridão. Ela lhe perguntou o que havia acontecido. "Nada", ele respondeu. "Só um pouco de insônia."

Deviam ser aquelas histórias do Roman sobre antigos artistas famosos, pensou Rosemary, que tinham deixado Guy deprimido, fazendo-o lembrar de que sua própria carreira era um fracasso em comparação à carreira de Henry Irving e de Forbes-sei-lá-o-quê. Ele ter voltado lá para ouvir mais histórias parecia uma forma de masoquismo.

Ela tocou o braço dele e lhe disse que não se preocupasse.

"Com o quê?"

"Com nada."

"Está bem", ele disse. "Não me preocuparei."

"Você é incrível", ela disse. "Falando sério, você é mesmo. E vai dar tudo certo. Você terá que aprender a lutar caratê para conseguir se livrar dos paparazzi."

Ele sorriu à luz da brasa do cigarro.

"Logo, logo", ela disse. "Algo grande. Algo digno de você."

"Eu sei", ele disse. "Agora durma, querida."

"Está bem. Cuidado com o cigarro."

"Pode deixar."

"Me acorde se não conseguir dormir."

"Está bem."

"Eu te amo."

"Eu também te amo, Rô."

Um ou dois dias mais tarde, Guy chegou em casa com dois ingressos para a apresentação de sábado à noite de *Os Fantásticos,* dadas a ele por Dominick, seu preparador vocal. Como Guy já assistira ao espetáculo anos antes, na época da estreia, e Rosemary há tempos queria ir, ele sugeriu: "Vá com o Hutch; eu posso ficar em casa e aproveitar para trabalhar numa cena de *Um Clarão nas Trevas*".

Mas Hutch também já tinha assistido ao espetáculo, então Rosemary acabou indo com Joan Jellico, que, durante o jantar no Bijou, confidenciou que ela e Dick estavam se separando, já que não tinham mais nada em comum a não ser o mesmo endereço. A notícia entristeceu Rosemary. Ultimamente, Guy também andava preocupado e distante, envolvido em algo que não conseguia resolver e nem tampouco dividir com ninguém. Teria a separação de Joan e Dick começado desse modo? Ela ficou chateada com Joan, que estava usando uma maquiagem carregada e aplaudindo alto demais naquele pequeno teatro. Não é de se admirar que ela e Dick já não tivessem nada a partilhar; ela era espalhafatosa e vulgar, e Dick, reservado e sensível; eles não deviam sequer ter se casado, para começo de conversa.

Quando Rosemary chegou em casa, Guy estava saindo do chuveiro, mais alegre e *presente* do que tinha estado ao longo da semana. O ânimo de Rosemary cresceu. O espetáculo, contou ela, tinha sido melhor do que esperara; e também as más notícias: Joan e Dick estavam se separando. Eles realmente eram muito diferentes, não acha? E como tinha sido o ensaio do novo papel? Perfeito. Ele já o sabia de cor.

"Que diabos, esse cheiro de raiz de tânis!", exclamou Rosemary. O quarto estava impregnado. Aquele odor ácido e enjoativo tinha penetrado até no banheiro. Ela pegou na cozinha um rolo de papel-alumínio e embrulhou o talismã em três camadas, fechando bem as pontas para lacrar o invólucro.

"Deve perder esse cheiro em alguns dias", comentou Guy.

"É melhor que perca mesmo", disse Rosemary, borrifando um desodorizante no ar. "Se não diminuir esse cheiro, vou jogar fora e dizer à Minnie que o perdi."

Eles fizeram amor — Guy estava ardente e empolgado — e mais tarde, pela parede, Rosemary escutou o som de uma festa no apartamento de Minnie e Roman; o mesmo canto monótono e desafinado que ela já ouvira antes, quase como um coro religioso, e aquele mesmo som de uma flauta ou de clarinete ondulando e se espalhando para todo lado.

Guy manteve sua empolgação durante todo o domingo, fazendo prateleiras e uma sapateira no armário do quarto, e decidindo convidar uma porção de gente de *Lutero* para a inauguração da Morada dos Woodhouse. Na segunda-feira, tendo cancelado sua sessão com Dominick e permanecendo com o ouvido atento ao telefone, ele pintou as prateleiras e a sapateira do armário e envernizou um banco que Rosemary tinha achado num brechó de móveis. Toda vez que o telefone tocava, ele corria para atender. Às três da tarde, o telefone tocou novamente e Rosemary, que estava na sala testando uma nova distribuição das cadeiras, ouviu-o dizer: "Meu Deus, não. Ah, pobre sujeito".

Rosemary correu até o quarto.

"Meu Deus!", exclamou Guy.

Ele estava sentado na cama, com o telefone numa das mãos e uma lata de removedor de tinta Demônio Vermelho na outra. Sem olhar para Rosemary, perguntou: "E eles não têm nenhuma ideia do que causou isso? Meu Deus, que coisa terrível, simplesmente terrível!". Ele seguiu ouvindo, endireitou as costas e respondeu: "Sim, estou". E então disse: "Sim, claro. É terrível conseguir assim desse jeito, mas eu ...". Novamente ele ouviu. "Bem, vocês devem falar com o Allan sobre a finalização disso", ele disse — Allan Stone, o agente dele —, "mas estou certo de que não haverá nenhum problema, sr. Weiss, pelo menos não de nossa parte."

Tinha conseguido. O tal Algo Grande. Rosemary segurou a respiração e ficou esperando.

"Eu é que *lhe* agradeço, sr. Weiss", disse Guy. "E, por favor, avise-me se houver alguma novidade. Obrigado."

Ele desligou e fechou os olhos. Sentou-se imóvel, com a mão ainda sobre o telefone. Estava pálido feito um manequim, como uma estátua de cera num museu vestida com roupas e acessórios de verdade, segurando um telefone de verdade e um removedor de tinta de verdade.

"Guy!", exclamou Rosemary.

Ele abriu os olhos e a encarou.

"O que é que aconteceu?", ela perguntou.

Guy piscou e voltou à realidade. "O Donald Baumgart", ele disse. "Ele ficou cego. Acordou ontem e... não conseguia mais enxergar."

"Ah, não," disse Rosemary.

"Ele tentou se enforcar esta manhã. Está sob sedativos agora, no hospital Bellevue."

Eles se entreolharam com tristeza.

"Eu consegui o papel", disse Guy. "Que jeito infernal de conseguir." Ele olhou para o removedor de tinta que segurava e o colocou na mesinha de cabeceira. "Escute", ele disse, "vou ter que sair e dar uma caminhada por aí." Levantou-se. "Desculpe. Mas preciso sair e dar uma volta para absorver tudo isso."

"Entendo, vá dar uma volta", disse Rosemary parada na porta.

Ele saiu como estava, passou pelo corredor e abriu a porta, deixando-a se fechar atrás dele com um suave ruído.

Ela voltou para a sala, pensando no pobre Donald Baumgart e no sortudo do Guy; sortudos ela e ele, com aquele ótimo papel que iria chamar a atenção da crítica mesmo que a peça não obtivesse sucesso; que iria conduzir Guy a outros papéis melhores, ao cinema talvez, a uma casa em Los Angeles, uma horta, três filhos com dois anos de diferença entre eles. Coitado do Donald Baumgart com esse nome infeliz que ele preferiu não mudar. Devia ser bom ator, para superar o Guy, e agora lá estava ele, cego e tentando se matar, em um hospital sob a ação de sedativos.

Ajoelhada num dos bancos da janela, Rosemary ficou olhando a rua para acompanhar a saída de Guy pelo portão. Quando começariam os ensaios?, pensava. Ela viajaria com ele, é claro; que divertido seria! Boston? Filadélfia? Washington seria maravilhoso. Ela nunca tinha estado lá. Enquanto Guy estivesse ensaiando durante as tardes, ela iria passear; à noite, depois das apresentações, toda a companhia se reuniria num restaurante ou num clube para conversar e contar as últimas fofocas...

Ela esperou e olhou para baixo, mas não viu Guy sair. Ele devia ter usado a porta que dava para a Rua 55.

Agora, quando deveria estar mais do que feliz, Guy se mostrava sorumbático e apreensivo, sentado quase totalmente imóvel, à exceção dos olhos e da mão que segurava o cigarro. Seus olhos a seguiam pelo apartamento; de um modo tenso, como se ela fosse perigosa. "O que houve?", ela perguntou uma dúzia de vezes.

"Nada", ele respondia. "Você não tem aula de escultura hoje?"

"Faz mais de dois meses que não tenho ido."

"Por que não vai hoje?"

Ela resolveu ir; arrancou a velha massa de modelagem, montou a armação e começou algo novo, fazendo uma nova peça no meio de novos alunos. "Por onde esteve você?", perguntou-lhe o instrutor. Ele usava óculos, tinha o pomo-de-adão saliente e fazia miniaturas do torso dela sem nem precisar olhar para as mãos.

"Em Zanzibar", ela respondeu.

"Zanzibar não existe mais", ele disse, dando um sorriso nervoso. "É Tanzânia."

Uma tarde ela foi até a Macy's e a Gimbels e, quando voltou para casa, havia rosas na cozinha, rosas na sala; Guy, saindo do quarto com uma rosa na mão e um sorriso penitente, como a leitura que certa vez fizera para ela do personagem Chance Wayne em *Doce Pássaro da Juventude*.

"Tenho agido como um verdadeiro cretino", ele disse. "É de tanto ficar torcendo para que Baumgart não recupere a visão, é isso que eu venho fazendo, como o canalha que sou."

"É natural", ela disse. "Não tem como não ficar dividido sobre..."

"Escute", ele prosseguiu, pondo a rosa próximo ao nariz dela, "mesmo que este negócio dê errado e que passe o resto dos meus dias fazendo o papel de Charley Cresta Blanca, não vou mais fazer com que você fique com a pior parte disso tudo."

"Você não tem..."

"Tenho sim. Tenho andado tão ocupado arrancando os cabelos por conta da *minha* carreira que não tenho dado atenção a você. Vamos ter um bebê, o que acha? Vamos ter três, um de cada vez."

Rosemary olhou-o.

"Um bebê", repetiu. "Sabe? Gu-gu? Fraldas? Buá, buá?"

"Você está falando sério?", perguntou ela.

"Claro que estou", respondeu ele. "Até já verifiquei o dia certo para começarmos. As próximas segunda e terça-feira. Circule esses dias com vermelho, por favor."

"Você está falando sério *de verdade*, Guy?", perguntou Rosemary, com lágrimas nos olhos.

"Não, estou brincando", respondeu. "É *claro* que estou. Ah, Rosemary, pelo amor de Deus não chore, está bem? Por favor. Isso vai me entristecer muito, se você chorar, então pare agora mesmo, está bem?

"Está bem," ela disse. "Não vou chorar."

"Acho que exagerei nas rosas, não?", comentou ele, olhando ao redor, radiante. "Tem mais no nosso quarto também."

O Bebê de Rosemary
Ira Levin

CAPÍTULO 8

Ela subiu até o fim da Broadway para comprar filés de peixe-espada e cruzou a cidade até a Avenida Lexington à procura de queijos; não que ela não fosse encontrar filés de peixe-espada ou queijos bem ali no seu próprio bairro, mas simplesmente porque naquela manhã de um azul radiante desejava percorrer toda a cidade, caminhando rápido com o casaco esvoaçante, provocando olhares de admiração por sua beleza e impressionando os vendedores das lojas com seu conhecimento e precisão nos pedidos. Era segunda-feira, 4 de outubro, dia da visita do papa Paulo VI à cidade; o interesse geral pelo evento contagiava as pessoas e as tornava mais comunicativas e acessíveis do que o usual. *Como é bom*, pensou Rosemary, *sentir que a cidade inteira está feliz num dia em que eu estou tão feliz.*

À tarde, ela acompanhou pela televisão as idas e vindas do papa, levando o aparelho da saleta (em breve, quarto de bebê) para a cozinha para continuar assistindo mesmo enquanto preparava o peixe, os vegetais e a salada. O discurso feito por ele na ONU a sensibilizou e ela teve a certeza de que aquela fala iria ajudar a aliviar a situação do Vietnã. "Guerra, nunca mais!", dissera ele; será que suas palavras não levariam à reflexão até os chefes de estado mais intransigentes?

Às quatro e meia, enquanto arrumava a mesa de jantar em frente à lareira, o telefone tocou.

"Rosemary? Como você está?"

"Bem", ela respondeu. "E você?" Era Margaret, a mais velha de suas duas irmãs.

"Tudo bem", disse Margaret.

"De onde você está ligando?"

"De Omaha."

As duas irmãs nunca tinham se dado bem. Margaret sempre fora uma garota rabugenta e ressentida, por ter, com muita frequência, sido usada pela mãe como babá dos irmãos menores. Receber um telefonema assim dela era estranho; estranho e assustador.

"Estão todos bem?", perguntou Rosemary. *Alguém morreu*, ela pensou. *Quem? Mamãe? Papai? Brian?*

"Por aqui todos bem."

"Bem mesmo?"

"Sim, e você?"

"Ótima, já disse que sim."

"Eu passei o dia todo com uma sensação estranha, Rosemary. De que alguma coisa tinha acontecido a você. Um acidente ou algo assim. De que você tinha se machucado. Talvez estivesse num hospital."

"Bom, não aconteceu nada", disse Rosemary, e riu. "Eu estou bem. De verdade."

"Foi tão forte", disse Margaret. "Eu tinha a *certeza* de que algo tinha acontecido. Por fim, o Gene sugeriu que eu ligasse para você, para saber se está acontecendo algo diferente."

"Como vai ele?"

"Vai bem."

"E as crianças?"

"Ah, com os cortes e arranhões de sempre, mas estão bem também. Sabe que já estou com outro bebê a caminho?"

"Não, não sabia. Que maravilha. Para quando?" *Nós também logo teremos um a caminho.*

"Para o final de março. E como está o seu marido, Rosemary?"

"Ele está bem. Conseguiu um papel importante numa nova peça e logo vai começar os ensaios."

"E aí, conseguiu ver o papa?", Margaret perguntou. "A cidade deve estar toda em polvorosa."

"Se está!", disse Rosemary. "Estou assistindo pela televisão. Tem transmissão em Omaha também, ou não?"

"Não foi ver ao vivo? Você não foi ver o papa ao vivo?"

"Não, não fui."

"Sério?"

"Sim."

"Francamente, Rosemary", disse Margaret. "Sabe que o pai e a mãe iam *pegar um avião* até aí só para vê-lo? Acabaram não podendo, porque vai ter uma votação para o início de uma greve e o pai é um dos organizadores do movimento. Mas tem uma porção de amigos nossos que foram, os Donovan, o Dot e a Sandy Wallingford... E você que está bem aí, *vivendo* aí, não teve a curiosidade de ir vê-lo?"

"A religião já não significa tanto para mim quanto quando estava em casa", disse Rosemary.

"Bem", disse Margaret, "acho que é mesmo inevitável" e Rosemary quase que podia adivinhar as palavras não ditas *quando se casa com um protestante*. Ela disse: "Muito obrigada por ter telefonado, Margaret. Mas não há nada com que se preocupar. Nunca estive tão saudável e nem tão feliz em toda a minha vida".

"Foi uma sensação tão forte", disse Margaret. "Desde o minuto em que acordei. Eu fiquei tão acostumada a tomar conta de vocês quando pequenos..."

"Mande lembranças a todos, por favor. E diga ao Brian para responder a minha carta."

"Pode deixar. Rosemary..."

"Sim?"

"Eu ainda estou com aquela sensação. Não saia de casa esta noite, está bem?"

"Pois é bem isso o que estamos planejando fazer", respondeu Rosemary, olhando para a mesa de jantar parcialmente arrumada.

"Ótimo", disse Margaret. "Cuide-se."

"Me cuido, sim", disse Rosemary. "Cuide-se você também, Margaret."

"Sim. Até logo."

"Até logo."

Ela retornou à arrumação da mesa, sentindo-se vagamente nostálgica em relação a Margaret, Brian e aos outros irmãos, a Omaha e a um passado que não voltaria mais.

Com a mesa posta, tomou um banho, perfumou-se, penteou os cabelos e maquiou-se; vestiu um pijama de seda vermelho-escuro que Guy havia lhe dado no Natal passado.

Guy chegou em casa tarde, depois das seis. "Hummm", ele disse beijando-a, "tão gostosa que dá vontade de comer. Vamos? Ah, que droga!"

"O que foi?"

"Esqueci a torta."

Ele tinha dito a ela que não precisava fazer sobremesa; ele traria a sua favorita, uma torta de abóbora da Horn e Hardart.

"Dá vontade de *me* dar um soco. Passei por *duas* lojas deles; não uma, mas duas."

"Está tudo bem", disse Rosemary. "Temos frutas e queijos. São a melhor sobremesa, de verdade."

"Não são, não; a melhor é a torta de abóbora da Horn e Hardart."

Ele foi para o banheiro tomar uma ducha, ela pôs no forno uma travessa com champignons recheados e começou a preparar o molho para a salada.

Minutos depois, Guy apareceu na porta da cozinha, abotoando o colarinho de uma camisa azul aveludada. Seus olhos brilhavam e parecia meio excitado, como na primeira vez em que tinham dormido juntos, quando ele sabia o que estava para acontecer. Rosemary ficou contente em vê-lo assim.

"Seu amigo, o papa, realmente bagunçou o trânsito hoje", ele comentou.

"Você chegou a vê-lo na televisão?", ela perguntou. "Deram uma cobertura fantástica para o evento."

"Dei uma olhada na casa do Allan", respondeu ele. "Os copos estão no congelador?"

"Estão. Ele fez um discurso maravilhoso na ONU. 'Guerra, nunca mais', ele declarou."

"*Suerte* pra ele. Ei, *isso* aqui parece muito bom."

Tomaram os Gibsons e comeram os champignons recheados na sala. Guy acendeu a lareira com alguns jornais amassados, gravetos e dois pedaços grandes de carvão. "Lá vamos nós", anunciou e, riscando um fósforo, acendeu o papel. Uma chama alta se formou e logo passou para os gravetos; uma fumaça preta começou a sair da lareira e a se espalhar em direção do teto. "Meu Deus", exclamou Guy, tentando conter as chamas. "A pintura, a pintura!", alertou Rosemary.

Ele conseguiu abrir a chaminé, ligou o sistema de exaustão do ar-condicionado e a fumaça sumiu.

"Aposto que ninguém mais nesta cidade tem uma lareira acesa esta noite", disse Guy.

Rosemary, ajoelhada, segurando o drinque e olhando fascinada para o carvão envolvido pela brasa, observou: "Não é lindo? Espero que tenhamos o inverno mais gelado dos últimos oitenta anos".

Guy pôs um disco de Ella Fitzgerald interpretando Cole Porter.

Estavam quase na metade dos filés de peixe quando a campainha tocou.

"Merda", disse Guy. Ele se levantou, jogou o guardanapo na mesa e foi atender a porta. Rosemary inclinou a cabeça para escutar melhor.

A porta foi aberta e Minnie disse: "Olá, Guy!", e em seguida outras palavras ininteligíveis. *Ah, não*, Rosemary pensou. *Guy, não a convide para entrar. Hoje não, esta noite não.*

Guy falou alguma coisa e Minnie respondeu: "... extra. Não precisamos deles". Guy novamente e Minnie novamente. Rosemary soltou um suspiro de alívio, pelo visto ela não queria entrar, graças a Deus.

A porta foi fechada e trancada (Ótimo!) e ela ouviu o barulho da corrente (Ótimo!). Rosemary continuou observando, à espera, até que Guy reapareceu na sala, sorrindo com as mãos escondidas nas costas. "*Quem foi que disse que transmissão de pensamento não existe?*", ele perguntou, aproximando-se da mesa e estendendo os braços. Tinha em cada mão uma tacinha de sobremesa. "Madame e *monsieur terrão* sua *sobremesá*, no final das contas!", exclamou ele, colocando uma taça ao lado do copo de vinho de Rosemary, e a outra ao lado do seu copo. "*Musse au chocolat*", ele disse, "ou melhor, '*mouse* de chocolate,' como a Minnie pronuncia. Em se tratando da culinária de Minnie, não duvido que seja mesmo rato de chocolate, então todo cuidado é pouco."

Rosemary riu, animada. "Que maravilha", ela disse. "Era exatamente o que eu pretendia fazer de sobremesa."

"Viu?", disse Guy, sentando-se. "Transmissão de pensamento." Ele recolocou o guardanapo no colo e serviu o vinho.

"Tive medo de que ela fosse invadir a nossa casa e ficar aqui a noite toda", disse Rosemary, espetando as cenouras com o garfo.

"Não", disse Guy, "ela só queria que experimentássemos a tal *mouse* de chocolate, que ela diz ser uma das suas es-pe-ci-a-li-dáa-des."

"*Parece* bom."

"Parece mesmo, não é?"

As taças estavam cheias de um creme de chocolate disposto em espirais. A de Guy tinha uma cobertura de amêndoas moídas e a de Rosemary era enfeitada com metade de uma noz.

"Foi mesmo muito gentil", disse Rosemary. "Não devíamos caçoar dela."

"Tem razão", disse Guy, "tem razão."

A musse estava ótima, mas tinha um gosto muito sutil de giz que fez Rosemary recordar da escola e das lousas. Guy experimentou e não sentiu o tal "gosto sutil", nem de giz e nem de nada mais. Rosemary desistiu depois de duas ou três colheradas. Guy perguntou: "Não vai terminar de comer? Que bobagem, querida; não tem gosto esquisito nenhum".

Rosemary disse que tinha, sim.

"Para com isso", disse Guy, "a velhota passou o dia todo debruçada num fogão quente; coma."

"Mas eu não gostei", reafirmou Rosemary.

"Está uma delícia."

"Então coma a minha."

Guy disse, aborrecido: "Está bem, não coma. Já que você não usa o talismã que ela lhe deu, também não precisa comer suas sobremesas".

Meio confusa, Rosemary perguntou: "O que uma coisa tem a ver com a outra?".

"Ambos são exemplos de... bem, falta de consideração, é isso. Há dois minutos você estava dizendo que não deveríamos mais caçoar dela. Esta é uma forma de caçoar também, aceitando algo e depois fazendo desfeita."

"Ah...", Rosemary pegou a colher. "Se é para isso se transformar numa grande cena..." Ela enfiou uma colherada da musse na boca.

"Não é para se transformar numa grande cena", disse Guy. "Olha, se você realmente acha insuportável, não coma."

"Delicioso", disse Rosemary, com a boca cheia e pegando outra colherada, "não tem gosto ruim mesmo. Que tal virar o disco?"

Guy se levantou e foi até o toca-discos. Rosemary abriu o guardanapo que estava no colo e jogou duas colheres cheias de musse dentro dele, seguidas por mais uma meia colherada, por precaução. Tornou a dobrar o guardanapo e então, ruidosamente, passou a colher pelo interior da taça, engolindo o resto de musse enquanto Guy retornava à mesa. "Pronto, papai", ela disse, mostrando a taça vazia a ele. "Vou ganhar uma estrelinha dourada na caderneta?"

"Duas", respondeu. "Me desculpe, eu fui chato."

"Foi mesmo."

"Sinto muito." Ele sorriu.

Rosemary amoleceu. "Está perdoado", ela disse. "Acho bacana você ter consideração por senhoras idosas. Significa que terá comigo quando *eu* ficar velhinha."

Tomaram café e *crème de menthe*.

"A Margaret me ligou esta tarde", disse Rosemary.

"Margaret?"

"Minha irmã."

"Ah. Está tudo bem?"

"Está sim. Ela estava com medo de que algo tivesse acontecido comigo. Teve um mau pressentimento."

"Do quê?"

"Disse para não sairmos de casa esta noite."

"Diabos! Justo hoje que pretendia te levar para o restaurante mais chique da cidade", brincou ele.

"Vai ter que ficar para outro dia."

"Como é que você nasceu sã quando todo resto da sua família é maluca?"

A primeira onda de tontura pegou Rosemary na cozinha, quando ela raspava a musse não comida do guardanapo e a jogava na pia. Ela cambaleou por um momento, e então piscou e franziu a testa. Guy, da saleta de TV, disse: "Ele ainda não chegou. Jesus, que multidão". O papa estava no estádio dos Yankees.

"Já vou aí, um minuto", disse Rosemary.

Balançando a cabeça na tentativa de se recuperar, ela juntou os guardanapos e a toalha de mesa e colocou a trouxa na cesta de roupa suja. Tampou o ralo da pia, encheu-a de água quente, despejou um pouco de sabão e colocou de molho os pratos e as panelas. Ela os lavaria na manhã seguinte.

A segunda onda de tontura atingiu-a quando estava pendurando o pano de prato. Essa foi mais demorada; desta vez toda a sala girou lentamente e suas pernas quase perderam a força. Ela se apoiou na beira da pia.

Quando a tontura passou, ela disse: "Meu Deus" e relembrou o que tinha tomado naquela noite: dois Gibsons, dois copos de vinho (ou tinham sido três?) e um licor. Não era para menos.

Conseguiu chegar até a porta da saleta de TV e se manter em pé na terceira onda de tontura segurando-se no trinco com uma das mãos e no batente com a outra.

"O que é que você tem?", perguntou Guy, levantando-se preocupado.

"Tontura", ela disse e sorriu.

Ele desligou a TV, aproximou-se dela e a segurou firme pela cintura. "Também", ele disse, "com todas aquelas bebidas. Você provavelmente devia estar de estômago vazio."

Ele a ajudou a chegar até o quarto e, quando suas pernas não mais a sustentavam, carregou-a no colo. Ele a colocou sobre a cama e sentou-se ao lado dela, segurando a sua mão e, carinhosamente, massageando sua testa. Ela fechou os olhos. A cama era uma jangada que flutuava sobre as ondas suaves, oscilando e balançando agradavelmente. "Que gostoso", ela disse.

"Você precisa é dormir", disse Guy, acariciando a testa dela. "Uma boa noite de sono."

"Temos que fazer um bebê."

"Faremos. Amanhã. Tem bastante tempo."

"Perdi a missa."

"Durma. Uma boa noite de sono e ficará bem."

"Só um cochilo", concordou Rosemary, e logo estava sentada, com um drinque na mão, no iate do presidente Kennedy. Era um dia ensolarado e fresco, perfeito para um cruzeiro. O presidente, analisando uma enorme carta náutica, dava breves e eficientes instruções a um marinheiro negro.

Guy tirou a blusa do pijama dela. "Por que está fazendo isso?", ela quis saber.

"Para que fique mais confortável", ele respondeu.

"Estou confortável."

"Durma, Rô."

Ele abriu os colchetes de pressão laterais e lentamente tirou a calça dela. Achava que ela estava dormindo, sem sentir nada. Agora ela usava somente um biquíni vermelho, mas as outras mulheres a bordo do iate — Jackie Kennedy, Pat Lawford e Sarah Churchill — também estavam de biquíni, então não tinha problema, graças a Deus. O presidente vestia seu uniforme da Marinha. Tinha se recuperado totalmente do assassinato e parecia melhor do que nunca. Hutch estava de pé no cais, com os braços cheios de equipamentos para previsões meteorológicas. "O Hutch não vem conosco?", Rosemary perguntou ao presidente.

"Só para católicos", ele respondeu, sorrindo. "Gostaria que não estivéssemos presos a esses preconceitos, mas, infelizmente, estamos."

"Mas e a Sarah Churchill?", Rosemary perguntou. Ela virou-se para indicá-la com o dedo, mas Sara Churchill tinha desaparecido e em lugar dela estava toda sua família: a mãe, o pai, e todo mundo, com os maridos, esposas e filhos. Margaret estava grávida, e Jean, Dodie e Ernestine também.

Guy começou a tirar a aliança de casamento do dedo dela. Ela quis perguntar porquê, mas sentia-se muito cansada. "Dormir", ela murmurou e caiu no sono.

Era a primeira vez que a Capela Sistina tinha sido aberta à visitação pública e ela estava admirando o teto em um novo elevador que conduzia o visitante pela capela na posição horizontal, tornando possível ver os afrescos exatamente como Michelangelo tinha visto enquanto os pintava. Que assombro! Ela viu Deus estendendo o dedo a Adão, transmitindo-lhe a centelha divina da vida, e a parte inferior de uma prateleira parcialmente forrada com papel contact xadrezinho, como se estivesse sendo levada através do armário de roupa de cama. "Cuidado", disse Guy, e um outro homem disse: "Ela está muito alta".

"Tufão!", gritou Hutch do cais, cercado de equipamentos para previsão meteorológica. "Tufão! Já matou 55 pessoas em Londres e está vindo para cá!" E Rosemary sabia que ele estava certo. Ela precisava avisar o presidente. O barco estava caminhando para um desastre.

Mas o presidente desaparecera. Todos tinham desaparecido. O convés imenso ficara vazio, com exceção de, ao longe, o marinheiro negro que mantinha o leme em seu curso.

Rosemary dirigiu-se a ele e, de imediato, notou que ele odiava todas as pessoas brancas, que a odiava. "É melhor a senhora ir lá para baixo", instruiu de modo cortês, porém odiando-a, não querendo sequer ouvir o aviso que ela pretendia transmitir.

A parte de baixo era um enorme salão de baile onde, num dos lados, uma igreja ardia intensamente e, no outro, um homem de barba preta a encarava. No centro havia uma cama. Dirigiu-se a ela, deitou-se, e subitamente viu-se cercada por homens e mulheres nus, uns dez ou doze, com Guy entre eles. Eram velhos, as mulheres eram grotescas e tinham os seios flácidos. Minnie e sua amiga Laura-Louise estavam lá, e também Roman, que usava uma mitra preta e um longo manto escuro. Com uma varinha preta, ele fazia desenhos no corpo dela, molhando a ponta num pote de tinta vermelha que um homem bronzeado e de bigodes brancos segurava. A ponta se movimentava para cima e para baixo, cruzando sua barriga e descendo, fazendo cócegas nas partes internas de suas coxas. As pessoas nuas cantavam — monótonas sílabas desafinadas em uma língua estranha — e uma flauta ou um clarinete as acompanhava. "Ela está acordada, está vendo tudo!", Guy sussurrou para Minnie. Ele tinha os olhos arregalados e estava tenso. "Ela não está vendo *nada*", disse Minnie. "Se comeu o *mouse,* ela não pode nem ver nem ouvir nada. É como se estivesse morta. Agora cante."

Jackie Kennedy entrou no salão usando um belíssimo vestido longo de cetim; era cor de marfim e todo bordado com pérolas. "Lamento tanto que não esteja se sentindo bem", ela disse, acorrendo para o lado de Rosemary.

Rosemary lhe explicou sobre a mordida do *mouse*, minimizando um pouco a situação para que Jackie não se preocupasse.

"É melhor que amarrem as suas pernas", disse Jackie, "no caso de ter convulsões."

"É, acho que é melhor", disse Rosemary. "Há sempre a possibilidade do *mouse* transmitir raiva." Ela observou com interesse enquanto os enfermeiros de jalecos brancos amarravam suas pernas e também seus braços nas quatro colunas da cama.

"Se a música estiver lhe incomodando", disse Jackie, "me avise e farei com que parem."

"Ah, não," disse Rosemary. "Por favor, não modifiquem o programa por minha causa. A música não me incomoda de modo algum, de verdade."

Jackie sorriu amigavelmente para ela. "Tente dormir", ela disse. "Estaremos esperando no convés." Ela se afastou; pode-se ouvir o som sibilante do cetim de seu vestido.

Rosemary dormiu um pouco e então Guy se aproximou e começou a fazer amor com ela. Ele a acariciou com as duas mãos — um toque demorado e prazeroso, que começava em seus pulsos atados, descia pelos braços, seios e ventre e se tornou uma ânsia voluptuosa entre as pernas. Ele repetiu as excitantes carícias, com mais intensidade, deslizando suas mãos quentes e unhas pontiagudas e então, quando ela estava mais do que preparada, ele deslizou uma das mãos sob as nádegas dela, ergueu-as, acomodou seu membro teso e a penetrou com toda força. Seu sexo estava maior do que nunca; dolorosa e maravilhosamente enorme. Deitou-se sobre ela, com o outro braço segurando-a pelas costas, e seu peito largo esmagando os seios dela. (Ele estava usando, já que era uma festa à fantasia, uma armadura de couro cru.) Brutalmente, em movimentos ritmados, ele conduziu sua nova enormidade. Ela abriu os olhos e fitou olhos amarelo-flamejantes, sentiu cheiro de enxofre e de raiz de tânis, sentiu um hálito úmido em sua boca, ouviu grunhidos lascivos e a respiração dos espectadores.

Isto não é sonho, ela pensou. *Isto é real, isto está acontecendo*. Uma tentativa de protesto surgiu em seus olhos e garganta, mas algo cobriu o seu rosto, sufocando-a com seu fedor adocicado.

O enorme membro continuou dentro dela, a armadura de couro cru chocando-se contra o seu corpo, num incessante vai e vem.

O papa entrou carregando uma mala e com um sobretudo no braço. "Jackie me contou que você foi mordida por um *mouse*", ele disse.

"Fui", disse Rosemary. "E foi por isso que não fui vê-lo." Ela respondeu tristemente, para que ele não suspeitasse de que ela acabara de ter um orgasmo.

"Está bem", ele disse. "Não gostaríamos que você pusesse em risco a sua saúde."

"Estou perdoada, Padre?", ela perguntou.

"Totalmente", respondeu ele. Estendeu a mão para que ela beijasse o anel. A pedra do anel era uma bola de prata filigranada com uns dois centímetros de diâmetro dentro da qual, minúscula, Anna Maria Alberghetti esperava sentada.

Rosemary beijou o anel e o papa saiu às pressas para pegar o seu avião.

o Bebê de
Rosemary
Ira Levin

CAPÍTULO 9

"Ei, já passa das nove", disse Guy, sacudindo o ombro dela.

Ela afastou a mão dele e virou-se de bruços. "Cinco minutos", ela disse, afundada no travesseiro.

"*Não*", ele disse, e deu um puxão nos cabelos dela. "Tenho que estar na casa do Dominick às dez."

"Coma na rua."

"De jeito nenhum." Ele deu uma palmada no traseiro dela por cima das cobertas.

Tudo voltou à lembrança: os sonhos, os drinques, a musse de chocolate da Minnie, o papa, aquele momento terrível de limbo. Ela se virou e se levantou, apoiada no braço, olhando para Guy. Ele estava acendendo um cigarro, com cara de sono e precisando se barbear. Vestia pijama. Ela estava nua.

"Que horas são?", ela perguntou.

"Nove e dez."

"A que horas eu fui dormir?", ela perguntou, sentando-se.

"Lá pelas oito e meia", ele respondeu. "E você não dormiu, querida; você apagou. De agora em diante, tomará *ou* coquetéis *ou* vinho, coquetéis *e* vinho nunca mais."

"Que sonhos eu tive!", exclamou, esfregando a testa e fechando os olhos. "Presidente Kennedy, o papa, a Minnie e o Roman..." Ela abriu os olhos e viu arranhões em seu seio esquerdo; dois vergões paralelos que chegavam até o mamilo. Sentia uma ardência nas coxas; empurrou a coberta e viu mais arranhões, sete ou oito por toda a pele.

"Não precisa reclamar", disse Guy. "Já cortei as unhas." Ele mostrou as unhas aparadas.

Rosemary olhou para ele sem entender nada.

"Eu não queria perder a Noite do Bebê", ele explicou.

"Quer dizer que você..."

"E estava com umas unhas meio compridas."

"Enquanto eu estava...desacordada?"

Ele assentiu e deu um largo sorriso. "Até que foi meio divertido", ele disse, "de um jeito um tanto necrófilo."

Ela desviou o olhar, puxando o cobertor e cobrindo novamente as coxas. "Eu sonhei que alguém estava...me estuprando", ela disse. "Não sei quem. Alguém... não humano."

"Muito obrigado", disse Guy.

"Você estava lá, a Minnie e o Roman também, e outras pessoas... Era um tipo de cerimônia."

"Bem que tentei acordá-la", justificou, "mas você estava completamente apagada."

Ela se distanciou dele e esticou as pernas para sair pelo outro lado da cama.

"O que há com você?", perguntou Guy.

"Nada", ela disse, sem olhar para ele. "Acho que estou um pouco incomodada por ter feito isso assim, comigo inconsciente."

"Eu não queria perder a noite", explicou.

"Nós poderíamos ter feito hoje de manhã ou à noite. Ontem à noite não era a única oportunidade do mês inteiro. E mesmo que *fosse*..."

"Pensei que você gostaria que eu fizesse", ele disse, e correu um dedo nas costas dela.

Ela se afastou com repulsa. "Deve ser algo feito a dois, não um acordado e o outro dormindo", ela disse. Então: "Ah, deve ser bobagem minha". Ela se levantou e foi pegar um robe no armário.

"Me desculpe por tê-la arranhado", disse Guy. "Eu também estava meio alto."

Ela preparou o café da manhã e, depois que Guy saiu, lavou todos os pratos que estavam na pia e ajeitou a cozinha. Abriu as janelas da sala e do quarto — o cheiro de fumaça da noite anterior ainda persistia no apartamento — arrumou as camas e tomou um banho de chuveiro; um banho longo, primeiro quente, depois frio. Sem a touca de banho, ficou imóvel sob o jato de água, esperando que isso clareasse a sua mente, que seus pensamentos encontrassem ordem e alcançassem uma conclusão.

Será que a noite passada tinha sido, como dissera Guy, a "Noite do Bebê"? Será que ela, neste momento, já estaria mesmo grávida? Por mais estranho que pudesse parecer, estava indiferente. Sentia-se infeliz — fosse ou não fosse aquilo só uma bobagem de sua parte. Guy a tinha possuído sem seu conhecimento, tinha feito amor com um corpo inconsciente ("meio divertido, de um jeito um tanto necrófilo"), e não como a pessoa completa que ela era, como corpo e alma; e, além do mais, com um prazer tão selvagem que deixara nela arranhões, e dores, e uma sensação de pesadelo tão vívida e intensa que quase conseguia ver em seu ventre os desenhos que Roman traçara com sua varinha com a ponta vermelha de tinta. Ela se ensaboou vigorosamente, bastante ressentida. De fato, Guy tinha agido pelo melhor motivo do mundo, que era fazer um filho e, de fato, ele tinha bebido tanto quanto ela; mas ela desejava que nenhum motivo e nenhuma quantidade extra de álcool o tivesse levado a possuí-la daquela forma, tomando apenas o corpo dela e desconsiderando sua alma, sua consciência e sua feminilidade — o que quer que ele supostamente tenha amado nela. Agora, olhando em retrospecto para as semanas e os meses passados, notava uma perturbadora ocorrência de sinais até então despercebidos, afastados da lembrança, sinais de uma diminuição do amor de Guy por ela, de uma disparidade entre o que ele dizia e o que sentia. Ele era ator; alguém consegue saber quando um ator está sendo sincero ou quando está representando?

Seria necessário mais do que um banho de chuveiro para limpar tais pensamentos. Ela desligou a torneira e, com as duas mãos, torceu os cabelos molhados.

Ao sair de casa para fazer algumas compras, ela tocou a campainha dos Castevet para devolver as taças de musse. "Você gostou, querida?", perguntou Minnie. "Acho que exagerei no licor de cacau."

"Estava uma delícia", disse Rosemary. "Você terá que me dar a receita."

"Claro que dou. Você está indo ao supermercado? Me faria um favorzinho? Seis ovos e uma latinha de café solúvel; eu lhe pago quando você voltar. É horrível ter que sair para comprar só uma coisinha ou outra, não é?"

Havia um distanciamento agora entre ela e Guy, mas ele não parecia consciente disso. A peça começaria a ser ensaiada no dia 1º de novembro — *Não Conheço Você de Algum Lugar?* era o título —, e ele passava boa parte do tempo estudando suas falas, treinando o uso de muletas e do aparelho ortopédico que seu papel exigia, e visitando a zona de Highbridge, no Bronx, local onde a peça se passava. Jantavam com amigos com bastante frequência; quando ficavam em casa, caíam naquelas conversas artificiais sobre móveis, a greve dos jornais que-estava-para--acabar-a-qualquer-momento e o campeonato anual de beisebol. Foram à estreia de um musical e à de um novo filme, participaram de festas e da inauguração de uma exposição de esculturas em metal de um amigo. Guy parecia não querer olhar para ela nunca, sempre ocupado lendo um roteiro, assistindo à TV ou conversando com alguém. Ele se deitava cedo, antes dela. Uma noite, ele foi até a casa dos Castevet para escutar algumas das histórias de Roman sobre teatro, e ela ficou no apartamento assistindo *Cinderela em Paris* na TV.

"Você não acha que precisamos ter uma conversa?", ela lhe perguntou na manhã seguinte, durante o café.

"Sobre o quê?"

Ela olhou para ele; parecia de fato ignorar o que se passava. "Sobre o que está acontecendo conosco", ela disse.

"O que está querendo dizer com isso?"

"Que você não tem sequer olhado para mim."

"Que história é essa? Claro que tenho olhado para você."

"Não, não tem."

"Tenho olhado *sim*. Querida, o que é que há? Qual o problema?"

"Nada. Deixa para lá."

"Não, não diga isso. Quê é que está havendo? O que está lhe preocupando?"

"Nada."

"Ah, olha, querida, eu sei que tenho andado muito preocupado, com esse papel, as muletas e tudo o mais; é isso? Caramba, Rô, sabe o quanto isso é *importante*, não sabe? Mas não significa que eu já não a amo só porque não tenho olhado para você com um *olhar* apaixonado o tempo todo. Tenho que pensar em coisas *práticas* também." Foi desajeitado, encantador e sincero, como se estivesse representando o papel do caubói no filme *Nunca fui Santa.*

"Está tudo bem", disse Rosemary. "Me desculpe por ter sido tão chata."

"Você? Não conseguiria ser chata nem se quisesse."

Ele se debruçou sobre a mesa e a beijou.

Hutch tinha uma cabana perto de Brewster onde, de vez em quando, passava um fim de semana. Rosemary lhe telefonou perguntando se ela poderia usá-la por uns três ou quatro dias, talvez uma semana. "O Guy está estudando o novo papel", ela explicou, "e realmente acho que será mais fácil para ele se eu ficar um tempo fora."

"É sua", respondeu Hutch, e Rosemary foi até seu apartamento, na Avenida Lexington com a Rua 24 para apanhar a chave.

Primeiro passou numa confeitaria onde os atendentes já eram seus conhecidos desde seus tempos naquele bairro, e então subiu até o apartamento de Hutch, que era pequeno e escuro, mas muito bem arrumado e limpo, com uma fotografia autografada de Winston Churchill e um sofá que pertencera à madame Pompadour. Hutch estava descalço, sentado entre duas mesinhas de jogo, cada uma delas com uma máquina de escrever e pilhas de papel. Tinha o costume de escrever dois livros ao mesmo tempo, passando para o segundo quando se sentia empacado no primeiro, e retornando ao primeiro quando empacava no segundo.

"Estou realmente ansiosa para sair um pouco", comentou Rosemary, sentando-se no sofá de madame Pompadour. "De repente, percebi que nunca estive sozinha em toda a minha vida — a não ser por algumas poucas horas, é claro. A ideia de três ou quatro dias sozinha me parece divina."

"Uma oportunidade de se sentar em silêncio e descobrir quem você é, o que tem feito e o que pretende fazer, não é isso?"

"Exatamente."

"Está certo, pode parar com esse sorriso forçado", disse Hutch. "Por acaso o Guy bateu em você com um abajur?"

"Ele não bateu em mim com coisa alguma", disse Rosemary. "Ele está com um papel difícil, o de um rapaz aleijado que *finge* estar ajustado a seu problema físico. Ele tem que ensaiar com muletas e um aparelho nas pernas e, naturalmente, está preocupado e... e, bem, está preocupado."

"Entendo", disse Hutch. "Vamos mudar de assunto. Outro dia o *News* deu uma adorável relação completa de todas as tragédias que perdemos durante a greve. Por que você não me contou que houve outro caso de suicídio lá na Casinha Feliz em que vocês moram?"

"Ah, não lhe contei?", disse Rosemary.

"Não, não contou", Hutch disse.

"Era uma pessoa que nós conhecíamos. Aquela moça sobre a qual comentei com você; a que tinha sido viciada em drogas e estava sendo reabilitada pelos Castevet, um casal que mora no mesmo andar que nós. Tenho *certeza* de que lhe contei *isso*."

"A moça que sempre ia à lavanderia com você?"

"Essa mesma."

"Ao que parece, não tiveram muito sucesso em reabilitá-la. Ela estava morando com eles?"

"Estava", disse Rosemary. "Nos tornamos bem amigos do casal desde então. Guy vai lá com frequência para escutar histórias de teatro. O pai do sr. Castevet era produtor, lá pelo início do século."

"Nunca pensei que o Guy pudesse se interessar", disse Hutch. "Um casal idoso, é isso?"

"Ele tem 79 anos; ela deve ter uns 70."

"Têm um sobrenome esquisito", disse Hutch. "Como se escreve?"

Rosemary soletrou para Hutch.

"Nunca ouvi esse sobrenome antes", comentou. "Francês, creio eu."

"O sobrenome pode ser, mas eles não são", disse Rosemary. "Ele é nascido aqui mesmo e ela vem de um lugar chamado — acredite se quiser — Bushyhead, Oklahoma."

"Meu Deus!", exclamou Hutch. "Vou aproveitar esse nome em um dos meus livros. Já sei até em qual. Me diga uma coisa, como é que você vai fazer para chegar até a cabana? Vai precisar de um carro, sabe?"

"Vou alugar um."

"Leve o meu."

"Ah, não, Hutch. Isso seria demais."

"Por favor, leve", disse Hutch. "O máximo que eu faço com ele é ficar mudando de um lado da rua para o outro. Por favor. Vai até me poupar trabalho."

Rosemary sorriu. "Está bem", ela disse. "Vou fazer a gentileza de levar o seu carro."

Hutch lhe passou as chaves do carro e da cabana, esboçou um mapa do caminho e preparou uma lista datilografada com as instruções a respeito da bomba d'água, da geladeira e de outras variedades de emergências possíveis. Então, ele calçou sapatos, vestiu um casaco e desceu com ela até onde o carro, um velho Oldsmobile azul-claro, estava estacionado. "Os documentos estão no porta-luvas", ele disse. "Por favor, sinta-se à vontade para ficar o tempo que quiser. Não tenho planos para usar nem o carro nem a cabana."

"Estou certa de que não ficarei lá mais do que uma semana", disse Rosemary. "O Guy talvez não queira que eu passe fora todo esse tempo."

Quando ela já estava sentada no carro, Hutch enfiou a cabeça pela janela e disse: "Eu poderia lhe oferecer uma penca de bons conselhos, mas estou me esforçando arduamente para ficar quieto e cuidar da minha própria vida".

Rosemary beijou-o. "Muito obrigada", ela disse. "Por isto, por aquilo e por todas as outras coisas."

Ela viajou na manhã de sábado, dia 16 de outubro, e ficou na cabana por cinco dias. Nos dois primeiros dias, não pensou uma vez sequer em Guy — uma vingança proporcional à alegria que ele demonstrou ao concordar com a viagem. Será que ela *parecia* estar precisando de um bom descanso? Muito bem, ela *teria* um bom descanso, um longo descanso, sem pensar nele sequer uma vez. Deu passeios por deslumbrantes bosques amarelo-alaranjados, foi para a cama cedo e dormiu até tarde, leu *O Voo do Falcão*, de Daphne du Maurier, e preparou lautas refeições no fogão a gás, que comeu como uma glutona. Sem pensar nem uma vez nele.

A partir do terceiro dia, começou a pensar nele. Era vaidoso, egocêntrico, superficial e desonesto. Tinha se casado com ela em busca de uma plateia, e não de uma companheira. (A caipira recém-chegada de Omaha, que *otária* ela vinha sendo! "Ah, estou *acostumada* com atores; já moro aqui há quase um ano." E ela não tinha feito nada além do que segui-lo para cima e para baixo, carregando na boca o jornal favorito dele).

Ela lhe daria um ano para entrar nos eixos e se tornar um bom marido; caso ele não mudasse, ela iria cair fora, e sem nenhum constrangimento religioso. Nesse meio tempo, pretendia voltar ao trabalho e recuperar aquela sensação de independência e de autossuficiência a qual não hesitara em abandonar. Seria forte, orgulhosa e estaria pronta para deixá-lo se ele não correspondesse aos seus padrões.

Aquelas refeições exageradas — latas enormes de carne ensopada e com chili — começaram a lhe fazer mal; no terceiro dia, ficou meio enjoada e só conseguiu tomar um prato de sopa com bolachas.

No quarto dia, acordou com saudades dele e chorou. O que ela estava fazendo ali, sozinha naquela cabana fria e miserável? O que de tão terrível ele tinha feito? Ficara bêbado e a agarrara sem consentimento. Ora, teria sido mesmo uma ofensa assim tão grave? Lá estava ele, tendo que enfrentar o maior desafio de sua carreira, e *ela* — em vez de estar lá para oferecer ajuda, apoio e encorajamento — tinha se enfiado no meio do nada, para comer porcaria e ficar sentindo pena de si mesma. Claro que ele era vaidoso e egocêntrico; afinal, era um ator, não era? Laurence *Olivier* provavelmente era vaidoso e egocêntrico. E, de fato, mentia de vez em quando; mas não fora exatamente isso que a tinha atraído e ainda a atraía? Aquela liberdade e despreocupação tão contrastantes com seu rígido senso de decoro?

Foi de carro até Brewster para telefonar para ele. A artificialmente simpática telefonista de recados respondeu: "Olá, querida, você já voltou do interior? Ah. Guy saiu, querida; ele pode ligar para você? Ah, *você* telefonará para *ele* às cinco. Certo. Como está o tempo aí? Está se divertindo? Ótimo!".

Tornou a telefonar às cinco, mas ele ainda nem respondera às suas mensagens. Ela jantou num restaurante e foi ao único cinema da cidade. Às nove, ele ainda não chegara, mas a telefonista de recados era outra e tinha uma mensagem dele para ela: ela deveria lhe telefonar no dia seguinte, antes das oito da manhã ou depois das seis da tarde.

No dia seguinte, ela chegou ao que parecia ser uma conclusão sensata e realista dos fatos. Os dois tinham culpa; ele por ser desatento e egocêntrico, ela por não conseguir expressar e explicar sua insatisfação. Ele dificilmente teria como mudar sem que ela lhe dissesse que a mudança era necessária. Ela só precisava falar — não, *eles* só precisavam conversar, pois ele também deveria estar sentindo uma insatisfação parecida com a dela, que ela ignorava — e as coisas haveriam de melhorar. Como tantas outras situações de infelicidade, esta tinha começado com o silêncio ocupando o lugar de uma conversa franca e honesta.

Ela retornou a Brewster às cinco, ligou e o encontrou em casa.

"Olá, querida", saudou ele. "Como vai você?"

"Bem. E você?"

"Tudo bem. Sinto saudades suas."

Ela sorriu ao telefone. "Também estou com saudade", ela disse. "Vou voltar para casa amanhã."

"Ah, que bom", ele disse. "Tem acontecido de tudo por aqui. Os ensaios foram adiados até janeiro."

"Nossa, por quê?"

"Não conseguiram encontrar quem fizesse o papel da menina. Mas foi uma sorte para mim; vou fazer um piloto no mês que vem. Para uma série de comédia, episódios de meia hora cada um."

"Vai mesmo?"

"Isso caiu do céu, Rô. E parece uma série bem boa. A rede ABC está adorando a ideia. Chama-se *Greenwich Village*; vai ser filmada lá e eu faço o papel de um escritor excêntrico. É praticamente o papel principal."

"Que maravilha, Guy!"

"O Allan diz que, de repente, eu sou a bola da vez."

"Isso é maravilhoso!"

"Escuta, tenho que tomar banho e fazer a barba; ele vai me levar a uma sessão onde Stanley Kubrick estará presente. A que horas você vai chegar?"

"Lá pelo meio-dia, talvez mais cedo."

"Estarei esperando. Te amo."

"Te amo!"

Ela telefonou para Hutch, que não estava em casa, e deixou um recado dizendo que devolveria o carro na tarde seguinte.

Na manhã seguinte, ela limpou a cabana, trancou-a e voltou para a cidade. O tráfego na rodovia Saw Mill River estava congestionado por causa de uma colisão entre três carros, e só lá por uma hora da tarde ela estacionou o carro quase em cima da parada de ônibus em frente ao Bramford. Pegando a maleta, correu para casa.

O ascensorista informou que não tinha levado Guy para baixo, mas que não sabia direito, pois tinha estado de folga entre as onze e quinze e meio-dia.

Ele estava lá, contudo. O álbum *No Strings* estava tocando. Ela abriu a boca para chamá-lo e ele saiu do quarto com uma camisa leve e de gravata, indo em direção à cozinha, segurando uma xícara de café.

Beijaram-se longa e apaixonadamente; ele a abraçava só com um braço por causa da xícara.

"Foi divertido?", ele perguntou.

"Foi horrível. Péssimo. Senti tanta saudade de você!"

"Como você está?"

"Estou bem. Como foi com Stanley Kubrick?"

"Nem apareceu, o figurão."

Beijaram-se novamente.

Ela levou a maleta para o quarto e a abriu sobre a cama. Ele entrou com duas xícaras de café, deu-lhe uma e sentou-se no banco da penteadeira enquanto ela desfazia a maleta. Ela lhe contou sobre os bosques amarelo-alaranjados e as noites silenciosas; ele falou sobre *Greenwich Village*, quem mais estava na série, quem eram os produtores, diretores e autores.

"Você está bem *mesmo*?", perguntou Guy, enquanto ela fechava o zíper da maleta.

Ela não entendeu a pergunta.

"Sua menstruação", ele disse. "Devia ter vindo na terça-feira."

"É mesmo?"

Ele assentiu com a cabeça.

"Bem, é um atraso de só dois dias", ela respondeu — calmamente, como se seu coração não estivesse disparado, pulando. "Talvez seja por causa da mudança de clima ou da comida de lá."

"Mas nunca atrasou antes."

"Provavelmente deve vir hoje. Ou amanhã."

"Quer apostar?"

"Quero."

"Uma moeda?"

"OK."

"Você vai perder, Rô."

"Cale-se. Já está me deixando inquieta. São só dois dias. Provavelmente virá esta noite mesmo."

O Bebê de Rosemary
Ira Levin

CAPÍTULO 10

A menstruação não veio naquela noite e nem no dia seguinte. Nem nos próximos dias. Rosemary passou a mover-se delicadamente, a caminhar devagar, tudo para não prejudicar o que possivelmente já tivesse se alojado dentro dela.

A conversa com Guy? Não, isso podia esperar.

Tudo podia esperar.

Ela limpava a casa, fazia as compras, cozinhava, respirando com cuidado. Laura-Louise foi visitá-la uma manhã e lhe pediu para que votasse em Buckley. Rosemary respondeu que votaria, só para se livrar dela.

"Quero meu dinheiro da aposta," disse Guy.

"Fica quieto", disse ela, dando-lhe um tapinha no braço.

Ela marcou horário num obstetra e na quinta-feira, 28 de outubro, foi ao consultório. Seu nome era dr. Hill. O médico lhe fora recomendado por uma amiga, Elise Dunstan, que tinha sido paciente dele em duas gestações e o considerava excelente. O consultório dele ficava na Rua 72 Oeste.

Ele era mais jovem do que Rosemary imaginara — mais ou menos a idade de Guy ou até menos — e era um pouco parecido com o dr. Kildare da TV. Gostou dele. Fez uma longa série de perguntas a ela, minuciosamente e com interesse, examinou-a e a encaminhou a um laboratório na Rua 60 onde uma enfermeira colheu sangue de seu braço direito.

O médico telefonou para Rosemary no dia seguinte às três e meia:

"Sra. Woodhouse?"

"Dr. Hill?"

"Sim. Parabéns."

"Verdade?"

"Verdade."

Ela sentou-se na beira da cama, sorrindo para o telefone. *É verdade, é verdade, é verdade!*

"A senhora ainda está aí?"

"O que eu tenho que fazer agora?", ela perguntou.

"Pouca coisa. A senhora deve retornar ao meu consultório no próximo mês. Compre um vidro de Natalin e comece a tomar. Um comprimido por dia. E preencha um formulário que vou lhe enviar pelo correio — é para a maternidade; é melhor fazer a reserva o mais cedo possível."

"Para quando será?", ela perguntou.

"Se a sua última menstruação foi no dia 21 de setembro", ele informou, "deve ser lá para 28 de junho."

"Parece estar tão longe."

"E está. Ah, uma outra coisa, sra. Woodhouse. O laboratório precisa de mais uma amostra do seu sangue. Será que a senhora poderia passar lá amanhã, ou na segunda-feira, para colherem mais um pouco?"

"Claro, passo sim. Mas para quê?"

"A enfermeira não tirou a quantidade necessária."

"Mas — estou grávida, não é?"

"Sem dúvida; *esse* teste eles fizeram", disse o Dr. Hill, "mas geralmente eu solicito alguns outros — açúcar no sangue e outros mais —, e a enfermeira não sabia e não colheu o suficiente que desse para todos os exames. Não há nada com que se preocupar. A senhora está grávida. Eu lhe dou a minha palavra."

"Está bem", ela disse. "Voltarei lá amanhã pela manhã."

"A senhora se lembra do endereço?"

"Sim, eu guardei o cartão."

"Enviarei os formulários pelo correio, e nos veremos na última semana de novembro."

Marcaram a consulta para o dia 29 de novembro, uma da tarde, e Rosemary desligou o telefone com a sensação de que havia algo errado. A enfermeira do laboratório parecia saber exatamente o que estava fazendo, e a maneira pela qual o dr. Hill se referiu a ela não soou verdadeira. Será que estavam apreensivos, pois tinham cometido algum engano? Teriam trocado os frascos e etiquetado errado? Haveria a possibilidade de ela não estar grávida? Mas o dr. Hill não teria lhe anunciado a notícia de modo tão franco e não teria lhe dado sua palavra de médico.

Ela tentou não pensar mais no assunto. Claro que estava grávida; tinha que estar, com um atraso daqueles. Foi até a cozinha, onde havia um calendário pendurado, e no quadradinho do dia seguinte ela escreveu *Laboratório* e no dia 29 de novembro, *Dr. Hill — 13h.*

Quando Guy chegou ela foi até ele sem dizer nada e colocou uma moeda na mão dele. "Que é isso?", ele perguntou, e então se deu conta do significado. "Ah, isso é maravilhoso, querida!", exclamou. "É simplesmente maravilhoso!" — e, segurando-a pelos ombros, ele a beijou duas vezes e então uma terceira vez.

"Não é?", perguntou ela.

"Maravilhoso. Estou tão feliz!"

"Papai."

"Mamãe."

"Guy, escute", ela disse, e olhou para ele subitamente séria. "Vamos fazer disso um recomeço, está bem? Mais franqueza entre nós e mais conversas. Porque ultimamente não temos sido sinceros. Você anda tão envolvido na peça e na série, e nas novas oportunidades que estão surgindo para você — não estou dizendo que você está errado; é natural que aja assim. Mas foi por isso que eu fui para aquela cabana, Guy. Para entender o que havia de errado entre nós. E descobri: falta de franqueza. Também da minha parte. Da minha parte tanto quanto da sua."

"É verdade", ele disse, segurando-a pelos ombros, encontrando os olhos dela com sinceridade. "É verdade. Senti isso também. Não tanto quanto você, imagino. Sou um maldito egocêntrico, Rô. Esse é o grande problema. Acho que é por isso que estou nessa profissão idiota e maluca, para começo de conversa. Mas você sabe que eu te amo, não sabe? Amo *de verdade*, Rô. Vou tentar demonstrar isso melhor de agora em diante, juro por Deus que vou tentar. Serei tão sincero quanto —"

"É culpa minha tanto quanto —"

"Bobagem. É minha a culpa. Eu e meu egocentrismo. Me ajuda, Rô? Vou tentar melhorar."

"Ah, Guy", ela disse, tomada por uma onda de remorso, amor e perdão, e respondendo com entusiasmo aos beijos apaixonados do marido.

"E isso lá são modos para futuros pais?", brincou ele.

Ela sorriu, com lágrimas nos olhos.

"Puxa, querida", ele disse, "sabe o que eu adoraria fazer?"

"O quê?"

"Contar à Minnie e ao Roman." Levantou uma das mãos. "Eu sei, eu sei; devemos manter isso no mais absoluto segredo. Mas eu lhes contei que estávamos tentando e eles ficaram tão satisfeitos, e, bem, com pessoas daquela idade" — ele espalmou as mãos com um semblante de pesar — "se demorarmos para contar, talvez eles nem cheguem a saber."

"Conte a eles", ela disse, tomada de amor.

Beijou-a na ponta do nariz. "Volto em dois minutos", ele disse; virou-se e correu em direção à porta. Observando-o sair, ela se deu conta de que Minnie e Roman tinham se tornado muito importantes para ele. Era compreensível; a mãe dele era uma tagarela sempre ocupada e egoísta e nenhuma de suas figuras paternas tinha sido verdadeiramente paternal. Os Castevet estavam preenchendo uma necessidade que ele tinha, uma necessidade que o próprio Guy talvez desconhecesse. Sentiu-se grata a eles e teria mais consideração com os dois no futuro.

Ela foi até o banheiro, molhou os olhos com um pouco de água fria, ajeitou os cabelos e passou batom. "Você está grávida", disse a si mesma no espelho. (*Mas o laboratório quer outro exame. Por que será?*)

Quando estava saindo do banheiro, os Castevet apareceram na porta de entrada: Minnie com um vestido caseiro, Roman trazendo uma garrafa de vinho e Guy atrás deles, corado e sorridente. "*Isto* sim é o que podemos chamar de boa notícia!", disse Minnie. "Pa-ra-*béns*!" Ela se aproximou de Rosemary, segurou-a pelos ombros e beijou-lhe o rosto fazendo um som alto.

"Nossos melhores votos de felicidade, Rosemary", disse Roman, beijando a outra face dela. "Ficamos até sem palavras de tanta alegria. Não temos um champanhe disponível, mas acho que este Saint Julien, safra 1961, será um bom substituto para o nosso brinde."

Rosemary agradeceu a eles.

"Para quando será, querida?", perguntou Minnie.

"Dia 28 de junho."

"Será tão empolgante", disse Minnie, "esse tempo até lá."

"Faremos todas as suas compras para você", disse Roman.

"Ah, não", disse Rosemary, "Não se incomodem."

Guy trouxe copos e um saca-rolhas, e Roman o ajudou a abrir o vinho. Minnie segurou Rosemary pelo braço e elas caminharam juntas até a sala. "Escute, querida", disse Minnie, "você já tem um bom médico?"

"Tenho sim, um ótimo", disse Rosemary.

"Um dos melhores obstetras de Nova York", disse Minnie, "é um grande amigo nosso. Abe Sapirstein. Um judeu. Traz ao mundo todos os bebês da alta sociedade e poderia trazer o seu também, caso pedíssemos a ele. E cobraria um preço *decente*, assim você economizaria o dinheiro que Guy tanto se esforça para ganhar."

"Abe Sapirstein?", perguntou Roman entrando na sala. "Ele é um dos melhores obstetras do país, Rosemary. Vocês já devem ter ouvido falar dele, ou não?"

"Acho que sim", disse Rosemary, lembrando-se de ter visto o nome em algum jornal ou revista.

"Eu já ouvi", disse Guy. "Ele não foi entrevistado no programa *Open End* uns dois anos atrás?"

"Esse mesmo", disse Roman. "É um dos melhores obstetras do país."

"Rô, que acha?", perguntou Guy.

"Mas e o dr. Hill?", perguntou ela.

"Não se preocupe, darei a ele uma desculpa", disse Guy. "Você me conhece."

Rosemary pensou no dr. Hill, tão jovem, um dr. Kildare, com seu laboratório que precisava colher mais sangue porque a enfermeira tinha feito uma burrada ou porque o técnico tinha feito uma burrada ou *alguém* tinha feito uma burrada, causando a ela preocupações e aborrecimentos desnecessários.

Minnie disse: "Não vou *deixar* que você se consulte com um dr. Hill que ninguém ouviu falar! O *melhor* é o que *vai* ter, minha jovem, e o melhor é o dr. Abe Sapirstein!".

Rosemary sorriu em agradecimento à decisão deles. "Se vocês têm certeza de que ele vai me aceitar como paciente", ela disse. "Pode ser que ele não tenha disponibilidade."

"Aceitará você, sim", Minnie garantiu. "Vou telefonar já para ele. Onde fica o telefone?"

"No quarto", disse Guy.

Minnie dirigiu-se ao quarto. Roman encheu os copos de vinho. "Ele é um homem verdadeiramente brilhante", disse, "com toda a sensibilidade de sua tão atormentada raça." Deu um copo a Rosemary e outro a Guy. "Vamos esperar pela Minnie."

Ficaram ali parados, cada um segurando seu copo de vinho e Roman segurando dois. Guy disse: "Sente-se, querida", mas Rosemary balançou a cabeça negativamente e permaneceu em pé.

Minnie do quarto dizia: "Abe? É a Minnie. Tudo bem. Escute, uma querida amiga acaba de saber que está grávida. Sim, não é? Estou falando do apartamento deles agora. Eu lhes disse que você teria o maior prazer em cuidar do caso e que não iria cobrar aqueles preços exorbitantes que cobra das madames da alta sociedade". Ela permaneceu em silêncio, então disse "Aguarde um minuto", e, num tom mais alto de voz, perguntou: "Rosemary, você pode ir ao consultório dele amanhã às onze?".

"Posso, sim", respondeu Rosemary.

Roman disse: "Viu só?".

"Onze horas está ótimo, Abe", disse Minnie. "Sim. Para você também. Não, de jeito algum. Vamos esperar que sim. Até logo."

Minnie voltou para a sala. "Pronto", ela disse. "Vou anotar o endereço dele para você antes de irmos embora. Fica na esquina da Park Avenue com a Rua 79."

"Muitíssimo obrigado, Minnie,'", disse Guy, e Rosemary completou: "Não sei como agradecer a vocês. Aos dois".

Minnie pegou o copo que Roman estendia para ela e disse: "É fácil. Simplesmente faça tudo o que Abe lhe disser para fazer e tenha um belo e saudável bebê; esse é todo o agradecimento que desejamos".

Roman levantou o copo. "A um belo e saudável bebê", brindou ele.

"É isso mesmo", disse Guy, e todos beberam: Guy, Minnie, Rosemary, Roman.

"Hmm", disse Guy. "Delicioso."

"Bom mesmo", disse Roman. "E nem é dos caros."

"Ai, ai", suspirou Minnie. "Mal posso esperar para contar a novidade à Laura-Louise."

Rosemary pediu: "Ah, por favor. Não conte a ninguém. Ainda não. É cedo demais".

"Ela tem razão", disse Roman. "Haverá bastante tempo mais tarde para espalharmos as boas-novas."

"Alguém gostaria de um queijo e bolachinhas?", perguntou Rosemary.

"Sente-se, querida" disse Guy. "Eu busco."

Naquela noite Rosemary estava eufórica e feliz demais para conseguir dormir rapidamente. Dentro dela, sob as mãos que repousavam no seu ventre, um minúsculo óvulo tinha sido fecundado por uma minúscula semente. Ah, que milagre; iria crescer e se tornar Andrew ou Susan. ("Andrew" já estava certo; "Susan" estava aberto a negociação com Guy.) E o que era Andrew ou Susan agora, a cabecinha de um alfinete? Não, com certeza já devia estar um pouco maior, afinal de contas, não estava ela já entrando no segundo mês? De fato, estava. Provavelmente já tinha atingido o estágio de embrião. Ela precisava encontrar um livro ou uma tabela que descrevesse o desenvolvimento mês a mês. O dr. Sapirstein saberia indicar um.

Uma sirene de bombeiro soou ao longe; Guy mexeu-se e resmungou e, através da parede vizinha, ouviu-se o rangido da cama de Minnie e Roman.

Havia tantos perigos com que se preocupar nos meses por vir: incêndios, queda de objetos, automóveis fora de controle; perigos que anteriormente não haviam sido perigos, mas que se transformaram em perigos agora, agora que Andrew ou Susan passara a existir e a viver. (Sim, viver!) Ela cortaria os cigarros ocasionais, claro. E iria perguntar ao dr. Sapirstein a respeito de drinques.

Se ela ao menos pudesse rezar! Que bom seria segurar um crucifixo novamente e ser ouvida por Deus: pedir a Ele por ajuda na passagem dos oito meses que viriam; nada de rubéola, por favor, nem algum remédio com efeitos colaterais como a Talidomida. Oito meses tranquilos, por favor, sem acidentes nem doenças e cheios de ferro, leite e sol.

De repente, se lembrou do talismã da sorte, da bolinha cheia de raiz de tânis; e, fosse uma bobagem ou não, quis tê-lo — não, precisou tê-lo — ao redor do pescoço. Saiu da cama, andou na ponta dos pés até a penteadeira e tirou-o da caixinha da Louis Sherry, libertando-o do invólucro de papel-alumínio. O cheiro da raiz de tânis tinha mudado; ainda era forte, porém não mais repulsivo. Colocou a correntinha no pescoço.

Com a bolinha fazendo cócegas entre seus seios, pé ante pé ela voltou para a cama. Puxou as cobertas e, fechando os olhos, afundou a cabeça no travesseiro. Respirando profundamente, logo pegou no sono, com as mãos sobre o ventre protegendo o embrião dentro dela.

O BEBÊ DE ROSEMARY
PARTE 2

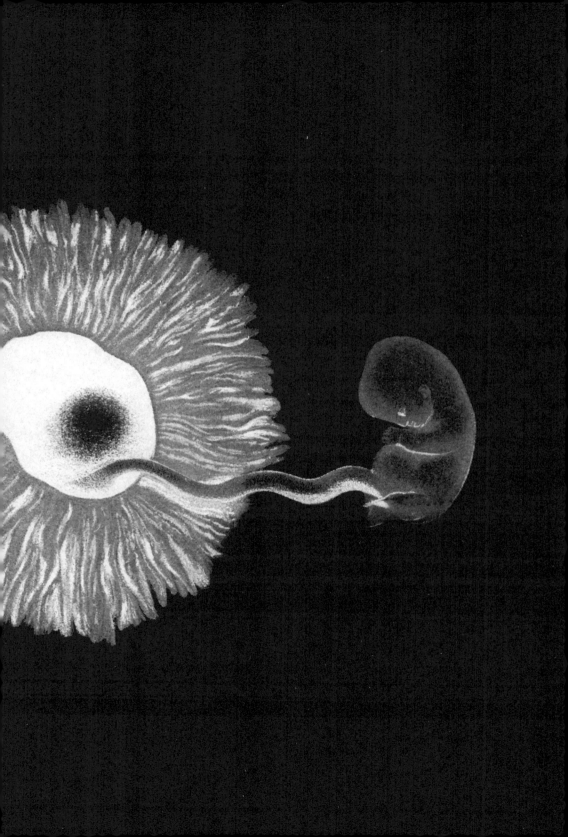

O Bebê de Rosemary
Ira Levin

CAPÍTULO 1

Agora ela se sentia viva: criava algo, era alguém, finalmente se sentia realizada e completa. Seguia fazendo tudo que fazia antes — cozinhava, limpava, passava as roupas, arrumava as camas, fazia as compras, lavava as roupas e ia às aulas de escultura —, mas cumpria todas as tarefas sob um novo contexto, mais sereno, com a certeza de que Andrew-ou--Susan (ou Melinda), dentro dela, estava cada dia maior do que o dia anterior, um pouco mais definido e mais perto de chegar.

O dr. Sapirstein era maravilhoso; um homem alto e bronzeado, grisalho e com um farto bigode branco (já o conhecia de vista, de algum lugar, mas não se lembrava de onde; talvez de programas de TV) e que, a despeito de ter uma sala de espera com poltronas Miës van der Rohe e suntuosas mesas de mármore, era um médico à moda antiga, encorajador e direto. "Por favor, não leia nenhum livro", ele disse. "Cada gravidez é diferente da outra, e um livro que lhe diz que sintomas deve sentir na terceira semana do terceiro mês só servirá para lhe deixar preocupada. Nenhuma gravidez jamais foi exatamente como as descritas nos livros. E também não dê ouvidos às suas amigas. As experiências delas podem ter sido muito diferentes das suas e elas sempre acharão que as delas foram normais e que a sua é anormal."

Ela lhe perguntou sobre as vitaminas que o dr. Hill tinha receitado.

"Não, nada de comprimidos", ele disse. "Minnie Castevet tem um herbário e um liquidificador; vou pedir a ela que lhe faça, todos os dias, um suco que será mais fresco, mais seguro e mais rico em vitaminas do que qualquer pílula dessas industrializadas. Outra coisa: não tenha medo de satisfazer seus desejos. Segundo a teoria moderna, mulheres grávidas inventam desejos pois acham que é o que se espera delas. Não estou de acordo com isso. Eu acredito que, se você tiver desejo de comer picles no meio da noite, obrigue o coitado do seu marido a sair e trazer para você, como nas antigas anedotas. *Qualquer* que seja o seu desejo de comer algo, realize-o. Você se surpreenderá com algumas das coisas estranhas que seu corpo exigirá nestes próximos meses. E, qualquer dúvida que tenha, me telefone, a qualquer hora do dia ou da noite. Ligue para *mim*, não para a sua mãe e nem para a tia Mariazinha. Eu estou aqui para isso."

Ela deveria voltar ao consultório uma vez por semana o que, certamente, era uma atenção maior do que o dr. Hill costumava dar às suas pacientes, e ele mesmo faria a reserva de um quarto no hospital Doctor's, sem que ela tivesse o aborrecimento de preencher formulários.

Tudo estava correndo às mil maravilhas. Ela cortou o cabelo no estilo Vidal Sassoon, terminou o tratamento no dentista, votou no dia da eleição (em Lindsay para prefeito) e foi até Greenwich Village assistir à gravação de algumas cenas externas do seriado de Guy. Entre uma cena e outra — Guy correndo pela Rua Sullivan com um carrinho de cachorro-quente roubado — ela se abaixava para conversar com as criancinhas e, às grávidas que encontrava, dava um sorriso de *eu também*.

O sal, ela passou a achar, mesmo em quantidade mínima, tornava a comida intragável. "Isso é perfeitamente normal", confirmou o dr. Sapirstein durante a segunda consulta. "Quando seu organismo necessitar de sal, a aversão a ele desaparecerá. Enquanto isso, obviamente, nada de sal. Confie em suas aversões como deve confiar em seus desejos."

Entretanto não sentia nenhum desejo. Seu apetite, na verdade, parecia ter diminuído bastante. Uma xícara de café e uma torrada bastavam no café da manhã; alguns legumes e um pequeno bife malpassado no jantar. Todas as manhãs às onze horas Minnie lhe trazia aquilo que parecia um milk-shake aguado com cor de pistache. Era gelado e azedo.

"Isso é feito de quê?", perguntou Rosemary.

"Lascas de lagartas e asas de baratas", respondeu Minnie, sorrindo.

Rosemary riu. "Tudo bem", ela disse, "mas e se quisermos uma menina?"

"Querem mesmo?"

"É claro que gostaremos do que vier, mas *seria* muito bom se o primeiro fosse *menino*."

"Bem, então beba", Minnie disse.

Acabando de beber o suco, Rosemary perguntou: "Fora de brincadeira, Minnie, de que é feito?".

"Um ovo cru, gelatina, ervas..."

"Raiz de tânis?"

"Um pouquinho, e um pouquinho de outras coisas."

Minnie trazia aquela bebida todos os dias no mesmo copo, um copo grande com listras azuis e verdes, e ficava esperando até que Rosemary bebesse tudo.

Certo dia Rosemary se encontrou, no elevador, com Phillis Kapp, mãe da pequena Lisa. Da conversa surgiu um convite a ela e Guy para um almoço no domingo seguinte, mas Guy, ao saber, logo vetou a ideia. Ele explicou que, com toda a probabilidade, estaria gravando no domingo e, mesmo que não estivesse, teria de ficar em casa descansando e estudando o papel. O casal estava tendo uma vida social bastante restrita. Guy tinha desfeito um compromisso de sair com Jimmy e Tiger Haenigsen e pedido a Rosemary que adiasse os convites para jantar com Hutch. Tudo por causa do seriado, que estava demorando muito mais do que o previsto para ser gravado.

Essas recusas acabaram sendo providenciais porque Rosemary começou a sentir dores abdominais de uma intensidade alarmante. Telefonou ao dr. Sapirstein, que pediu a ela que fosse ao consultório. Depois de examiná-la, disse que não havia nada com que se preocupar; as dores vinham de uma expansão normal dos ossos da pélvis. Deveriam desaparecer em um ou dois dias e, nesse meio tempo, ela podia minimizar o desconforto tomando umas aspirinas.

Rosemary, aliviada, disse: "Estava com medo de que pudesse ser uma gravidez ectópica".

"Gravidez ectópica?", o dr. Sapirstein perguntou, lançando um olhar de incredulidade para ela. Rosemary enrubesceu. "Falei para não ficar lendo esses livros, Rosemary".

"Ele ficou me encarando na livraria...", justificou ela.

"E só serviu para lhe trazer preocupações. Por gentileza, vá para casa e jogue esse livro no lixo."

"Jogarei. Prometo."

"As dores desaparecerão em uns dois dias", ele garantiu. "Gravidez ectópica." Ele balançou a cabeça.

Mas as dores não desapareceram em dois dias; pioraram e tornaram-se mais e mais intensas, como se algo dentro dela estivesse sendo enrolado por um cabo, cada vez mais apertado, até ser partido em dois. Sentia dor horas a fio e então, alguns poucos momentos de relativo alívio, mas que eram como se a dor estivesse apenas se reorganizando para um novo ataque. A aspirina fazia pouco efeito e ela ficava com medo de tomar remédios demais. O sono, quando finalmente chegava, trazia sonhos atormentados nos quais ela se via lutando contra aranhas imensas que a encurralavam no banheiro, ou tentando desesperadamente arrancar um pequeno arbusto que tinha se enraizado no centro do tapete da sala de estar. Acordava exausta, para enfrentar dores ainda mais incisivas.

"Isso às vezes acontece", disse o dr. Sapirstein. "As dores desaparecerão a qualquer momento. Tem certeza de que não andou me enganando a respeito de sua idade? Geralmente essas dificuldades aparecem em mulheres mais velhas, com articulações menos flexíveis."

Minnie, ao trazer a bebida, dizia: "Pobre garota. Não se preocupe, querida; uma sobrinha minha em Toledo teve exatamente esse tipo de dor e também duas outras conhecidas. Seus partos foram muito fáceis e tiveram bebês lindos e saudáveis".

"Agradeço", disse Rosemary.

Minnie deu um passo para trás ofendida. "Que quer dizer com isso? É a mais pura verdade! Juro por Deus que é, Rosemary!"

O rosto de Rosemary foi se tornando descarnado, pálido e abatido; sua aparência era horrível. Mas Guy discordava. "Que bobagem é essa que você está dizendo?", ele perguntou. "Você está ótima. É esse seu *corte de cabelo* que parece terrível, se quer saber a verdade. Foi o maior erro que você fez na vida."

A dor instalou-se como uma presença constante, sem dar a menor trégua. Rosemary suportou e viveu com a dor, com poucas horas de sono e tomando só uma aspirina quando o dr. Sapirstein permitia até duas. Já não saía com Joan nem com Elise, não ia às aulas de escultura e nem às compras. Encomendava as verduras por telefone e ficava no apartamento fazendo as cortinas do quarto do bebê e começando, finalmente, a leitura de *Declínio e Queda do Império Romano*. Às vezes Minnie ou Roman apareciam à tarde, para conversar um pouco e ver se ela estava precisando de alguma coisa. Uma vez Laura-Louise levou uma travessa de biscoitos de gengibre. Ela ainda não sabia que Rosemary estava grávida. "Ah, eu gostei *muito* desse corte de cabelo, Rosemary", ela disse. "Você ficou tão bonita e moderninha." Ela ficou surpresa ao saber que Rosemary não estava se sentindo bem na gravidez.

Quando o seriado de TV finalmente ficou pronto, Guy começou a ficar mais tempo em casa. Ele tinha parado de ter aulas com Dominick, seu treinador vocal, já não passava as tardes à procura de trabalho e parecia não se preocupar com testes para novos papéis. Tinha conseguido dois ótimos comerciais — da Pall Mall e da Texaco —, e os ensaios da peça *Não Conheço Você de Algum Lugar?* começariam, em definitivo, só em meados de janeiro. Ele dava uma ajuda a Rosemary na limpeza da casa e jogavam Scrabble por um dólar a partida. Ele atendia o telefone e, quando a chamada era para Rosemary, dava desculpas plausíveis para que ela não precisasse atender.

Ela planejara dar um jantar no Dia de Ação de Graças para alguns dos seus amigos que, como ela mesma e Guy, não tinham família na cidade; com as dores recorrentes, entretanto, e com a constante preocupação com o bem-estar de Andrew-ou-Melinda, ela acabou desistindo do encontro e, ao invés disso, eles acabaram passando a data com Minnie e Roman.

o Bebê de Rosemary
Ira Levin

CAPÍTULO 2

Uma tarde, em dezembro, quando Guy estava filmando o comercial da Pall Mall, Hutch ligou. "Estou aqui perto, no City Center, comprando entradas para ver o Marcel Marceau", ele disse. "Você e o Guy gostariam de vê-lo na sexta-feira à noite?"

"Acho que não, Hutch", Rosemary respondeu. "Não tenho me sentido muito bem ultimamente. E o Guy está gravando dois comerciais esta semana."

"O que é que você tem?"

"Nada grave, na verdade. Só tenho me sentido um pouco indisposta."

"Posso dar uma passadinha por aí?"

"Claro, venha; vou adorar te ver."

Correndo, ela colocou uma calça comprida e um casaquinho de malha, passou batom e penteou os cabelos. A dor se intensificou — fez com que ela, por uns instantes, tivesse que fechar os olhos e cerrar os dentes — e depois diminuiu e voltou ao nível normal. Rosemary respirou aliviada e continuou a se arrumar.

Hutch, ao vê-la, espantou-se e disse, "Meu Deus".

"É um corte Vidal Sassoon e está na moda."

"O que há de *errado* com você?", ele perguntou. "Não estou falando dos seus cabelos."

"Estou assim tão mal?" Ela pegou o casaco e o chapéu dele, tentando manter o seu melhor sorriso.

"Você está horrível", disse Hutch. "Perdeu sabe lá Deus quantos quilos e tem olheiras que fariam inveja a um urso panda. Não está fazendo uma daquelas 'dietas zen', está?"

"Não."

"Então, o que há? Já foi a um médico?"

"Acho que já devia ter lhe contado", disse Rosemary. "Estou grávida. No terceiro mês."

Hutch olhou-a, bastante confuso. "Isso é ridículo", ele disse. "Mulheres grávidas *ganham* peso, não perdem. E ficam com a cara saudável, não —"

"Estou com uma pequena complicação", continuou Rosemary, conduzindo Hutch para a sala. "Tenho as articulações duras ou algo assim, por isso sinto dores que não me deixam dormir direito. Bem, *uma* dor, na verdade; um tipo de dor contínua. Mas provavelmente ela passará qualquer dia desses."

"Desse problema de 'articulações duras' eu nunca ouvi falar!"

"Juntas da bacia endurecidas. É bastante comum."

Hutch sentou-se na espreguiçadeira de Guy. "Bem, parabéns", ele disse com ar desconfiado. "Você deve estar muito feliz."

"Muito", disse Rosemary. "Nós dois estamos."

"E quem é o seu obstetra?"

"O nome dele é Abraham Sapirstein. Ele é —"

"Eu o conheço", disse Hutch. "De nome. Ele fez dois dos partos da Doris." Doris era a filha mais velha de Hutch.

"É um dos melhores da cidade", disse Rosemary.

"Quando foi a última vez que o consultou?"

"Anteontem. E ele me disse exatamente o que eu lhe contei; é bastante comum e provavelmente passará a qualquer momento. Na verdade, ele tem dito *isso* desde que a dor começou..."

"Quantos quilos você perdeu?"

"Só um quilo e meio. Acho —"

"Besteira! Você perdeu *muito* mais do que isso!"

Rosemary sorriu. "Você está parecendo a nossa balança do banheiro", ela disse. "O Guy acabou jogando-a fora; ela ficava me alarmando. Não, só perdi um quilo e meio, talvez um pouquinho só a mais. E é perfeitamente normal perder uns quilos durantes os primeiros meses. Mais tarde começarei a ganhar peso."

"Assim espero, sem dúvida", disse Hutch. "Você parece que está sendo sugada por um vampiro. Tem certeza de que não há umas marquinhas de presas?" Rosemary sorriu. "Bem", disse Hutch, recostando-se na cadeira e sorrindo também, "vamos esperar que o dr. Sapirstein saiba o que está dizendo. Deve saber muito bem, pelos preços que cobra. O Guy deve estar ganhando uma fábula."

"Pois é," disse Rosemary. "Mas nós estamos pagando um valor bem acessível, com desconto. Nossos vizinhos, os Castevet, são grandes amigos do dr. Sapirstein; eles me encaminharam a esse médico e ele nos cobra valores especiais, para quem não é da alta sociedade."

"Quer dizer que Doris e Axel são da alta sociedade?", perguntou Hutch. "Eles ficarão encantados ao saber disso."

A campainha tocou. Hutch se ofereceu para ver quem era, mas Rosemary não aceitou. "Dói menos quando estou em movimento", explicou, saindo da sala em direção à porta de entrada e tentando lembrar se teria encomendado alguma coisa que ainda não tinha sido entregue.

Era Roman, parecendo um pouco ofegante. Rosemary sorriu e disse: "Acabei de falar em você há uns dois minutos".

"Bem, espero", ele disse. "Você precisa alguma coisa da rua? A Minnie vai sair daqui a pouco e, como o nosso interfone não está funcionando, vim perguntar."

"Não, nada", disse Rosemary. "Muito obrigada por perguntar. Essa manhã eu fiz todas as compras por telefone."

Roman deu uma olhada para a sala e, então, sorrindo, perguntou se Guy já tinha chegado.

"Não, ele não deve voltar até pelo menos umas seis da tarde", Rosemary disse; e, como Roman continuou com o mesmo sorriso curioso, ela explicou: "Um amigo nosso está aqui". O sorriso de curiosidade permaneceu. Ela perguntou: "Gostaria de conhecê-lo?".

"Gostaria, sim", disse Roman. "Se eu não estiver me intrometendo."

"Claro que não está." Rosemary o conduziu à sala. Roman vestia um paletó xadrez preto e branco, com uma camisa azul por baixo e uma larga gravata estampada. Ele passou bem perto de Rosemary e ela reparou, pela primeira vez, que ele tinha as orelhas furadas — que a esquerda era furada, pelo menos.

Ela o seguiu pelo arco da sala de estar. "Este é Edward Hutchins", ela disse e, para Hutch, que se levantara sorrindo: "Este é Roman Castevet, o vizinho sobre quem lhe falei há pouco". Ela explicou a Roman: "Eu estava contando ao Hutch que tinham sido você e a Minnie que me encaminharam para o dr. Sapirstein".

Os dois apertaram as mãos e se cumprimentaram. Hutch então disse: "Uma das minhas filhas também foi paciente do dr. Sapirstein. Em dois partos".

"É um homem brilhante", disse Roman. "Apesar de só tê-lo conhecido na primavera passada, ele se tornou um de nossos amigos mais próximos."

"Sentem-se, por favor", disse Rosemary. Os dois homens sentaram-se e Rosemary também, ao lado de Hutch.

Roman disse: "Então a Rosemary já lhe deu as boas novas?".

"Já deu, sim", disse Hutch.

"Precisamos garantir que ela agora descanse bastante", disse Roman, "e que esteja livre de qualquer preocupação ou ansiedade."

Rosemary disse: "Isso seria o paraíso".

"Fiquei um pouco alarmado com a aparência dela", comentou Hutch olhando para Rosemary enquanto tirava do paletó um cachimbo e uma bolsa de tabaco listrada.

"Ficou?", perguntou Roman.

"Mas agora que ela me contou que está sob os cuidados do dr. Sapirstein, sinto-me realmente aliviado."

"Ela perdeu só um quilinho ou dois", disse Roman. "Não foi isso, Rosemary?"

"Isso mesmo", Rosemary respondeu.

"E é bastante comum nos primeiros meses de gravidez", disse Roman. "Depois vai começar a engordar — provavelmente até demais."

"Esperemos que sim", disse Hutch, enchendo de fumo seu cachimbo.

Rosemary disse: "A sra. Castevet, todos os dias, faz uma vitamina para mim, com um ovo cru, leite e ervas frescas que ela mesma cultiva".

"Tudo de acordo com o que o dr. Sapirstein recomenda, naturalmente", acrescentou Roman. "Ele parece desconfiar das pílulas vitamínicas comerciais."

"É mesmo?", perguntou Hutch guardando a bolsa. "Não consigo imaginar nada que eu considere mais confiável; seguramente são fabricadas sob as mais rigorosas medidas de proteção." Ele riscou dois fósforos juntos e aspirou para avivar a chama do cachimbo, dando umas baforadas daquela fumaça branca e aromática. Rosemary colocou um cinzeiro ao lado de Hutch.

"Isso é verdade", disse Roman, "mas esses remédios comerciais muitas vezes podem ficar meses num depósito ou na prateleira da farmácia e acabam perdendo muito de sua potência original".

"Sim, nunca tinha pensado nisso", disse Hutch. "De fato, podem perder a qualidade."

Rosemary disse: "Eu gosto da *ideia* de que estou consumindo tudo fresco e natural. Posso apostar que gestantes mastigavam pedaços de raiz de tânis séculos e séculos atrás quando ninguém sequer tinha ouvido falar de vitaminas."

"Raiz de tânis?", Hutch perguntou.

"É uma das ervas usadas no suco", disse Rosemary. "É uma erva, não é?" Ela olhou para Roman. "Pode uma raiz ser uma erva?" Mas Roman estava olhando para Hutch e não escutou.

"Tânis?", Hutch repetiu. "Nunca ouvi falar disso. Tem certeza de que não é anis nem íris?"

Roman confirmou: "Tânis".

"Veja", disse Rosemary, tirando seu talismã de dentro da blusa. "Traz boa sorte também, em tese. Prepare-se; precisa de um tempinho para a gente se acostumar com o odor." Ela segurou o talismã inclinando-se para frente a fim de colocá-lo mais próximo de Hutch.

Ele cheirou e se afastou, fazendo uma careta. "Precisa mesmo", ele disse. Ele segurou a bolinha entre os dedos e a observou a uma certa distância. "Não me parece ser uma raiz, de jeito nenhum", comentou; "parece ser um bolor ou algum tipo de fungo". Ele olhou para Roman: "Não é conhecido por algum outro nome?", perguntou.

"Não que eu saiba", respondeu Roman.

"Vou procurar na enciclopédia e descobrir mais a respeito disso", disse Hutch. "Tânis. Que lindo talismã ou o que quer que seja. Onde o conseguiu?"

Com um rápido sorriso para Roman, Rosemary respondeu: "Foram os Castevet que me deram". Ela tornou a guardar o talismã dentro da blusa.

Hutch disse a Roman: "Parece que o senhor e sua esposa estão cuidando melhor da Rosemary do que seus verdadeiros pais".

"Gostamos muito dela e do Guy também." Apoiando-se nos braços da poltrona, ele se levantou. "Bem, se me dão licença, preciso ir agora", ele disse. "Minha esposa está a minha espera."

"Claro", disse Hutch levantando-se. "Foi um prazer conhecê-lo."

"Estou certo de que nos veremos de novo", disse Roman. "Não se incomode, Rosemary. Já conheço o caminho."

"Incômodo algum." Ela o acompanhou até a saída. Sua orelha direita também era furada, ela notou, e em seu pescoço, como uma revoada de pássaros, havia várias cicatrizes pequenas. "Muito obrigada pela visita", ela disse.

"Não por isso", disse Roman. "Gostei do seu amigo, o sr. Hutchins; ele parece ser um homem extremamente inteligente."

Rosemary, abrindo a porta, disse: "Ele é mesmo".

"Foi um prazer conhecê-lo", disse Roman. Com um sorriso e um aceno de mão ele se foi pelo corredor.

"Até logo," disse Rosemary, acenando em despedida também.

Hutch estava em pé ao lado da estante. "Esta sala está magnífica", elogiou. "Que belo trabalho você está fazendo aqui."

"Obrigada", agradeceu Rosemary. "Trabalhei bastante, até que a minha bacia começou a incomodar. O Roman tem as orelhas furadas. Só reparei nisso hoje."

"Orelhas furadas e olhos perfurantes", disse Hutch. "O que fazia antes de se aposentar?"

"Fazia de tudo um pouco. E ele já esteve em todas as partes do mundo. Realmente todas."

"Bobagem; ninguém esteve em todas as partes do mundo. Por que ele veio até aqui? — se é que não estou sendo muito intrometido."

"Veio saber se eu precisava de alguma coisa da rua. O interfone deles não está funcionando. Eles são vizinhos fantásticos. Se eu deixasse, viriam ajudar até na limpeza."

"E como é *ela*?"

Rosemary descreveu Minnie. "O Guy se tornou muito próximo a eles", ela disse. "Acho que se tornaram um tipo de figuras parentais para ele."

"E para você?"

"Não sei bem. Às vezes, sinto-me tão agradecida que poderia beijá-los e, outras vezes, me sinto meio sufocada, como se eles estivessem sendo amigáveis e prestativos *demais*. De todo modo, como posso reclamar? Você se lembra daquela falta de energia elétrica?"

"Como poderia esquecer? Eu estava num elevador."

"Sério?"

"Sério mesmo. Cinco horas numa total escuridão total com três senhoras e um anticomunista fanático, todos eles convictos de que a Bomba tinha caído."

"Que horrível!"

"Mas o que você estava dizendo mesmo?"

"Nós estávamos aqui, o Guy e eu, e dois minutos após as luzes terem caído, a Minnie estava na nossa porta com uma porção de velas." Ela apontou a lareira. "Então, como é que se pode encontrar defeitos em vizinhos como esses?"

"De fato, parece impossível", concordou Hutch, e ficou olhando para a lareira. "Foram estas as velas?", ele perguntou. Entre um pote de pedras polidas e um microscópio de bronze, havia dois castiçais prateados com tocos de velas pretas com a cera escorrida.

"As últimas sobreviventes", disse Rosemary. "A Minnie trouxe uma quantidade que daria para um mês. Por que perguntou?"

"Eram todas pretas?" ele insistiu.

"Sim", ela disse. "Por quê?"

"Só curiosidade." Ele se afastou da lareira, sorrindo para ela. "Não vai me oferecer um cafezinho? E me contar mais sobre a sra. Castevet? Onde é que ela cultiva as tais ervas? Em vasos na janela?"

Uns dez minutos depois, eles estavam sentados à mesa da cozinha tomando café quando a porta de entrada foi aberta e Guy entrou apressado. "Ei, que surpresa", ele disse, dirigindo-se a Hutch com a mão estendida, antes mesmo que o visitante pudesse se levantar. "Como vai, Hutch? Que bom vê-lo!" Guy abraçou Rosemary e a beijou. "E você, como está, amor?" Ele não tinha tirado a maquiagem; seu rosto estava alaranjado, os olhos com delineador preto.

"A surpresa é você", disse Rosemary. "O que aconteceu?"

"Ah, os idiotas pararam no meio para reescrever uma cena. Vamos recomeçar amanhã cedo. Fiquem onde estão, não saiam daí; vou tirar o meu casaco." Ele foi em direção ao armário da entrada.

"Quer um pouco de café?", perguntou Rosemary.

"Adoraria!"

Rosemary levantou-se e serviu uma xícara de café para Guy; também encheu a xícara de Hutch e a sua. Hutch fumava seu cachimbo, com um olhar pensativo.

Guy voltou com as mãos cheias de maços de Pall Mall. "Pilhagem", ele disse, colocando os maços sobre a mesa. "Quer, Hutch?"

"Não, obrigado."

Guy abriu um maço, tirou um cigarro e colocou-o na boca. Ele piscou para Rosemary quando ela se sentou novamente

Hutch disse: "Já estou sabendo que devo lhe dar os parabéns".

Guy, acendendo o cigarro, disse: "A Rosemary já lhe contou? É maravilhoso, não é? Estamos felicíssimos! Claro que estou morto de medo de ser um péssimo pai, mas Rosemary será uma mãe tão incrível que isso não fará muita diferença".

"Para quando estão esperando o bebê?", perguntou Hutch.

Rosemary respondeu e, então, contou a Guy que o dr. Sapirstein tinha trazido ao mundo dois dos netos de Hutch.

Hutch disse: "Conheci seu vizinho, Roman Castevet".

"Ah, é mesmo?", disse Guy. "Um sujeito bacana, não achou? Tem umas histórias interessantes a respeito de Otis Skinner e Modjeska. É um grande entusiasta do teatro."

Rosemary perguntou: "Você já reparou que ele tem as orelhas furadas?".

"Você está brincando", disse Guy.

"Não estou, não; eu vi."

Eles tomaram o café, conversando sobre a rápida ascensão da carreira de Guy e a respeito de uma viagem que Hutch pretendia fazer, na primavera, à Grécia e à Turquia.

"É uma vergonha que não tenhamos nos encontrado ultimamente", disse Guy, quando Hutch se levantou para sair. "Como ando muito ocupado e a Rô está assim desse jeito, realmente não temos encontrado ninguém."

"Talvez possamos marcar um jantar logo", disse Hutch; e Guy, concordando com a ideia, levantou-se para apanhar o sobretudo de Hutch.

Rosemary disse: "Não se esqueça de checar sobre a raiz de tânis".

"Não me esquecerei", disse Hutch. "E você, diga ao dr. Sapirstein que verifique a balança do consultório dele; ainda acho que você perdeu mais do que um quilo e meio."

"Não seja bobo", disse Rosemary. "As balanças de médicos nunca erram."

Guy, passando o sobretudo a Hutch, disse: "Como não é o meu, deve ser o seu".

"Você acertou", concordou Hutch. Virando-se, vestiu o sobretudo. "E já pensaram em nomes?", ele perguntou a Rosemary. "Ou ainda é muito cedo?"

"Andrew ou Douglas, se for menino", ela disse. "Melinda ou Sarah, se for menina."

"Sarah?", perguntou Guy. "O que aconteceu com 'Susan'?" Ele entregou o chapéu a Hutch.

Hutch beijou o rosto de Rosemary.

"Espero realmente que suas dores passem logo."

"Vão passar", ela disse, sorrindo. "Não se preocupe."

Guy disse: "É um problema bastante comum".

Hutch enfiou as mãos nos bolsos do casaco. "Será que uma dessas se perdeu por aí?", perguntou, mostrando uma luva de couro marrom forrada de pele e checando os bolsos novamente.

Rosemary procurou a luva pelo chão e Guy foi até o armário, buscando pelas prateleiras e pelo piso. "Não encontrei nada, Hutch".

"Que chatice", disse Hutch. "Provavelmente a deixei no City Center. Voltarei lá para ver se encontro. Vamos marcar mesmo um jantar, combinado?"

"Sem dúvida", respondeu Guy, e Rosemary acrescentou: "Semana que vem".

Eles acompanharam a saída de Hutch até que ele dobrasse o corredor e, então, fecharam a porta.

"Que bela surpresa essa visita", disse Guy. "Ele já estava aqui havia muito tempo?"

"Não muito", disse Rosemary. "Adivinha o que ele me disse."

"O quê?"

"Que estou horrorosa."

"Bom e velho Hutch", disse Guy, "espalhando alegria por onde passa." Rosemary o encarou com um olhar indagador. "Bem, ele é um agourento profissional", ele disse. "Você se lembra de como ele tentou gorar a nossa vinda para cá?"

"Ele não é nenhum agourento profissional", disse Rosemary, indo para a cozinha para ajeitar a mesa.

Guy se encostou no batente da porta. "Então, com certeza, está no topo do ranking dos amadores...", ele respondeu.

Alguns minutos depois ele colocou o casaco e saiu para comprar um jornal.

Naquela noite o telefone tocou às dez e meia, quando Rosemary já estava deitada lendo, e Guy assistia à tv na saleta. Guy atendeu a chamada e, um minuto depois, levou o aparelho para junto da cama. "O Hutch quer falar com você", ele disse, colocando o aparelho sobre a cama e se abaixando para conectar o plug telefônico. "Eu disse que você estava descansando, mas ele insistiu dizendo que não pode esperar."

Rosemary tomou o telefone e disse: "Hutch?".

"Alô, Rosemary", disse Hutch. "Diga-me, querida, você sai de vez em quando ou só fica aí no apartamento o dia todo?"

"Bem, não *tenho* saído", ela disse, olhando para Guy; "mas poderia sair. Por quê?". Guy respondeu ao olhar dela, franzindo a testa e aguardando.

"Tem algo que quero falar com você", disse Hutch. "Você pode me encontrar amanhã às onze horas em frente ao edifício Seagram?"

"Posso, sim", ela disse. "O que é que há? Não pode me dizer agora?"

"Prefiro não dizer agora", ele respondeu. "Não é nada terrivelmente importante, então, nem se preocupe. Podemos almoçar juntos por ali, se você quiser."

"Seria ótimo."

"Combinado. Às onze, então, em frente ao edifício Seagram."

"Está certo. Encontrou a sua luva?"

"Não, não estava lá", ele respondeu, "mas, de todo modo, já era hora de comprar um novo par. Boa noite, Rosemary. Durma bem."

"Você também. Boa noite."

Ela desligou.

"O que é que ele queria?", perguntou Guy.

"Ele quer que eu me encontre com ele amanhã. Tem alguma coisa sobre a qual ele deseja falar comigo."

"E ele não disse sobre o que é?"

"Nem uma palavra."

Guy sacudiu a cabeça sorrindo. "Acho que aquelas aventuras juvenis que ele escreve estão indo para a cabeça dele", ele disse. "Onde você ficou de encontrá-lo?"

"Em frente ao edifício Seagram, às onze da manhã."

Guy desplugou o aparelho telefônico e levou-o para a saleta; mas voltou rapidamente, dizendo: "Você é quem está grávida e eu é que tenho desejos", e colocou o aparelho na mesinha de cabeceira. "Vou sair para comprar um sorvete. Quer que lhe traga um também?"

"Quero", disse Rosemary.

"Creme?"

"Ótimo."

"Voltarei o mais rápido possível."

Ele saiu e Rosemary recostou-se nos travesseiros, olhando para o nada, com um livro esquecido no colo. Sobre o que será que o Hutch quer falar? Nada tão importante, ele havia dito. Mas também não poderia ser uma coisa *des*importante, ou ele não a teria intimado como fez. Seria algo a respeito de Joan? — ou de alguma das outras garotas com quem dividira o apartamento?

Ao longe, ela escutou um breve toque da campainha dos Castevet. Devia ser Guy, perguntando se eles desejariam que ele trouxesse sorvete ou algum jornal. Amável da parte dele.

A dor se intensificou dentro dela.

o Bebê de
Rosemary
Ira Levin

CAPÍTULO 3

Na manhã seguinte Rosemary interfonou para Minnie e lhe pediu que ela não trouxesse o suco às onze horas; ela iria sair e não estaria de volta antes da uma ou duas da tarde.

"Ora, não há problema, querida", disse Minnie. "Não se preocupe com isso. Você não precisa tomar o suco com hora marcada, desde que o tome em algum momento, só isso. Saia mesmo. Está um dia lindo e lhe fará bem apanhar um pouco de ar fresco. Me interfone assim que voltar e, então, eu levo sua bebida."

De fato, o dia estava lindo; ensolarado, friozinho e revigorante. Rosemary começou a caminhar devagar, com um sorriso nos lábios, como se não estivesse carregando sua dor dentro de si. Havia Papais Noéis do Exército da Salvação a cada esquina, sacudindo seus sininhos naqueles trajes que não enganam ninguém. E as lojas, todas mostravam vitrines natalinas; a Park Avenue era um corredor de árvores de Natal.

Ela chegou ao edifício Seagram às quinze para as onze e, como estava adiantada e ainda não havia nenhum sinal de Hutch, sentou-se, por algum tempo, na mureta lateral do jardim de entrada do edifício, tomando um pouco de sol no rosto e escutando, com prazer, os passos apressados e fragmentos de conversas, pessoas, os carros e caminhões e o barulho de helicópteros. O vestido que usava sob o casaco estava — pela primeira vez e algo muito agradável — apertando-lhe a barriga; talvez logo após o almoço passasse na Bloomingdale's para dar uma olhada nos vestidos de gestante. Estava feliz por Hutch tê-la convidado para sair (mas sobre o que desejaria ele conversar?); a dor, mesmo uma dor constante, não era desculpa para que ficasse enfiada em casa por tanto tempo. De agora em diante, decidira combater a dor, combatê-la com ar fresco, sol e atividades; não se deixando sucumbir na atmosfera melancólica do Bramford, sob a bem-intencionada atenção de Guy, Minnie e Roman. *Dor, vai-te embora!,* ela pensou; *Já não suportarei nada de ti!* A dor permaneceu imune ao Pensamento Positivo.

Quando faltavam cinco minutos para as onze horas ela se levantou e se dirigiu à porta de vidro do edifício que, naquele horário, estava no limite de seu intenso fluxo de pessoas. Hutch provavelmente viria lá de dentro, imaginou ela, vindo de algum compromisso prévio ali mesmo; ou por que razão teria escolhido aquele lugar e não algum outro para esse encontro? Olhou atentamente para os rostos que passavam, pensou tê-lo visto, mas fora engano; então, viu um rapaz com quem tivera um namoro antes de conhecer Guy, mas também fora engano. Ela continuou observando, às vezes até se colocando na ponta dos pés para vê-lo na multidão; sem ansiedade, pois sabia que mesmo que ela não o visse, ele a veria.

Ele não havia chegado lá por onze e cinco, nem lá por onze e dez. Às onze e quinze, ela resolveu entrar no prédio para consultar o painel com os nomes dos profissionais que trabalhavam ali e procurar algum nome que soasse conhecido, talvez mencionado por Hutch em alguma ocasião, e a quem ela pudesse perguntar sobre ele. Mas a lista de nomes era extensa demais e pedia uma leitura muito atenta; ela passou os olhos sobre as colunas de nomes e, não conseguindo identificar nenhum que soasse familiar, saiu novamente.

Retornou à mureta e sentou-se onde havia estado antes, agora observando a frente do edifício e, ocasionalmente, olhando para os degraus que levam à calçada. Homens e mulheres encontravam outros homens e mulheres, mas não havia nenhum sinal de Hutch, que raramente se atrasava, antes mantendo a pontualidade britânica em compromissos.

Às onze e quarenta, Rosemary tornou a entrar no prédio e foi conduzida por um funcionário da recepção até o subsolo onde, ao final de um corredor, havia uma agradável área de convivência com modernas cadeiras pretas, um mural abstrato e uma cabine telefônica de aço inoxidável. Uma garota negra ocupava a cabine, mas ela logo terminou a ligação e saiu com um simpático sorriso. Rosemary entrou na cabine e discou o número de seu apartamento. Depois de cinco toques, a central informou que não havia mensagens para Rosemary, e que a única mensagem era para Guy, da parte de Rudy Horn e não do sr. Hitchins. Ela dispunha de mais uma moeda e a usou para telefonar para Hutch, na esperança de que a central de recados tivesse alguma notícia de seu paradeiro ou alguma mensagem dele. Já no primeiro toque uma mulher respondeu com uma voz apressada: "Alô?".

"É da casa de Edward Hutchins?", Rosemary perguntou.

"Sim. Quem está falando, por favor?" A voz parecia ser de uma mulher nem jovem nem velha — na casa dos 40, talvez.

Rosemary disse: "Aqui fala Rosemary Woodhouse. Tinha um encontro marcado com o sr. Hutchins às onze horas, mas ele não apareceu até agora. A senhora sabe informar se ele está vindo ou não?".

Houve um silêncio bastante longo. "Alô?", insistiu Rosemary.

"Hutch já me falou a seu respeito, Rosemary", disse a mulher. "Meu nome é Grace Cardiff. Sou amiga dele. O Hutch ficou doente na noite passada. Ou durante esta madrugada, para ser mais precisa."

O coração de Rosemary disparou. "Ficou doente?", ela perguntou.

"Sim. Entrou em estado de coma profundo. Os médicos ainda não conseguiram entender a causa. Ele está no hospital St. Vincent."

"Nossa, que *horror*!", exclamou Rosemary. "Falei com ele ontem lá pelas dez e meia da noite e ele me pareceu estar *bem*."

"Eu conversei com ele ainda mais tarde", disse Grace Cardiff, "e ele também me pareceu perfeitamente bem. Mas a diarista veio essa manhã e o encontrou inconsciente sobre o tapete do quarto!"

"E não sabem a causa?"

"Ainda não. Ainda é cedo e tenho certeza de que logo descobrirão. E, quando descobrirem, conseguirão tratá-lo. No momento, ele está totalmente inconsciente."

"Que terrível", disse Rosemary. "E ele nunca sofreu de nada parecido com isso antes?"

"Nunca", disse Grace Cardiff. "Estou retornando ao hospital; se você quiser, me passe seu número de telefone e eu lhe informo quando tivermos alguma notícia."

"Ah, muito obrigada," disse Rosemary. Ela deu o número de seu telefone e, então, perguntou se havia algo em que pudesse ajudar.

"Por enquanto nada", respondeu Grace Cardiff. "Acabei de ligar para as filhas de Hutch e parece que é só isso mesmo que era possível ser feito, pelo menos até que ele volte a si. Se houver alguma alteração no quadro, ligo para você."

Rosemary saiu do edifício Seagram, atravessou o átrio e desceu as escadas, indo na direção norte até a esquina da Rua 53. Cruzou a avenida e, lentamente, desceu até a Madison, perguntando a si mesma se Hutch sobreviveria ou não e, caso ele morresse, se ela (egoísmo) iria voltar a encontrar em sua vida alguém em quem pudesse confiar tão natural e completamente. Também se perguntou a respeito de Grace Cardiff, cuja voz parecia ser de uma pessoa madura e atraente; será que ela e Hutch estariam tendo um discreto envolvimento, desses da meia-idade? Esperava que sim. Talvez esse momentâneo encontro com a morte — é isso que seria, um *momentâneo* encontro com a morte e não a morte propriamente — poderia ser um empurrãozinho que os levasse a um casamento, revelando-se, no final das contas, uma bênção disfarçada. Talvez. Talvez.

Ela atravessou a Madison e, em algum lugar entre a Madison e a Quinta Avenida, pegou-se olhando uma vitrine que exibia um pequeno presépio, com belas figuras de porcelana de Maria e o Menino Jesus, José, os Reis Magos, os pastores e os animais do estábulo. Sorriu ao ver a cena de tamanha ternura, tomada por um sentido e uma emoção que suplantavam seu agnosticismo; e, então, viu no vidro da vitrine, como se houvesse um véu pendurado sobre a Natividade, sua própria imagem sorrindo, o rosto cadavérico e as olheiras escuras que no dia anterior haviam assustado Hutch e que agora a assustavam também.

"Ora, *isso* sim é o que eu chamo de uma grande coincidência!", Minnie exclamou, dirigindo-se sorridente para Rosemary, que se virou e se deparou com a vizinha, que vestia um casaco de couro sintético branco, um chapéu vermelho e óculos pendurados no pescoço. "Pois eu disse para mim mesma: já que a *Rosemary* saiu hoje, eu também vou aproveitar e sair, e fazer as últimas comprinhas de Natal. E eis que *você* está aqui e eu também! Até parece que somos uma dupla que vai nos mesmos lugares e faz as mesmas coisas! Que é que há, querida? Você parece tão triste e abatida."

"Acabo de receber péssimas notícias", disse Rosemary. "Um amigo meu está muito doente. No hospital."

"Nossa", disse Minnie. "Quem?"

"Seu nome é Edward Hutchins", respondeu Rosemary.

"Aquele que Roman conheceu ontem em sua casa? Que coisa! O Roman ficou quase uma *hora* falando do quão inteligente esse senhor era! Mas que pena isso! O que é que ele tem?"

Rosemary lhe contou.

"Minha nossa", disse Minnie, "espero que não acabe acontecendo o mesmo que à pobre Lily Gardenia! E os médicos não disseram a causa? Bem, pelo menos admitem que não sabem; geralmente escondem que não sabem com um palavrório técnico. Se o dinheiro gasto para mandar esses astronautas para o espaço fosse gasto em pesquisa médica aqui mesmo, estaríamos *todos* bem melhor, se você quer saber o *meu* ponto de vista. Você está se sentindo bem, Rosemary?"

"A dor está um pouco pior", ela respondeu.

"Pobrezinha. Sabe de uma coisa? Acho melhor voltarmos já para casa. O que você me diz?"

"Não, não, você tem de terminar suas compras de Natal."

"Ah, deixa isso para lá", disse Minnie, "ainda tenho duas semanas inteiras para isso. Tampe os ouvidos." Ela levou o pulso à boca e soprou com força um apito estridente que estava preso a uma pulseira de ouro. Um táxi deu uma súbita guinada em direção a elas. "Que tal *essa* eficiência?", ela disse. "E é um belo de um condutor também."

Logo depois, Rosemary estava novamente em seu apartamento. Ela bebeu o suco gelado e azedo do copo com listras verdes e azuis enquanto Minnie olhava com aprovação.

O Bebê de Rosemary
Ira Levin

CAPÍTULO 4

Vinha comendo a carne malpassada; agora, a comia quase crua — grelhando-a só o suficiente para aquecê-la e selar o suco.

As semanas que antecederam os feriados e também o período das festas de fim de ano foram deploráveis. As dores pioraram, tornaram-se tão extenuantes que alguma coisa em Rosemary foi desativada — algum centro de resistência e recordações de bem-estar — e ela parou de reagir, parou de mencionar as dores ao dr. Sapirstein, parou até mesmo de pensar nelas. Até agora, a dor tinha estado dentro dela; agora *ela* é que estava dentro da *dor*. A dor era o clima que a cercava, era o tempo, era todo o universo. Entorpecida e exausta, passou a dormir mais, e a comer mais também — mais carne quase crua.

Cumpriu todas as tarefas: cozinhava e limpava diariamente, mandou cartões de boas-festas aos parentes — faltava-lhe ânimo para telefonar — e colocou dinheiro em envelopes para o ascensorista, o porteiro, os empregados do prédio e para o sr. Micklas. Ela dava uma olhada nos jornais e tentava se interessar pelos estudantes que queimavam seus certificados de alistamento militar e pela ameaça de greve dos transportes, mas não conseguia: essas eram notícias vindas de um mundo de fantasia; nada era real além de seu mundo de dor. Guy comprara presentes para Minnie e Roman; tinham combinado que não trocariam presentes entre si. Minnie e Roman lhes deram porta-copos.

Algumas poucas vezes foram ao cinema, sempre nos mais próximos, mas, na maioria das vezes, permaneceram em casa ou cruzaram o corredor até o apartamento de Minnie e Roman, onde conheceram casais cujos nomes eram Fountain, Gilmore e Wess, uma mulher chamada sra. Sabatini, que sempre trazia seu gato, e o dr. Shand, o dentista aposentado que havia confeccionado a correntinha para o talismã de tânis de Rosemary. Eram todas pessoas idosas, que cobriam Rosemary de atenção e carinho, evidenciando que ela não estava muito bem. Laura-Louise também participava das reuniões e, algumas vezes, o dr. Sapirstein se juntava ao grupo. Roman era um anfitrião animado, enchendo copos e fornecendo novos assuntos para as conversas. Na passagem do ano ele fez um brinde — "A 1966, o Ano Um!" — o que deixou Rosemary meio confusa, embora todos os demais convidados parecessem ter compreendido e apoiado. Ela se sentiu como se tivesse perdido alguma referência literária ou política — mas, no fim, não deu muita atenção àquilo. Ela e Guy geralmente saíam cedo; Guy a acompanhava até o apartamento, colocava-a na cama e voltava para a reunião. Ele era o queridinho das senhoras, que o cercavam e riam de suas piadas.

Hutch permaneceu do mesmo jeito, naquele profundo e desconcertante estado de coma. Grace Cardiff telefonava quase todas as semanas. "Nenhuma mudança, nenhuma mesmo", ela informava. "Os médicos ainda não descobriram nada. Ele tanto pode voltar a si amanhã pela manhã quanto piorar bastante e não acordar jamais."

Por duas vezes Rosemary foi até o hospital Saint Vincent para permanecer ao lado da cama de Hutch e ficar observando os olhos cerrados dele e sua respiração quase imperceptível. Na segunda visita, no início de janeiro, Doris, a filha mais velha de Hutch, estava lá, sentada perto da janela, bordando. Rosemary a conhecera no ano anterior no apartamento de Hutch; ela era uma mulher baixa e simpática, de uns 30 anos, casada com um psicanalista sueco. Parecia, infelizmente, um Hutch mais jovem e de peruca.

Doris não a reconheceu e, quando Rosemary se apresentou, ela apresentou sentidas desculpas.

"Por favor, não se desculpe", disse Rosemary, sorrindo. "Estou horrível."

"Não, você continua a mesma", disse Doris. "Eu sou péssima fisionomista. Esqueço até a cara de meus *filhos*, juro!"

Doris pôs de lado seu bordado; Rosemary puxou uma cadeira para sentar-se perto dela. Conversaram sobre o estado de Hutch e assistiram a uma enfermeira entrar para mudar o frasco de soro que se conectava ao braço cheio de esparadrapos dele.

"Temos um obstetra em comum", disse Rosemary assim que a enfermeira deixou o quarto; e então passaram a conversar sobre a gravidez de Rosemary e sobre a competência e a fama do dr. Sapirstein. Doris se surpreendeu ao saber que ele atendia Rosemary toda semana. "Eu só ia ao consultório dele uma vez por mês", ela disse. "Até perto do fim, claro. Então eu ia a cada duas semanas, e *então* toda semana, mas só no último mês. Pensei que fosse o mais habitual."

Rosemary permaneceu calada, sem nada a dizer e Doris, de repente, percebeu que tinha feito mais um comentário desagradável. "Mas, afinal, acho que cada gravidez é um caso único", disse ela, com um sorriso tentando se desculpar pela falta de tato.

"Foi bem isso que *ele* me disse", confirmou Rosemary.

Naquela noite ela contou a Guy que o dr. Sapirstein só recebia Doris no consultório uma vez por mês. "Há algo errado comigo", ela disse. "E ele sabia disso desde o início."

"Não seja tola", disse Guy. "Ele teria dito a você. Ou, na pior das hipóteses, com certeza ele teria dito a *mim*."

"Não falou? Ele não falou *nada* mesmo para você, Guy?"

"Nada, Rô. Juro por Deus."

"Então por que tenho que ir vê-lo toda semana?"

"Talvez agora esse seja o procedimento que ele adotou. Ou talvez ele esteja lhe dando um tratamento melhor, por sermos amigos de Minnie e Roman."

"Não."

"Bem, *eu* não sei; pergunte a *ele*", disse Guy. "Talvez seja mais agradável examinar você do que a tal Doris."

Ela perguntou ao dr. Sapirstein dois dias mais tarde. "Rosemary, Rosemary", ele disse, "o que foi que eu lhe falei sobre conversas com as amigas? Já não lhe disse que cada gravidez é diferente?"

"Sim, mas..."

"E o tratamento tem que ser diferente também. Doris Allert já tinha tido dois bebês antes de vir me consultar, e não tinha tido nenhum tipo de complicação. Ela não requeria a atenção mais detida que uma mãe novata necessita."

"O senhor sempre examina as mães novatas semanalmente?"

"Eu tento", ele respondeu. "Às vezes não consigo. Não há nada de errado com você, Rosemary. A dor vai parar muito em breve."

"Tenho comido carne crua", ela disse. "Só ligeiramente aquecida."

"Mais alguma coisa fora do comum?"

"Não", ela disse, mostrando espanto; aquilo já não era o suficiente?

"Coma o que tiver vontade", ele disse. "Eu lhe avisei que você viria a ter desejos estranhos. Já tive gestantes que comiam papel. E pare de se preocupar. Não mantenho segredos para com as minhas pacientes; isso torna a vida muito confusa. Estou lhe dizendo a verdade. Está bem?"

Rosemary assentiu com a cabeça.

"Mande lembranças minhas à Minnie e ao Roman", ele disse. "E ao Guy também."

Ela começou a ler o segundo volume de *Declínio e Queda,* e a tricotar um cachecol de listras vermelhas e alaranjadas para Guy usar durante os ensaios. A já esperada greve de transportes tinha começado, mas uma greve pouco os afetava, já que eles permaneciam em casa a maioria do tempo. No final da tarde eles observavam da janela a multidão a se mover lentamente lá embaixo. "Andem, seus assalariados!", dizia Guy. "Andem! Já para casa, e sejam bem rápidos!"

Não muito tempo depois de ter contado ao dr. Sapirstein sobre estar comendo carne quase crua, Rosemary se encontrou mastigando um coração de galinha inteiramente cru e pingando sangue — na cozinha às quatro e quinze da madrugada. Viu sua imagem refletida num dos lados da torradeira, onde o reflexo se moveu e lhe chamou a atenção, e então olhou para as mãos, para o pedaço do coração que ainda não havia comido preso entre dedos que gotejavam sangue. Depois de um instante caiu em si e jogou o resto do coração no lixo, abriu a torneira da pia e lavou as mãos. Então, com a água ainda correndo, debruçou-se na pia e vomitou.

Quando terminou, bebeu um pouco de água, lavou o rosto e as mãos, e limpou o interior da pia com desinfetante. Fechou a torneira, enxugou-se e, por um momento, ficou pensando; então foi até uma gaveta, tirou de lá um bloco de papel e um lápis, dirigiu-se à mesa, sentou-se e começou a escrever.

Guy apareceu na cozinha, ainda de pijama, uns minutos antes das sete. Ela estava com o *Culinária da Life* aberto sobre a mesa e copiava uma receita do livro. "Que diabos você está fazendo?", ele perguntou.

Rosemary olhou para ele. "Planejando o cardápio", ela respondeu. "Para um jantar. Nós vamos dar uma festa no dia 22 de janeiro. Daqui a uma semana e meia." Ela vasculhou, entre as várias folhas de papel que estavam sobre a mesa, e localizou uma. "Vamos convidar a Elise Dunstan e o marido", disse ela, "a Joan e o namorado, Jimmy e Tiger, Allan e a namorada, Lou e Claudia, os Chen, os Weldell, Dee Bertillon e a namorada, a menos que você não queira que ele venha, Mike e Pedro, Bob e Thea Goodman, os Kapp" — ela apontou na direção dos Kapp — "e Doris e Axel Allert, caso possam vir. É a filha de Hutch, sabe?"

"Sei, sim", respondeu Guy.

Ela baixou o papel. "A Minnie e o Roman não serão convidados", ela disse. "Nem a Laura-Louise. E nem os Fountain, os Gilmore e os Wees. Nem mesmo o dr. Sapirstein. Será uma festa muito especial. Só para quem tem menos de 60 anos."

"Ufa", disse Guy. "Por um momento achei que eu fosse ficar de fora."

"Ah, não vai, não", disse Rosemary. "Você será o barman."

"Maravilha", disse Guy. "Mas você acha mesmo que é uma boa ideia?"

"Acho que foi a melhor ideia que eu tive nos últimos meses."

"Não acha que primeiro deveria consultar o dr. Sapirstein?"

"Por quê? Só pretendo dar uma festinha; não vou atravessar o canal da Mancha a nado nem escalar o Annapurna."

Guy foi até a pia e abriu a torneira. Encheu um copo com água. "Estarei ensaiando, você sabe", ele disse. "Nós começamos no dia 17."

"Você não precisará fazer absolutamente nada", disse Rosemary. "Só ficar aqui em casa sendo charmoso."

"E cuidar do bar." Ele fechou a torneira e bebeu o copo de água.

"Nós *contrataremos* um barman", disse Rosemary. "Aquele que costumava servir nas festas do Dick e da Joan. E quando você tiver vontade de ir dormir, eu boto todo mundo para fora."

Guy virou-se para olhá-la.

"Quero vê-los", ela disse. "Não a Minnie e o Roman. Estou cansada da Minnie e do Roman."

Ele desviou o olhar dela, olhou para o chão e, então, voltou a encará-la. "E a dor?", ele perguntou.

Ela sorriu friamente. "Não ficou sabendo da novidade?", ela perguntou. "A dor vai desaparecer em um ou dois dias. O dr. Sapirstein me disse."

Todos aceitaram o convite, com exceção dos Allert, que não podiam vir por causa do estado de Hutch, e dos Chen, que estariam em Londres fotografando Charlie Chaplin. O barman que conheciam não tinha disponibilidade, mas indicou outro que poderia vir. Rosemary mandou para a lavanderia um vestido de veludo marrom bem folgado, marcou um horário no cabeleireiro, encomendou gelo, bebidas e os ingredientes para um prato chileno de frutos do mar, chamado *chupe*.

Na manhã da quinta-feira antes da festa, Minnie veio trazer o suco, enquanto Rosemary estava na cozinha limpando lagostas e caranguejos. "Isso parece bem interessante", disse Minnie, dando uma olhada na cozinha. "O que é?"

Rosemary lhe contou, em pé na porta de entrada com o copo de listras na mão. "Vou congelar e então preparar no sábado à noite", ela disse. "Teremos alguns convidados."

"Você se sente em condições de dar uma festa?", perguntou Minnie.

"Sim, me sinto bem", respondeu Rosemary. "São velhos amigos a quem não vemos faz muito tempo. Eles ainda nem sabem que estou grávida."

"Eu ficaria feliz em lhe dar uma ajuda, se você quiser", disse Minnie. "Poderia lhe ajudar a servir os pratos."

"Muito obrigada pela gentileza", disse Rosemary, "mas eu realmente consigo dar conta de tudo sozinha. Cada um se servirá no bufê e, então, há bem pouca coisa para fazer."

"Posso ajudar a guardar os casacos."

"Não, realmente, Minnie, você já faz muito por mim. Realmente."

Minnie disse: "Está bem, mas me avise se mudar de ideia. Tome seu suco agora".

Rosemary olhou para o copo na mão da vizinha. "Melhor não", ela disse e encarou Minnie. "Não agora que estou ocupada. Tomarei daqui a pouco e depois devolvo o copo."

Minnie disse: "Não faz efeito se você demorar a tomar".

"Não vou demorar", disse Rosemary. "Pode ir. Você vai e mais tarde lhe devolvo o copo."

"Eu espero e aí você evita de ter que ir até lá."

"Não, de jeito nenhum", disse Rosemary. "Fico muito nervosa se alguém me observa enquanto estou cozinhando. Vou sair daqui a pouco, então passarei bem na frente da sua porta."

"Vai sair?"

"Fazer compras. Agora vá. Vocês são muito bons para mim, realmente."

Minnie foi saindo. "Não espere demais para tomar", ela disse. "O suco vai perder as vitaminas."

Rosemary fechou a porta. Foi para a cozinha e ficou durante uns segundos com o copo nas mãos, e então foi até a pia e despejou a bebida verde-clara que, numa espiral, desceu pelo ralo.

Ela terminou o *chupe*, cantarolando e sentindo-se satisfeita consigo mesma. Depois de tê-lo tampado e colocado no congelador, preparou sua própria bebida com leite, nata, ovo, açúcar e xerez. Tudo aquilo batido no liquidificador resultou num suco amarelo-escuro que parecia delicioso. "Lá vai, David-ou-Amanda", ela disse e experimentou o líquido, que era mesmo delicioso.

o Bebê de Rosemary
Ira Levin

CAPÍTULO 5

Por um momento, lá pelas nove e meia, parecia que ninguém viria à festa. Guy pôs outra tora de lenha na lareira, então avivou o fogo e limpou as mãos com um lenço; Rosemary veio da cozinha e ficou em pé, paralisada pela dor, com o penteado novo e o vestido de veludo marrom; e o barman, perto da porta do quarto, ia se ocupando com guardanapos, raspas de limão, copos e garrafas. Era um italiano de aparência próspera chamado Renato, que dava a impressão de ser barman só como passatempo e que podia abandonar a festa se ficasse mais entediado do que já parecia estar.

Então chegaram os Wendell — Ted e Carole — e, um minuto depois, Elise Dunstan e seu marido Hugh, que era manco. E então Allan Stone, o agente de Guy, acompanhado de uma bela modelo negra chamada Rain Morgan, e Jimmy e Tiger, Lou e Claudia Comfort e o irmão de Claudia, Scott.

Guy recebeu os casacos e os colocou sobre a cama; Renato preparava as bebidas com rapidez, parecendo menos entediado. Rosemary fazia as apresentações aos que ainda não se conheciam: "Jimmy, Tiger, Rain, Allan, Elise, Hugh, Carole, Ted — Claudia e Lou e Scott".

Bob e Thea Goodman trouxeram outro casal, Peggy e Stan Keeler. "Mas é *claro* que não tem problema", disse Rosemary; "quanto mais gente mais quente!" Os Kapp chegaram sem casacos. "Que viagem!", disse o sr. Kapp ("É Bernard"). "Um ônibus, três trens e uma barca! Levamos cinco horas para chegar aqui!"

"Posso dar uma olhada por aí?", perguntou Claudia. "Se o resto do apartamento for tão bonito, eu me mato."

Mike e Pedro trouxeram um buquê de rosas vermelhas. Pedro, encostando o rosto ao de Rosemary, murmurou: "Faça o seu marido lhe dar de comer, meu bem; você está parecendo um vidro de iodo".

Rosemary fez as apresentações: "Phyllis, Bernard, Peggy, Stan, Thea, Bob, Lou, Scott, Carole...".

Levou as rosas para a cozinha. Elise a acompanhou, segurando um drinque e um cigarro de mentira na tentativa de parar de fumar. "Que sorte a de vocês", ela disse; "esse é o apartamento mais bonito que já vi. Olha só essa cozinha! Você está bem, Rosie? Parece meio cansada."

"Obrigada pela delicadeza", disse Rosemary. "Não estou nada bem, mas vou melhorar. Estou grávida."

"Não me diga! Que *maravilha*! É para quando?"

"Dia 28 de junho. Entro no quinto mês na sexta-feira que vem."

"Que ótimo!", disse Elise. "O que está achando do dr. Hill? Ele não é o sonho dourado de toda gestante?"

"É sim, mas não é ele que está acompanhando minha gestação."

"Não?"

"Tenho um médico um pouco mais velho, o dr. Sapirstein."

"Mas, *por quê*? Não pode ser melhor que o dr. Hill."

"Ele é um médico bastante reconhecido e é amigo de amigos nossos", respondeu Rosemary.

Guy apareceu na cozinha.

Elise disse: "Parabéns, papai".

"Obrigado", disse Guy. "Tem sido tranquilo até aqui. Quer que eu leve os molhos, Rô?"

"Ah, quero, sim. Olha só essas rosas! Mike e Pedro as trouxeram!"

Guy pegou da mesa uma bandeja de torradinhas e uma tigela com molho rosê picante. "Pode trazer a outra?", ele pediu a Elise.

"Claro", ela respondeu, pegando a outra tigela e seguindo-o até a sala.

"Já estou indo, só um minuto", gritou Rosemary.

Dee Bertillon trouxe Portia Haynes, uma atriz, e Joan ligou para dizer que ela e o namorado tinham ficado presos em outra festa, mas que estavam a caminho e chegariam em meia hora.

"E você, hein, sua danada, guardando segredo!", disse Tiger, abraçando e beijando Rosemary.

"Quem é que está grávida?", alguém perguntou, e alguém respondeu: "A Rosemary!".

Ela colocou um dos vasos de rosas sobre a lareira — "Parabéns", disse Rain Morgan, "ouvi dizer que você está grávida" — e o outro colocou no quarto, sobre a penteadeira. Quando saiu, Renato lhe passou um copo de uísque e água. "Os primeiros eu faço mais fortes", ele disse, "para que todos fiquem animados. Depois, vou com mais calma."

Mike se enfiou por sobre as cabeças e articulou com os lábios *Parabéns*. Ela sorriu e respondeu *Obrigada*.

"As irmãs Trench moraram aqui", alguém disse; e Bernard Kapp acrescentou: "Adrian Marcato também, e Keith Kennedy".

"E Pearl Ames", disse Phyllis Kapp.

"As irmãs Trent?", indagou Jimmy.

"Trench", corrigiu Phyllis. "Comiam criancinhas."

"E ela não está brincando", disse Pedro, "quer dizer que comiam criancinhas *mesmo!*"

Rosemary fechou os olhos e prendeu a respiração enquanto a dor se intensificava. Talvez por causa da bebida; pôs o copo de lado.

"Está se sentindo bem?", perguntou Claudia.

"Sim, estou", ela disse e sorriu. "Tive um pouco de cólica."

Guy estava falando com Tiger, Portia Haynes e Dee. "É cedo demais para dizer", ele disse; "só faz seis dias que começamos os ensaios. Mas o texto está funcionando melhor do que no papel."

"Não dava para funcionar pior", comentou Tiger. "Ei, e que aconteceu com o outro cara? Ainda está cego?"

"Eu não sei", respondeu Guy.

Portia disse: "O Donald Baumgart? Você sabe quem *ele* é, Tiger; é o cara com quem a Zöe Piper vive".

"Ah, é *esse* cara?", perguntou Tiger. "Nossa, eu não sabia que era alguém conhecido meu."

"Ele está escrevendo uma peça ótima", contou Portia. "Pelo menos as duas primeiras cenas são ótimas. Um texto bem revoltado, como os de Osborne antes do sucesso."

Rosemary perguntou: "Ele ainda está cego?".

"Está, sim", disse Portia. "Já perderam a esperança de cura. Ele está passando por um inferno nesse período de adaptação. Mas a ótima peça dele está saindo ainda assim. Ele dita e a Zöe escreve."

Joan chegou. Seu namorado era um cinquentão. Ela pegou no braço de Rosemary e a puxou para o lado, parecendo assustada: "Qual o *problema* com você?", ela perguntou, "o que está *errado*?".

"Nada de errado", respondeu Rosemary. "Estou grávida, só isso."

Ela estava na cozinha com Tiger, preparando a salada, quando Joan e Elise entraram e fecharam a porta.

Elise perguntou: "Qual é mesmo o nome de seu médico?".

"Sapirstein", disse Rosemary.

Joan disse: "E ele está satisfeito com o seu estado?".

Rosemary balançou a cabeça afirmativamente.

"A Claudia disse que você teve uma cólica agora há pouco."

"Eu sinto uma dor", ela disse. "Mas ela deve passar logo; não tem nada de anormal nisso."

Tiger perguntou "Que tipo de dor?".

"Uma — uma *dor*. Uma dor intensa, é isso. Acontece porque minha bacia está se expandindo e minhas articulações são um pouco duras."

Elise disse: "Rosie, eu tive essa dor — duas vezes — e tudo o que eu senti foi uma cólica, uma dor localizada por alguns poucos dias".

"Bem, cada mulher é diferente", disse Rosemary, misturando a salada com duas colheres de madeira. "Cada gravidez é diferente."

"Não *tão* diferentes", disse Joan. "Você está parecendo a Miss Campo de Concentração de 1966. Tem certeza de que esse médico sabe o que está fazendo?"

Rosemary começou a soluçar baixinho, desconsolada, segurando as colheres da salada. Lágrimas corriam por seu rosto.

"Ah, meu Deus", disse Joan, olhando para Tiger em busca de ajuda. Tiger segurou o ombro de Rosemary e disse: "Ah, meu bem, não chore, Rosemary".

"É bom", disse Elise. "É a melhor coisa. Deixe que ela chore. Ela está muito tensa, a noite toda, como — como *sei* lá eu o quê."

Rosemary chorava, riscos pretos de rímel desciam pelas bochechas. Elise fez com que ela se sentasse; Tiger tirou as colheres das mãos de Rosemary e afastou a saladeira para o outro lado da mesa.

A porta começou a se abrir, Joan correu para impedir a entrada e bloqueou a porta. Era Guy. "Ei, me deixa entrar", ele disse.

"Sinto muito", disse Joan. "Só para garotas."

"Quero falar com a Rosemary."

"Agora não; ela está ocupada."

"Olha", ele disse, "eu tenho que lavar uns copos."

"Use a pia do banheiro." Joan empurrou a porta e se encostou nela para mantê-la bloqueada.

"Que diabos, abra essa porta", disse Guy do lado de fora.

Rosemary continuou chorando, com a cabeça inclinada para baixo, os ombros curvos, as mãos abandonadas no colo. Elise, agachando-se, a cada instante enxugava o rosto de Rosemary com a ponta de uma toalha; Tiger lhe ajeitava o cabelo e tentava acalmá-la.

As lágrimas diminuíram.

"Dói tanto", ela desabafou. Ela levantou o rosto e encarou as amigas. "E tenho muito medo de que o bebê venha a morrer."

"O que o médico tem feito por você?", perguntou Elise. "Está lhe dando algum remédio, indicou algum tratamento?"

"Nada, nada."

Tiger perguntou: "Quando é que começou?".

Ela voltou a chorar.

Elise perguntou: "Quando é que começou essa dor, Rosie?".

"Antes do Dia de Ação de Graças", ela respondeu. "Em novembro."

Elise disse: "*Em novembro?*"; e Joan repetiu da porta: "*O quê?*". Tiger disse: "Você está sentindo essas dores desde novembro e ele não fez nada até agora?".

"Ele diz que vão passar."

Joan disse: "Ele não chamou nenhum outro colega para lhe examinar?".

Rosemary sacudiu a cabeça. "Ele é um médico muito bom", ela disse enquanto Elise lhe secava o rosto. "Ele é bastante conhecido. Apareceu na TV, no *Open End*."

Tiger disse: "Ele está me parecendo é um sádico maluco, Rosemary".

Elise disse: "Uma dor como essa é um sinal de que algo não está bem. Sinto muito assustá-la, Rosie, acho que você deve ir consultar o dr. Hill. Procure *alguém* que não esse —".

"Esse louco", disse Tiger.

Elise disse: "Ele *não pode* estar certo, deixando que você simplesmente continue sofrendo assim".

"Eu não vou fazer um aborto", disse Rosemary.

Da porta, Joan se inclinou para frente e sussurrou: "Ninguém está lhe *dizendo* para fazer um aborto! Apenas vá consultar outro médico, só isso".

Rosemary pegou a toalha das mãos de Elise, pressionou-a contra cada um dos olhos. "Ele me advertiu que isso ia acontecer", disse Rosemary, olhando para o rímel na toalha. "Que minhas amigas diriam que as gestações delas tinham sido normais e que a minha não."

"O que é que você quer dizer com isso?", perguntou Tiger.

Rosemary olhou para ela. "Ele me aconselhou a não dar ouvidos aos que minhas amigas viessem a dizer", disse.

Tiger disse: "Pois escute *bem*! Que droga de conselho é *esse* que um médico dê?".

Elise disse: "Nós só queremos que você consulte outro médico. Não acredito que algum médico competente iria se opor se isso pudesse ajudar sua paciente a se acalmar".

"Faça isso", disse Joan. "A primeira coisa a ser feita na segunda-feira de manhã."

"Eu vou", concordou Rosemary.

"Promete?", insistiu Elise.

Rosemary assentiu com a cabeça. "Prometo." Ela sorriu para Elise, para Tiger e Joan. "Já me sinto bem melhor", ela disse. "Muito obrigada."

"Bem, você parece bem pior", disse Tiger abrindo a bolsa. "Ajeite esses olhos. Ajeite tudo." Ela colocou sobre a mesa estojos de maquiagem pequenos e grandes, dois tubos longos e um mais curto.

"Olha só o meu vestido", disse Rosemary.

"Um pano úmido", disse Elise, pegando a toalha e indo até a pia para umedecê-la.

"O pão de alho!", gritou Rosemary.

"Colocar ou tirar do forno?", perguntou Joan.

"Colocar." Rosemary apontou com o pincel do rímel para duas formas cobertas de papel-alumínio que estavam em cima da geladeira.

Tiger começou a misturar a salada e Elise a limpar o peitilho do vestido de Rosemary. "Da próxima vez que estiver planejando chorar", ela disse, "não use veludo."

Guy entrou na cozinha e olhou para elas.

Tiger disse: "Estamos trocando segredos de beleza. Quer saber algum?".

"Você está bem?", ele perguntou a Rosemary.

"Estou ótima", ela respondeu com um sorriso.

"Derramou um pouquinho de molho no vestido", disse Elise.

Joan perguntou: "Será que a equipe da cozinha não merece uma rodada de drinques?".

O *chupe* foi um sucesso, assim como a salada. (Tiger sussurrou para Rosemary: "Foram as lágrimas que lhe deram esse toque extra".)

Renato aprovou o vinho, abriu-o com um floreio e serviu com solenidade.

O irmão de Claudia, Scott, na saleta com um prato sobre os joelhos, disse: "Seu nome é Altizer e ele está em — em Atlanta, acho eu; e o que ele afirma é que a morte de Deus é um evento histórico e específico que acaba de acontecer, na nossa época. Que Deus morreu "literalmente". Os Kapp, Rain Morgan e Bob Goodman sentados, comiam e ouviam.

Jimmy, em uma das janelas da sala de estar, disse: "Ei, está começando a nevar!".

Stan Keeler contou uma série de piadas maldosas de polonês e Rosemary riu alto. "Cuidado com a bebida", Guy sussurrou ao seu ouvido. Ela se virou, lhe mostrou seu copo e, ainda sorrindo, disse: "É só refrigerante!".

O cinquentão de Joan sentou-se no chão perto da cadeira em que ela estava conversando animadamente e lhe massageando os pés e os tornozelos. Elise conversava com Pedro; ele assentia com a cabeça, observando Mike e Allan do outro lado da sala. Claudia começou a ler mãos.

O uísque estava quase acabando, mas todo o resto corria muito bem.

Rosemary serviu café, esvaziou os cinzeiros e lavou uns copos. Tiger e Carole Wendell a ajudaram.

Mais tarde, ela se sentou na janela com Hugh Dunstan, bebericando café e observando os pesados flocos de neve que caíam, um exército infinito deles e, de vez em quando, um floco desgarrado se chocava contra o vidro da janela, deslizava e derretia.

"Ano após ano eu juro que vou deixar essa cidade", disse Hugh Dunstan, "me afastar dos crimes, do barulho e de tudo mais. E todo ano neva ou começa um festival Humphrey Bogart e eu continuo aqui."

Rosemary sorriu e observou a neve. "Foi por essa razão que eu quis este apartamento", ela disse, "para ficar sentada aqui e ver a neve, com a lareira acesa."

Hugh olhou-a e disse: "Posso apostar que você ainda lê Dickens".

"Claro que leio", ela disse, "ninguém deixa de ler Dickens."

Guy chegou procurando por Rosemary. "Bob e Thea já estão indo", ele disse.

Lá pelas duas horas da madrugada todos os convidados já tinham ido embora e os dois ficaram sozinhos na sala, em meio a copos sujos, guardanapos usados e cinzeiros abarrotados. ("Não se esqueça", sussurrou Elise ao sair. Não dava para esquecer).

"Agora só nos resta", disse Guy, "mudar de apartamento."

"Guy."

"O quê?"

"Vou consultar o dr. Hill. Segunda-feira de manhã."

Ele não disse nada, só permaneceu olhando para ela.

"Quero que ele me examine", ela disse. "O dr. Sapirstein ou está mentindo ou ele está — sei lá, meio maluco. Uma dor como essa é um aviso de que algo vai mal."

"Rosemary", disse Guy.

"E eu não vou mais tomar o suco que a Minnie traz", ela disse. "Quero vitaminas em comprimidos, como todo mundo toma. Já faz três dias que não bebo o suco. Fiz com que ela o deixasse aqui e despejei tudo na pia."

"Você —"

"Eu tenho feito meu próprio suco", ela disse.

Ele reuniu toda a sua surpresa e indignação e, apontando para trás, por cima do ombro, em direção à cozinha, gritou para ela: "Era *isso* que aquelas vadias estavam lhe aconselhando lá? É *essa* a dica de hoje? Mudar de médico?".

"Elas são minhas amigas," ela disse; "não as chame de vadias."

"São um punhado de vadias meio burras que deviam era se meter com as malditas vidinhas delas."

"Tudo o que disseram foi que eu devia buscar uma segunda opinião."

"Você conseguiu o melhor médico de Nova York, Rosemary. Você sabe quem é o dr. Hill? Um *Zé-Ninguém*, é isso o que ele é."

"Estou cansada de escutar quão maravilhoso é o dr. Sapirstein", ela disse chorando, "pois eu sinto essa *dor* dentro de mim desde antes do Dia de Ação de Graças e tudo o que ele diz é que vai parar!"

"Você não vai mudar de médico", disse Guy. "Teríamos de pagar o dr. Sapirstein e pagar o dr. Hill também. Está fora de cogitação."

"Eu não vou *mudar*", disse Rosemary, "só vou deixar que o dr. Hill me examine e dê sua opinião."

"Eu não vou permitir", disse Guy. "Isso não é... isso não é justo com o Sapirstein."

"Não é justo com...*O que é que você está dizendo?* E o que é justo para *mim*?"

"Você quer outra opinião? Tudo bem. *Diga* ao Sapirstein; deixe que *ele* decida e lhe indique alguém. Tenha pelo menos *essa* consideração com o maior especialista no seu campo."

"Quero o dr. *Hill*", ela disse. "Se você não quiser pagar, eu mesma pago minha..." Ela parou de falar e ficou imóvel, paralisada, nada em seu corpo se movia. Uma lágrima deslizou por um caminho curvo até o canto de sua boca.

"Rô?", disse Guy.

A dor havia cessado. Tinha desaparecido. Como uma buzina disparada de um carro que, de repente, para de soar. Como algo que para e some para nunca mais retornar, graças à misericórdia dos céus. Cessara, desaparecera e, ah, como ela se sentiria bem assim que pudesse recobrar a respiração!

"Rô?", repetiu Guy, dirigindo-se a ela, preocupado.

"Parou", ela disse. "A dor."

"Parou?", ele perguntou.

"Neste exato minuto." Ela conseguiu sorrir para ele. "Parou. Simplesmente." Fechou os olhos e respirou fundo, e mais fundo ainda, respirou como não conseguia fazer há muito tempo. Desde antes do Dia de Ação de Graças.

Quando abriu os olhos, viu Guy a encarando, ainda parecendo preocupado.

"O que é que você colocou no seu suco?", ele perguntou.

O coração dela disparou. Tinha matado o bebê. Com o xerez. Ou com um ovo estragado. Ou com a combinação. O bebê tinha morrido, a dor tinha parado. A dor era o bebê e ela o matara com a sua arrogância.

"Um ovo", ela respondeu. "Leite. Nata. Açúcar." Ela piscou, enxugou uma lágrima na bochecha e olhou para ele. "Xerez", ela disse, num tom que não parecesse nada grave.

"Quanto de xerez?", ele perguntou.

Sentiu um movimento dentro dela.

"Muito?"

De novo, onde nada nunca tinha se movido antes. Uma leve pressão, uma ondulação. Deu uma risadinha.

"*Rosemary, pelo amor de Deus, quanto?*"

"Está vivo", ela disse, e deu mais uma risadinha. "Se mexe. Está tudo bem; ele não está morto. Está se mexendo." Olhou para sua barriga de veludo marrom e colocou as mãos sobre ela pressionando-a suavemente. Agora duas coisas estavam se movendo, duas mãos ou pés; um aqui, outro ali.

Virou-se para Guy sem tirar os olhos da barriga; estalou os dedos com rapidez pedindo a mão dele. Ele se aproximou e lhe deu a mão. Ela a colocou num dos lados da barriga e a segurou ali. Com delicadeza, o movimento voltou. "Está sentindo?", ela perguntou, olhando para Guy. "Aqui, de novo; consegue sentir?"

Ele retirou a mão, pálido. "Sim", ele disse. "Sim. Eu senti."

"Não precisa ficar com medo", ela disse, rindo. "Ele não vai morder você."

"É maravilhoso", ele disse.

"Não é?" Ela segurou a barriga novamente, olhando para baixo. "Está vivo. Chutando. Aqui dentro."

"Vou limpar um pouco esta bagunça", disse Guy apanhando um cinzeiro e uns copos.

"Pois muito bem, David-ou-Amanda", disse Rosemary, "você já se fez notar, agora fique bem bonzinho e deixe a Mamãe ajudar na arrumação." Ela riu. "Meu Deus", ela disse, "como se mexe! Deve ser menino, não é?"

Ela disse: "Tudo bem, você aí, vai com calma. Você ainda tem mais cinco meses, então poupe essa energia".

E rindo: "Fale com ele, Guy; você é o pai dele. Diga a ele para não ficar tão impaciente".

E ela riu e riu e chorou também, segurando a barriga com as duas mãos.

O Bebê de Rosemary
Ira Levin

CAPÍTULO 6

Na mesma proporção que tudo tinha sido horrível, agora tudo se transformara em algo maravilhoso. Com o fim das dores veio o sono, grandes períodos de dez horas de um sono tranquilo; e, com o sono, veio o apetite, fome por carne cozida, não crua, por ovos, verduras, queijo, frutas e leite. Em poucos dias, o rosto de Rosemary perdeu aquele aspecto cadavérico e os ângulos e protuberâncias desapareceram; em poucas semanas ela adquiriu a aparência que toda mulher grávida deve ter: viçosa, saudável, confiante, mais bonita do que nunca.

Ela tomava o suco tão logo Minnie o trazia, e o tomava até a última gota, relembrando, quase como um ritual, daquele momento de culpa *eu-matei-o-bebê*. O suco agora vinha acompanhado de um bolo farelento de uma coisa branca e doce que parecia marzipã; e ela o comia também de imediato, tanto por apreciar o gosto doce quanto pelo empenho de se sentir a futura mamãe mais conscienciosa do mundo.

O dr. Sapirstein poderia ter sido arrogante ao ficar sabendo que a dor desaparecera, mas, louvado seja, não foi. Ele apenas disse: "Já estava mesmo na hora" e colocou o estetoscópio sobre a agora bem saliente barriga de Rosemary. Escutando os movimentos do bebê, ele demonstrou uma excitação inesperada para um médico que havia acompanhado centenas e mais centenas de gestações. Era essa empolgação, como se estivesse ouvindo um bebê pela primeira vez o que, pensou Rosemary, definia a diferença entre um grande obstetra e um apenas comum.

Rosemary comprou roupas para gestantes; um conjunto de duas peças preto, um tailleur bege e um vestido vermelho de bolinhas brancas. Duas semanas após sua festa, ela e Guy foram a uma festa na casa de Lou e Claudia Comfort. "Que *mudança*!", exclamou Claudia, segurando as mãos de Rosemary. "Está cem vezes melhor, Rosemary! *Mil* vezes melhor!"

E a sra. Gould, ao encontrá-la no corredor disse: "Sabe, estávamos bem preocupados com você há umas semanas; parecia tão cansada e desconfortável. Mas agora está parecendo uma outra pessoa, está sim. Ainda ontem o Arthur comentou sobre a sua mudança".

"Me sinto muito melhor agora", disse Rosemary. "Algumas gestações começam bem e acabam mal, e outras são ao contrário. Fico contente por ter passado pelo pior primeiro e já estar livre disso."

Passara a sentir as pequenas dores que tinham sido sufocadas pela grande dor — desconforto muscular na região da coluna e seios inchados —, mas esses desconfortos eram descritos como normais da gestação naquele livro que o dr. Sapirstein a fizera jogar fora; *sentia* que eram normais, e isso aumentava, ao invés de diminuir, sua sensação de bem-estar. O sal ainda lhe causava náusea, mas, afinal de contas, que importância tinha o sal?

A peça de Guy, que mudara de diretor duas vezes, e três vezes de título, estreou na Filadélfia em meados de fevereiro. O dr. Sapirstein não permitiu que Rosemary acompanhasse a turnê. Para assistirem à estreia, ela, Minnie e Roman foram de carona com Jimmy e Tiger, no velho Packard de Jimmy. O passeio não foi nada agradável. Rosemary, Jimmy e Tiger haviam assistido ao ensaio final da peça antes de a companhia deixar Nova York e tinham dúvidas quanto às chances de se tornar um sucesso. O máximo que esperavam era que Guy se destacasse e recebesse elogios de um ou dois críticos, esperança alimentada por Roman, que citava casos de grandes atores que iniciaram suas carreiras em peças de pouca ou nenhuma importância.

Apesar dos cenários, dos figurinos e da iluminação, a peça continuava prolixa e tediosa; a festa após a estreia acabou virando uma reunião de grupinhos em silencioso desânimo. A mãe de Guy, que tinha vindo de avião de Montreal, insistia em dizer para seu grupo que Guy estava magnífico e que a peça era magnífica. Baixinha, loira e cheia de vivacidade, ela tentava transmitir seu entusiasmo a Rosemary, Allan Stone, Jimmy e Tiger, ao próprio Guy e a Minnie e Roman. Minnie e Roman sorriam serenamente; os outros sentaram-se tensos. Rosemary achava que Guy tinha sido mais do que magnífico, mas também achara isso ao assistir a *Lutero* e a *Ninguém Ama um Albatroz*, e nenhuma das duas peças havia atraído a atenção da crítica.

Duas notas da crítica apareceram nos jornais de madrugada; ambas desfavoráveis à peça, mas pródigas em elogios a Guy a quem um dos jornais dedicou dois parágrafos inteiros. Uma terceira crítica, em um jornal matutino, tinha como título *"Atuação deslumbrante arrebata nova comédia dramática"* e se referia a Guy como "um ator praticamente desconhecido, mas de um talento arrebatador" que irá "seguramente seguir em direção a produções maiores e melhores".

A viagem de retorno a Nova York foi bem mais alegre do que a de ida.

Rosemary encontrou muito com o que se ocupar durante a ausência de Guy. Finalmente encomendaria o papel de parede amarelo e branco para o quarto do bebê, e o berço, a cômoda e a banheirinha. Tinha de escrever as cartas há tanto adiadas, contando todas as novidades à família; comprar o enxoval do bebê e mais algumas peças para si mesma e tomar várias decisões: sobre os cartões de participação do nascimento, sobre amamentar no seio ou com mamadeira, e o nome, o nome, o nome. Andrew, Douglas ou David; Amanda, Jenny ou Hope.

E tinha ainda de fazer, todas as manhãs e à tarde, uma série de exercícios, pois queria que o parto fosse normal. Queria muito esse tipo de parto e o dr. Sapirstein concordava inteiramente com ela. Só aplicaria anestesia se, em último caso, ela pedisse. Deitada no chão, ela levantava as pernas, as mantinha no ar e contava até dez; fazia exercícios de controle de respiração e imaginava o momento triunfante em que, toda suada, ela veria qualquer-que-fosse-o-nome saindo, centímetro por centímetro, de seu corpo tão efetivamente preparado para o parto.

Passou algumas noites em companhia de Minnie e Roman, outra noite com os Kapp e ainda outra com Elise e Hugh Dunstan. ("Você ainda não arranjou uma enfermeira?", perguntou Elise. "Há bastante tempo você já devia ter contatado alguma; devem estar todas sem disponibilidade agora." Mas o dr. Sapirstein, no dia seguinte, quando ela telefonou a ele para saber de uma enfermeira, disse que já tinha reservado uma ótima que permaneceria com ela pelo tempo que fosse necessário após o parto. Ele não havia mencionado isso antes? A sra. Fitzpatrick; uma das melhores.)

Dia sim, dia não, Guy telefonava depois da peça. Ele contou a Rosemary sobre as mudanças que estavam sendo feitas na apresentação e os grandes elogios que ele recebera na *Variety*; ela lhe contou sobre a sra. Fitzpatrick, o papel de parede e uns sapatinhos de um formato estranho que Laura-Louise estava tricotando.

A peça encerrou a temporada depois de quinze apresentações e Guy retornou a Nova York para passar dois dias apenas, pois deveria ir à Califórnia a fim de realizar um teste nos estúdios da Warner Brothers. E então voltou finalmente para casa, com dois ótimos papéis que poderia escolher na próxima temporada, e a participação em treze episódios na série *Greenwich Village*. A Warner Brothers havia feito uma proposta a ele, mas Allan não aceitou.

O bebê chutava como um demônio. Rosemary lhe disse para parar com aquilo ou ela o chutaria também.

O marido de sua irmã Margaret lhe telefonou para contar sobre o nascimento de um menino de quase quatro quilos, Kevin Michael, e mais tarde veio um anúncio muito bonitinho — um garotinho todo rosado, com um megafone anunciando seu nome, data de nascimento, peso e altura. (Guy comentou: "Como assim, esqueceram de colocar o tipo sanguíneo?") Rosemary decidiu por cartões impressos simples, constando apenas o nome dos pais, o nome do bebê e a data. E o nome seria Andrew John ou Jennifer Susan. Estava decidido. Amamentação no peito e não mamadeira.

Eles tiraram a televisão da saleta e a passaram para a sala, e doaram o resto dos móveis excedentes a amigos que podiam aproveitá-los. O papel de parede chegou, era perfeito, foi colocado; o berço, a cômoda e a banheirinha chegaram e foram dispostos de um lado e, depois, de outro. Nas gavetas da cômoda Rosemary guardou os cobertores, as fraldas impermeáveis, e roupinhas tão pequenas que, ao segurá-las, não conseguiu evitar o riso.

"Andrew John Woodhouse", admoestou ela, "*pare* com isso! Você ainda tem dois meses inteiros pela frente!"

Comemoraram o segundo aniversário de casamento e os 33 anos de Guy; deram mais uma festa — um jantar formal para os Dunstan, os Chen, Jimmy e Tiger; assistiram ao filme *Deliciosas Loucuras de Amor* e foram à pré-estreia do musical *Mame*.

Rosemary ia ficando cada vez maior, seus seios se avolumavam sobre a barriga tão esticada quanto a pele de um tambor, com o umbigo dilatado e que se ondulava conforme a movimentação do bebê ali dentro. Ela fazia seus exercícios pela manhã e à noite, levantando as pernas, agachando-se, mantendo a respiração curta, ofegante.

No fim de maio, quando entrou no nono mês de gestação, arrumou uma maleta com as coisas que iria precisar no hospital — camisolas, sutiã para amamentação, um robe acolchoado, e outras peças mais — e a deixou pronta, perto da porta do quarto.

Na sexta-feira, 3 de junho, Hutch morreu em seu leito no hospital St. Vincent. Axel Allert, seu genro, ligou para Rosemary no sábado de manhã e lhe deu a notícia. Haveria uma cerimônia fúnebre na terça-feira às onze horas, ele informou, no Ethical Culture Center na Rua 64 Oeste.

Rosemary chorou, em parte porque Hutch estava morto e em parte por praticamente tê-lo esquecido durante os últimos meses; agora sentia como se isso tivesse acelerado a morte dele. Uma ou duas vezes Grace Cardiff tinha telefonado e Rosemary ligara uma vez para Doris Allert; não tinha ido visitar Hutch; tinha lhe parecido sem sentido visitá-lo enquanto ele estivesse em coma e, tendo ela recuperado sua própria saúde, sentia uma espécie de aversão a estar perto de alguém doente, como se essa proximidade pudesse representar algum perigo a ela e ao bebê.

Guy, ao receber a notícia, ficou pálido, silencioso e ensimesmado por várias horas. Rosemary se surpreendeu com a intensidade de sua reação.

Ela foi sozinha à cerimônia fúnebre; Guy estava filmando e não conseguiu ser dispensado, e Joan justificou ausência em função de uma virose. Umas cinquenta pessoas assistiram à cerimônia, realizada em um belo auditório com painéis de madeira. O serviço, que começou pouco depois das onze horas, foi bastante curto. Axel Allert falou, e então um outro homem, que parecia conhecer Hutch há muitos anos, disse algumas palavras também. Ao término da cerimônia, Rosemary seguiu o movimento das pessoas em direção à frente do auditório e apresentou suas condolências à família Allert e à outra filha de Hutch, Edna e seu marido. Uma mulher tocou-lhe o braço e disse: "Desculpe-me, você é Rosemary, não é?" — era uma mulher bem vestida, de uns 50 anos, cabelos grisalhos e uma forma física excepcional. "Sou Grace Cardiff."

Rosemary cumprimentou-a com um aperto de mão e lhe agradeceu pelos telefonemas.

"Eu ia lhe enviar isto pelo correio ontem à tarde," disse Grace mostrando um pacote de papel pardo do tamanho de um livro, "e então imaginei que provavelmente iria encontrá-la nesta manhã." Ela deu o pacote a Rosemary; Rosemary viu escrito seu nome e endereço no pacote, e o nome de Grace Cardiff como remetente.

"O que é isto?", ela perguntou.

"É um livro que Hutch queria que entregássemos a você; ele foi muito enfático quanto a isso."

Rosemary não entendeu.

"Pouco antes do fim, ele voltou a si durante alguns minutos", explicou Grace Cardiff. "Eu não estava lá, mas ele recomendou a uma enfermeira que me pedisse para entregar a você um livro que deixara sobre a escrivaninha. Imagino que o estava lendo naquela noite em que sofreu o ataque. Ele insistiu muito, disse à enfermeira duas ou três vezes e a fez jurar que não esqueceria. E eu devo lhe transmitir o que ele disse: "O nome é um anagrama"."

"O nome do livro?"

"Ao que parece, sim. Como ele estava delirando, não podemos ter certeza. Parecia estar lutando para sair do coma e, então, acabou vencido pelo esforço. Logo que voltou a si ele pensou que estava no dia seguinte, na manhã após o coma, e falou que tinha que lhe encontrar às onze horas..."

"De fato, tínhamos marcado um encontro", confirmou Rosemary.

"E então ele pareceu se dar conta do que lhe acontecera e começou a insistir com a enfermeira para que eu entregasse este livro a você. Repetiu o pedido várias vezes e então foi o fim." Grace Cardiff sorriu como se estivesse mantendo uma agradável conversa. "É um livro inglês, sobre feitiçaria", ela disse.

Rosemary, olhando com estranheza para o livro, disse: "Não tenho ideia do porquê ele gostaria que me chegasse às mãos".

"Era o que queria, e aí está o livro. E o nome é um anagrama. Querido Hutch. Fazia com que tudo parecesse enredo de uma aventura infantojuvenil, não é mesmo?"

Elas saíram juntas do auditório e então caminharam até a calçada do edifício.

"Estou indo na direção do centro; quer carona para algum lugar?", perguntou Grace Cardiff.

"Muito obrigada", disse Rosemary. "Mas estou indo para o lado oposto."

Chegaram à esquina. Outras pessoas que também haviam deixado a cerimônia estavam chamando táxis; quando um carro se aproximou, dois senhores que o tinham chamado ofereceram-no a Rosemary. Ela quis recusar, mas um dos senhores insistiu, então ela quis oferecer o táxi a Grace Cardiff, que igualmente recusou. "Claro que não", recusou. "Aproveite seu adorável estado. Para quando é o bebê?"

"Para o dia 28 de junho", respondeu Rosemary. Agradecendo aos senhores, entrou no táxi. Era um carro pequeno e ela se acomodou com certa dificuldade.

"Boa sorte", disse Grace Cardiff, fechando a porta.

"Obrigada", respondeu Rosemary, "e muito obrigada pelo livro." Ao motorista, ela disse: "Para o Bramford, por favor". Pela janela sorriu para Grace Cardiff enquanto o táxi se afastava.

O Bebê de Rosemary
Ira Levin

CAPÍTULO 7

Rosemary pensou em desembrulhar o livro ali mesmo no táxi, mas como o carro tinha sido equipado pelo motorista com cinzeiros extras, espelhos e mensagens escritas a mão pedindo aos passageiros que mantivessem a limpeza, entendeu que o papel e o barbante que embrulhavam o livro virariam um problema. Então, foi primeiro para casa e, lá chegando, tratou de tirar os sapatos, o vestido e a cinta e colocar chinelos e uma enorme bata de listras vermelhas e brancas.

A campainha tocou e ela foi abrir a porta, com o embrulho ainda fechado nas mãos. Era Minnie, que trazia o suco e a fatia de bolo. "Ouvi você chegando", ela disse. "Pelo jeito, a cerimônia não foi demorada."

"Foi curta mesmo", concordou Rosemary, pegando o suco. "O genro e um velho amigo de Hutch disseram algumas palavras sobre ele e como sua ausência seria sentida, e isso foi tudo." Ela bebeu um pouco do suco esverdeado e ralo.

"É assim mesmo que essas cerimônias devem ser", disse Minnie, olhando para o embrulho nas mãos de Rosemary. "Você já recebeu correspondência hoje?"

"Não, isto me deram", disse Rosemary, e bebeu mais um gole do suco, evitando entrar em detalhes sobre quem, o porquê e toda a história sobre a volta de Hutch à consciência.

"Deixe-me segurá-lo", disse Minnie, e pegou o embrulho. "Ah, obrigada", agradeceu Rosemary — que, assim, pode comer o bolo branco.

Rosemary comeu e bebeu.

"Um livro?", perguntou Minnie, sentindo o peso do pacote.

"Anrram. Ela ia me enviar pelo correio, mas lembrou que me encontraria na cerimônia."

Minnie leu o endereço da remetente. "Ah, eu conheço esse edifício", comentou. Os Gilmore moravam lá antes de se mudarem para onde estão hoje."

"É?"

"Já estive lá muitas vezes. 'Grace'. Esse é um dos meus nomes favoritos. É uma de suas amigas?"

"É, sim", confirmou Rosemary; era mais fácil concordar do que explicar e, na verdade, não tinha importância.

Ela terminou de comer o bolo e de tomar o suco; apanhou o embrulho das mãos de Minnie e lhe devolveu o copo. "Obrigada", agradeceu, sorrindo.

"Escute", disse Minnie, "o Roman está indo até o tintureiro daqui a pouco; quer que leve ou apanhe alguma coisa para você?"

"Não, não tenho nada, obrigada. Veremos vocês mais tarde?"

"Claro. Por que não vai tirar uma soneca?"

"Vou mesmo. Até mais."

Ela fechou a porta e foi até a cozinha. Com uma faca, cortou o barbante do pacote e desembrulhou aquele papel pardo. O livro era *Todos Eles Bruxos*, de J. R. Hanslet. Era um livro de capa preta, antigo, com o dourado das letras quase apagado. Na contracapa lia-se a assinatura de Hutch com a inscrição *Torquay, 1934* abaixo. Na parte de baixo da folha de rosto havia uma pequena etiqueta azul indicando o nome dos livreiros, *J. Waghorn & Son*.

Rosemary levou o livro para a sala, já o folheando no caminho. Havia algumas fotografias de pessoas da era vitoriana, sérias e respeitáveis, e, no texto, notavam-se várias passagens sublinhadas por Hutch, além de algumas anotações nas margens, numa letra que ela reconheceu de livros que ele havia emprestado a ela no período Higgins-Eliza de sua amizade. Uma das frases sublinhadas era "o fungo que denominam de 'Pimenta do Diabo'".

Sentou-se ao lado da janela e examinou o sumário do livro. O nome Adrian Marcato saltou aos olhos; era o título do quarto capítulo. Os demais capítulos tratavam de outras pessoas — todas elas, o que se deduzia do título do livro, bruxas: Gilles de Rais, Jane Wenham, Aleister Crowley e Thomas Weir. Os capítulos finais eram "Prática de Bruxaria" e "Bruxaria e Satanismo".

Voltando ao quarto capítulo, Rosemary deu uma olhada por cima de suas vinte e poucas páginas; Marcato nascera em Glasgow, em 1846, logo tinha sido trazido para Nova York (sublinhado) e morrera na ilha de Corfu, em 1922. Havia descrições do tumulto em 1896, quando ele afirmara ter conseguido invocar Satã e fora atacado por uma multidão na frente do Bramford (mas não no saguão, como Hutch havia dito), e descrevia ainda incidentes similares ocorridos em Estocolmo, em 1898, e em Paris, em 1899. Ele era um homem com barba preta, de olhar hipnótico que, em uma foto de corpo inteiro, pareceu bastante familiar a Rosemary. Ao lado dessa fotografia havia outra, menos formal, dele sentado num café em Paris com sua esposa, Hessia, e seu filho, Steven (sublinhado).

Seria por isso que Hutch quisera tanto que ela tivesse acesso a esse livro; para que conhecesse detalhes da vida de Adrian Marcato? Mas por quê? Ele já não os informara, há tempos, de suas preocupações, e depois não reconhecera que seus temores tinham sido infundados? Ela folheou o resto do livro, detendo-se perto do final para ler outras passagens sublinhadas. "O fato mais impactante", estava escrito, "é que, quer *nós* acreditemos ou não, *eles* seguramente acreditam." E algumas páginas mais adiante: "a crença universalmente arraigada no poder do sangue fresco". E ainda: "cercado de velas que, desnecessário dizer, também são pretas".

As velas pretas que Minnie tinha trazido naquela noite da falta de energia elétrica. Hutch tinha ficado intrigado com elas e fizera várias perguntas sobre Minnie e Roman. Seria esse o significado do livro; que eles eram *bruxos*? Minnie com suas ervas e seu talismã de tânis, e Roman com seu olhar perfurante? Mas *não* existem mais bruxos, existem? *Claro* que não.

Então ela lembrou-se do resto da mensagem de Hutch, que o nome do livro era um anagrama. *Todos Eles Bruxos.* Tentou várias combinações com as letras na cabeça, tentando transpô-las para algo significativo, revelador. Não conseguiu nada; as letras eram muitas para serem ordenadas. Precisaria de lápis e papel. Melhor ainda, do Scrabble.

Pegou a caixa do jogo no quarto e, tornando a sentar-se ao lado da janela, colocou o tabuleiro semiaberto sobre os joelhos e foi separando as letras que formavam o título do livro. O bebê, que havia estado tranquilo durante toda a amanhã, começou a se agitar dentro dela. Você já vai nascer jogando palavras cruzadas, pensou Rosemary, sorrindo. O bebê chutou. "Ei, calma aí," ela disse.

Com o título *Todos Eles Bruxos* disposto sobre o tabuleiro, tentou várias combinações para ver o que poderia surgir daquelas letras. Conseguiu formar *os duos lobos* e, depois, recombinando as letras de madeira, chegou a *os dobros*. Nenhum dos resultados parecia fazer sentido. E nenhuma revelação veio nem de *durex elo sede* e muito menos de *ossos tórax bules,* de todo modo, essas palavras não eram anagramas reais e não faziam sentido. Aquilo era uma bobagem. Como poderia o título de um livro ter uma mensagem oculta em anagrama exclusivamente para ela? Hutch tinha estado delirante; Grace Cardiff não havia contado exatamente isso? Perda de tempo. *Se tusso roxo.*

Mas talvez fosse o nome do autor, não do livro, que formasse o anagrama. Talvez J. R. Hanslet fosse um pseudônimo; prestando bem a atenção, não parecia um nome verdadeiro.

Pegou outras letrinhas.

O bebê chutou.

J. R. Hanslet era *Jan Shrelt.* Ou podia ser *J. H. Snartle.*

Nada daquilo *realmente* fazia o menor sentido.

Pobre Hutch.

Ela pegou a caixa do jogo e guardou as letrinhas.

O livro, que continuava aberto no assento próximo à janela, havia se aberto bem na fotografia de Adrian Marcato com sua esposa e filho. Talvez Hutch tivesse forçado o volume, deixando-o propenso a abrir naquela página em que estava sublinhado o nome "Steven".

Agora o bebê estava completamente tranquilo.

De novo, ela colocou o tabuleiro sobre os joelhos e tirou da caixa as letras que formavam o nome *Steven Marcato*. Quando o nome estava disposto na frente dela, ela olhou por um momento e, então, começou a alterar a posição das letras. Sem hesitar e sem perder tempo chegou ao nome *Roman Castevet*.

E então novamente transpôs para *Steven Marcato*.

E então novamente transpôs para *Roman Castevet*.

O bebê moveu-se de um modo bem delicado.

Ela leu o capítulo sobre Adrian Marcato; em seguida leu o que tratava de "Práticas de Bruxaria"; então, foi até a cozinha, comeu um pouco de salada de atum com tomate e alface, bem devagar, pensando sobre o que havia lido.

Estava exatamente começando o capítulo "Bruxaria e Satanismo" quando ouviu a chave girar na fechadura e a porta bater contra a corrente de segurança. Era Guy.

"Por que está com a corrente?", ele perguntou quando ela foi abrir a porta.

Ela não disse nada, apenas fechou a porta e tornou a prender a corrente de segurança.

"Que é que está acontecendo?" Ele segurava um ramo de margaridas e uma caixa da loja Bronzini.

"Eu conto lá dentro", ela disse enquanto ele lhe dava as flores.

"Está tudo bem com você?", ele perguntou.

"Está, sim", ela respondeu entrando na cozinha.

"Como foi a cerimônia fúnebre?"

"Foi bem. Curta."

"Eu comprei aquela camisa anunciada na *New Yorker*", ele disse, indo em direção ao quarto. "Ei", ele chamou, " as peças *Num Dia Claro de Verão* e *Arranha-céu* já vão encerrar as temporadas!"

Ela colocou as flores num vaso azul e o levou para a sala; Guy entrou e lhe mostrou a camisa nova. Ela aprovou.

Então perguntou: "Você sabe quem é o Roman na verdade?".

Guy olhou-a, piscou e franziu a testa, intrigado. "Que quer dizer com isso, querida?", ele disse. "Ele é o Roman."

"É filho de Adrian Marcato", explicou. "O homem que afirmou ter conseguido evocar Satã e que quase foi linchado por uma multidão na porta deste prédio. Roman é, na realidade, seu filho, Steven. 'Roman Castevet' é 'Steven Marcato' reordenado — um anagrama."

Guy perguntou: "Quem foi que lhe disse isso?".

"O Hutch", respondeu Rosemary. Ela mostrou o livro a Guy, que colocou a camisa de lado, pegou o livro e o examinou, leu o título, o sumário e então folheou as páginas bem devagar.

"Esta é uma foto dele aos 13 anos", disse Rosemary. "Reparou os olhos?"

"Pode se tratar *apenas* de uma coincidência."

"E outra coincidência é que ele esteja morando aqui? No mesmo prédio em que Steven Marcato cresceu?" Rosemary sacudiu a cabeça. "Até as idades batem", insistiu. "Steven Marcato nasceu em agosto de 1866 e, portanto, teria 79 agora. E é bem essa a idade de Roman. Não é simples coincidência."

"Não, acho que não é mesmo", disse Guy, folheando mais algumas páginas. "Acho que ele é Steven Marcato mesmo, tem razão. Coitado do velhote. Não é de se admirar que tenha mudado de nome, com um pai maluco desses."

Rosemary olhou para Guy meio confusa e disse: "Você não acredita que ele é — o mesmo que foi o pai dele?".

"O que quer dizer com isso?", Guy perguntou sorrindo: "Um bruxo? Um adorador do Diabo?".

Ela assentiu com a cabeça.

"*Rô*", ele disse, "você está de *brincadeira*? Você *realmente*...'" Ele riu e devolveu o livro a ela. "Ah, Rô, *querida*", ele disse.

"É uma religião", explicou. "Uma religião antiga que tem... sido reprimida."

"Tudo bem", ele disse, "mas *hoje* em dia?"

"O pai dele foi um *mártir* dessa religião", ela disse. "Pelo menos é o que deve parecer ao Roman. Sabe onde Adrian Marcato morreu? Num estábulo. Em Corfu. Sei lá *onde* é esse lugar. Porque ele não era aceito em nenhum hotel. Sério. 'Não era aceito em lugar nenhum.' Por isso morreu num estábulo. E *ele* estava com o pai. Roman. Você acha que ele abandonaria essa religião depois *disso*?"

"Querida, estamos em 1966", Guy argumentou.

"Este livro foi publicado em 1933", disse Rosemary; "havia *covens* na Europa... era assim que eles eram chamados, esses grupos, assembleias, congregações; *covens... na Europa*, aqui e na América do Sul e na Austrália; você acha que todos eles desapareceram num prazo de 33 anos? Tem uma dessas assembleias aqui mesmo, Minnie e Roman, com Laura-Louise, os Fountain, os Gilmore e os Wees; essas festas com flauta e cantoria, são os sabás ou *esbats*, ou sei lá eu que nome tem."

"Querida", disse Guy, "não fique nervosa. Vamos..."

"Leia o que eles fazem, Guy", insistiu, passando-lhe o livro aberto numa determinada página. "Eles usam *sangue* em seus rituais, pois o sangue tem *poder*, e o sangue *mais* poderoso é o de um bebê, um bebê que ainda não foi batizado; e eles usam *mais* do que o sangue, usam a *carne* também!"

"Pelo amor de Deus, Rosemary!"

"Por que eles têm sido tão solícitos conosco?", ela perguntou.

"Porque são pessoas amáveis! O que você está achando que são, uns maníacos?"

"Sim, exatamente! Maníacos que pensam ter poder sobrenatural, que acham que são bruxos de verdade, *que praticam todo tipo de rituais malucos* porque eles são... maníacos doentes e loucos!"

"Querida..."

"Aquelas velas pretas que a Minnie nos trouxe são as que usam na missa satânica! Foi isso que levou o Hutch a desconfiar. E a sala do apartamento deles é completamente vazia no centro para que tenham *espaço*."

"Querida", disse Guy, "são pessoas idosas que têm um grupo de amigos idosos e o dr. Shand toca flauta doce. Você pode comprar velas pretas em qualquer loja do bairro, e velas vermelhas, verdes ou azuis. E a sala deles é vazia no meio porque a Minnie é péssima decoradora. O pai de Roman era doido, verdade; mas isso não é motivo para pensarmos que o Roman também seja."

"Eles não vão botar os pés aqui em casa nunca mais", sentenciou Rosemary. "Nenhum deles. Nem a Laura-Louise e nenhum dos outros. E não vão chegar nem a quinze metros de distância do bebê."

"O fato de Roman ter mudado de nome já é *prova* de que ele não é como o pai dele", disse Guy. "Caso fosse, sentiria orgulho do nome e o teria mantido."

"Ele manteve o nome", disse Rosemary. "Mudou simplesmente a ordem das letras, mas não trocou o nome por algum outro. Dessa maneira conseguiu ser aceito em hotéis." Ela se afastou de Guy, indo até a janela onde estava a caixa do Scrabble. "Não vou deixá-los entrar aqui de novo", anunciou. "E assim que o bebê estiver maiorzinho, quero sublocar esse apartamento e vamos mudar para outro. Não os quero perto de nós. O Hutch é que estava certo; nós nunca deveríamos ter vindo para cá." Ela olhou pela janela, segurando o livro nas mãos trêmulas.

Guy a observou por um momento. "E o dr. Sapirstein?", ele perguntou. "Também faz parte da assembleia de bruxos?"

Ela virou-se e olhou para ele.

"Afinal de contas," Guy prosseguiu, "também devem existir médicos malucos, não é? Sua maior ambição é a de fazer visitas domiciliares montado numa vassoura."

Rosemary tornou a olhar pela janela; seu rosto estava calmo. "Não, não creio que seja um deles", ponderou. "Ele é... inteligente demais."

"Além do mais, ele é judeu", Guy disse e riu. "Bem, fico feliz que tenha excluído *alguém* de sua campanha de difamação em estilo macarthista. E por falar em caça às bruxas, nossa! Todos culpados por associação."

"Não estou dizendo que realmente sejam bruxos", disse Rosemary. "Sei que não têm poder *de verdade*. Mas há pessoas que *de fato* acreditam, mesmo que nós não acreditemos; do mesmo jeito que a minha família crê que Deus escuta as suas preces e que a hóstia é mesmo o corpo de Jesus. A Minnie e o Roman acreditam na religião *deles*, acreditam e a praticam, tenho certeza disso; e eu não vou me expor a nenhum risco em relação à segurança do bebê."

"Não vamos sublocar e mudar deste apartamento", disse Guy.

"Vamos, sim!", exclamou Rosemary, voltando-se para Guy.

Ele pegou sua camisa nova. "Falaremos sobre esse assunto quando chegar o momento", ele disse.

"Ele mentiu para você, Guy. O pai dele jamais foi produtor de teatro. Na verdade, ele não tinha absolutamente nada a ver com teatro."

"Tudo bem, então ele é um contador de mentiras", disse Guy, "mas quem diabos, não é?" Ele foi para o quarto.

Rosemary sentou-se perto da caixa do Scrabble. Fechou-a e, depois de um momento, abriu o livro e recomeçou a ler o capítulo final, "Bruxaria e Satanismo".

Guy, sem camisa, retornou à sala. "Acho que já basta de leituras deste tipo", ele disse.

Rosemary disse: "Só quero ler este último capítulo".

"Hoje não, querida", disse Guy, aproximando-se dela. "Você já ficou muito nervosa com isso tudo. Não é bom para você e *nem* para o bebê." Estendeu a mão e esperou que ela lhe entregasse o livro.

"Não estou nervosa."

"Você está tremendo toda", ele disse. "Você está tremendo já faz uns cinco minutos. Vamos, me dê esse livro. Você pode terminar de ler amanhã."

"Guy..."

"Não", insistiu. "Estou falando sério. Me dê o livro."

Ela apenas disse "Ahhh" e lhe passou o livro. Ele foi até a estante, esticou-se na ponta dos pés, e colocou o livro o mais alto que conseguiu, sobre os dois volumes do *Relatórios Kinsey*.

"Você pode ler amanhã", ele disse. "Já teve muitas emoções por hoje, com a cerimônia fúnebre e tudo mais."

O Bebê de Rosemary
Ira Levin

CAPÍTULO 8

O dr. Sapirstein mostrou-se chocado. "Inacreditável", ele disse. "Totalmente absurdo. Como é mesmo o nome, 'Machado'?"

"Marcato", respondeu Rosemary.

"Inacreditável", repetiu o dr. Sapirstein. "Eu não tinha a menor ideia dessa história. Acho que ele me disse certa vez que o pai era importador de café. Isso mesmo, me lembro até que me deu uma explicação sobre tipos de grão e processos de moagem de café."

"Para o Guy ele contou que o pai tinha sido produtor de teatro."

O dr. Sapirstein balançou a cabeça. "Coitado, não é de se admirar que esconda a verdade", ele disse. "E não é de se admirar que *você* tenha ficado tão abalada ao descobri-la. Eu tenho absoluta certeza de que o Roman não segue nenhuma das crenças absurdas do pai, mas compreendo perfeitamente quão preocupada você deve estar por tê-los como vizinhos."

"Eu não quero mais ter nenhum contato com ele nem com a Minnie", disse Rosemary. "Talvez esteja sendo injusta, mas não quero correr o menor risco quando se trata da segurança do bebê."

"Claro", disse o dr. Sapirstein. "Qualquer gestante se sentiria exatamente assim."

Rosemary inclinou-se para frente. "Existe alguma possibilidade", disse ela, "de que Minnie tenha colocado alguma substância prejudicial no suco ou naquelas fatias de bolo?"

O dr. Sapirstein deu uma risada. "Me desculpe, querida", ele disse; "eu não queria rir, mas realmente, ela é uma velhinha tão gentil e tão preocupada com o bem-estar do bebê... Não, não há a menor possibilidade de que ela lhe tivesse dado algo perigoso. Eu perceberia os efeitos disso desde o início, em você ou no bebê."

"Eu a chamei pelo interfone e disse que não estava me sentindo bem. Não vou mais aceitar nada que venha dela."

"Nem precisará fazê-lo", disse o dr. Sapirstein. "Vou lhe receitar algumas pílulas que serão muito indicadas para essas últimas semanas de gestação. De certo modo, isso pode ser a resposta ao problema da Minnie e do Roman também."

"A que problema o senhor se refere?", perguntou Rosemary.

"Eles querem viajar", explicou o dr. Sapirstein, "o mais cedo possível. O Roman não está nada bem, sabe. Na verdade, e digo isso de maneira sigilosa, ele terá, quando muito, uns dois meses de vida. Ele deseja visitar, pela última vez, algumas das suas cidades favoritas e eles estavam, por assim dizer, meio sem jeito de contar, achando que você ficaria ofendida caso a abandonassem às vésperas do nascimento do bebê. Ainda ontem à noite eles trouxeram esse assunto à baila e queriam saber como você receberia a notícia da viagem. Não queriam que você se aborrecesse ao saber o real motivo da viagem."

"Sinto muito saber que Roman não está bem", disse Rosemary.

"Mas aliviada ao saber que irão viajar, não?", o dr. Sapirstein sorriu. "Uma reação perfeitamente aceitável", ele disse, "nas circunstâncias atuais. Vamos fazer o seguinte, Rosemary: direi a eles que conversei com você sobre a viagem e que estou certo de que não ficará ofendida pelo fato de eles irem; e até que eles partam —disseram— disseram que provavelmente no domingo — você continua como sempre, sem deixar o Roman saber que descobriu sua verdadeira identidade. Tenho certeza de que ele ficaria constrangido e triste se ficasse sabendo, e não me parece adequado aborrecê-lo quando se trata de esperar apenas três ou quatro dias."

Rosemary permaneceu calada por um momento, e então disse: "O senhor tem certeza de que partirão no domingo?".

"Pelo que sei, é o que desejam", disse o dr. Sapirstein.

Rosemary ponderou. "Está bem," concordou ela, "agirei como antes, mas só até domingo."

"Se você quiser", disse o dr. Sapirstein, "posso mandar entregar suas pílulas amanhã pela manhã; a Minnie pode levar o suco e o bolo e você joga tudo fora e toma as pílulas."

"Perfeito", disse Rosemary, "ficarei bem mais tranquila assim."

"Isso é o mais importante nesse estágio", disse o dr. Sapirstein, "deixar você tranquila."

Rosemary sorriu. "Se for menino", ela disse, "talvez lhe dê o nome de Abraham Sapirstein Woodhouse."

"Deus o livre", disse o dr. Sapirstein.

Guy, quando ficou sabendo das notícias, ficou tão satisfeito quanto Rosemary. "Sinto muito pelo Roman", ele disse, "mas fico feliz por você, agora que estão indo viajar. Tenho certeza de que ficará mais aliviada."

"Ah, ficarei mesmo", disse Rosemary. "Já me sinto melhor, só em saber que vão partir."

Ao que tudo indicava, o dr. Sapirstein não perdeu tempo em relatar a Roman os sentimentos de Rosemary, pois naquela mesma noite o casal Castevet apareceu para anunciar que iria viajar à Europa. "Partiremos no domingo, às dez da manhã", confirmou Roman. "Voamos direto para Paris, onde ficaremos cerca de uma semana e, em seguida, iremos a Zurique, Veneza e à mais adorável cidade do mundo, Dubrovnik, na Iugoslávia."

"Estou morrendo de inveja", disse Guy.

Roman perguntou a Rosemary: "Imagino que a viagem não lhe surpreendeu, não é, querida?", e um brilho malicioso apareceu em seus olhos escuros e profundos.

"O dr. Sapirstein me contou que vocês estavam pensando em fazer uma viagem", respondeu Rosemary.

Minnie disse: "Adoraríamos ficar aqui até que o bebê nascesse...".

"Seria uma bobagem esperarem", disse Rosemary, "agora que a temporada de calor está aí."

"Mandaremos muitas fotografias", disse Guy.

"Bem, quando o Roman fica com desejo de viajar", disse Minnie, "é impossível segurá-lo."

"É verdade, é verdade", disse Roman. "Depois de passar a vida toda viajando, acho totalmente impossível permanecer mais do que um ano na mesma cidade; e já faz catorze meses que voltamos do Japão e das Filipinas."

Ele, então, passou a descrever os encantos de Dubrovnik, de Madri e da ilha de Skye. Rosemary o observava, tentando imaginar quem seria Roman na realidade, se um velho amável e tagarela, ou se o filho louco de um pai louco.

No dia seguinte, Minnie não criou nenhum caso por ter de deixar o suco e o bolo para Rosemary consumir mais tarde; estava de saída, com uma enorme lista de afazeres antes da viagem. Rosemary ofereceu-se para pegar um vestido que estava na lavanderia e comprar pasta de dentes e um remédio contra náusea. Quando jogou fora o suco e o bolo e tomou uma das cápsulas brancas que o dr. Sapirstein enviara, ela se sentiu meio ridícula.

Na manhã de sábado, Minnie perguntou: "Você sabe quem foi o pai de Roman, não é?".

Rosemary assentiu com a cabeça, surpresa.

"Percebi pelo modo que você passou a nos tratar, com frieza", disse Minnie. "Ah, não precisa se desculpar, querida; você não é a primeira e nem será a última. Nem ao menos posso culpá-la. Eu seria capaz de *matar* aquele velho maluco se já não estivesse morto! Ele tem sido uma maldição na vida do pobre Roman! É por isso que ele gosta tanto de viajar; quer sempre mudar de lugar antes que descubram quem ele é. Por favor, não o deixe perceber que você sabe, está bem? Gosta tanto de você e do Guy, e isso lhe cortaria o coração. Quero que ele realmente tenha uma viagem sem tristezas, porque é possível que não haja mais nenhuma. Viagem, quero dizer. Ei, você quer ficar com os alimentos que estão no nosso congelador? Mande o Guy pegar lá em casa, mais tarde, que lhe darei tudo."

No sábado à noite, Laura-Louise deu uma festa de despedida em seu apartamentinho sombrio e que cheirava a tânis, lá no 12º andar. Apareceram os Wees, os Gilmore, a sra. Sabatini com seu gato, Flash, e o dr. Shand. (Como é que o Guy sabia que era o dr. Shand que tocava flauta doce? Rosemary ficou pensando. E que era flauta doce, e não flauta transversal nem clarinete? Teria de perguntar a ele.) Roman descreveu o itinerário que ele e Minnie pretendiam seguir, surpreendendo a sra. Sabatini, que não conseguia acreditar que eles não passariam por Roma e Florença. Laura-Louise ofereceu bolachinhas caseiras e um ponche de frutas levemente alcoólico. A conversa encaminhou-se para tornados e direitos civis. Rosemary, observando e ouvindo essas pessoas, tão parecidas com seus tios e tias de Omaha, achou difícil continuar acreditando que, na verdade, formavam uma assembleia de bruxos. O franzino sr. Wees, ouvindo atentamente o que Guy falava sobre Martin Luther King; como poderia um velhinho tão frágil, mesmo em sonhos, imaginar-se um poderoso conjurador de feitiços, um fazedor de talismãs? E aquelas velhas desleixadas, Laura-Louise, Minnie e Helen Wees; seriam capazes de dançar nuas em orgias demoníacas? (Mas, no entanto, ela própria não as tinha visto todas nuas? Não, não, aquilo tinha sido um sonho, um pesadelo que tivera há muito, muito tempo.)

Os Fountain telefonaram para se despedir de Minnie e Roman, e também o dr. Sapirstein e outras duas ou três pessoas cujos nomes Rosemary não conhecia. Laura-Louise deu-lhes um presente, para o qual todos tinham contribuído com um valor: um rádio transístor num estojo de couro e Roman agradeceu com um eloquente discurso de despedida, com a voz embargada. *Ele sabe que vai morrer*, pensou Rosemary, sentindo-se, sinceramente, com pena do velho senhor.

Na manhã seguinte, apesar dos protestos de Roman, Guy insistiu em dar uma ajuda; pôs o relógio para despertar às oito e meia e, quando o relógio tocou, rapidamente vestiu uma calça de algodão e uma camiseta e se dirigiu para o apartamento de Minnie e Roman. Rosemary o acompanhou, vestindo sua bata de listras vermelhas e brancas. Havia muito pouca bagagem a carregar; duas malas e uma caixa de chapéus. Minnie carregava a máquina fotográfica e Roman o rádio novo. "Quem precisa de mais de uma mala", ele disse ao dar duas voltas na chave da porta do apartamento, "é um turista, não um viajante."

Na calçada, enquanto o porteiro soprava seu apito buscando um táxi por perto, Roman conferiu passagens, passaportes, cheques de viagem e francos que estavam levando. Minnie abraçou Rosemary. "Não importa onde estejamos", ela disse, "nossos pensamentos estarão com você todo o tempo, querida, até que esteja feliz e esbelta novamente, com seu lindo bebê, menininho ou menininha, seguro nos braços."

"Muito obrigada", disse Rosemary, beijando Minnie. "Obrigada por tudo."

"Faça com que o Guy nos mande montes de fotografias, ouviu?", disse Minnie, beijando Rosemary também.

"Claro, farei sim", disse Rosemary.

Minnie virou-se para Guy. E Roman pegou a mão de Rosemary. "Não vou lhes desejar sorte", ele disse, "porque não será necessário. Sei que terão uma vida muito, muito feliz."

Ela o beijou. "Façam uma maravilhosa viagem", desejou, "e voltem logo."

"Talvez", Roman respondeu, sorrindo. "Ou talvez fique em Dubrovnik, em Pescara ou Maiorca. Veremos, veremos..."

"Voltem logo", disse Rosemary com sinceridade. Ela o beijou mais uma vez.

O táxi chegou. Guy e o porteiro colocaram a bagagem ao lado do motorista. Minnie se enfiou no carro, transpirando debaixo dos braços, num vestido branco. Roman se acomodou ao lado dela. "Ao aeroporto Kennedy," ele disse, "terminal 5, de voos internacionais."

Houve mais alguns votos de boa viagem e beijos pela janela aberta do carro e, então, Rosemary e Guy ficaram acenando para o táxi que se afastava, com mãos sem luva e mãos com luvas brancas acenando de cada lado.

Rosemary sentiu-se menos feliz do que havia imaginado.

Naquela noite, ela procurou o livro *Todos Eles Bruxos* para voltar a ler algumas partes e talvez achá-lo absurdo ou até mesmo risível. O livro havia sumido. Não estava na estante em cima dos *Relatórios Kinsey* nem em nenhum outro lugar que ela pudesse encontrar. Perguntou a Guy sobre o livro e ele respondeu que o jogara no lixo na quinta-feira pela manhã.

"Me desculpe, querida", ele disse, "mas simplesmente não queria mais que lesse essas coisas e se alarmasse."

Rosemary ficou surpresa e chateada. "Guy", ela disse, "o Hutch me *deu* aquele livro. Ele o *deixou* para mim."

"Esse detalhe nem me passou pela cabeça", disse Guy. "Eu só não queria que você ficasse nervosa novamente. Me desculpe."

"Isso que você fez foi *terrível*."

"Sinto muito. Nem pensei no Hutch."

"Mesmo que *não* tivesse sido dado por ele, você não joga fora livros que pertencem a uma outra pessoa. E se eu quiser ler algo, sou eu que decido!"

"Me desculpe", ele disse.

Isso a deixou aborrecida durante todo o dia. E ela se esqueceu de lhe perguntar algo que queria perguntar; o que também a deixara aborrecida.

Lembrou-se do que era à noite, quando estavam voltando do La Scala, um restaurante não muito longe do apartamento deles. "Como é que você sabe que o dr. Shand toca flauta doce?", ela perguntou.

Ele não compreendeu.

"Outro dia", ela disse, "quando li o livro e conversamos sobre aquele assunto; você disse que o dr. Shand tocava flauta doce. Como é que você sabia disso?"

"Ah", disse Guy. "Ele me contou. Há muito tempo. Quando eu comentei que, uma ou duas vezes, nós havíamos escutado, através da parede, o som de uma flauta ou algo assim, e ele me disse que era ele. Como achou que eu tinha ficado sabendo?"

"Não achei nada", disse Rosemary. "Só fiquei imaginando, só isso."

Ela não conseguia dormir. Ficou deitada de costas, o rosto tenso, olhando para o teto. O bebê dentro dela estava dormindo tranquilamente, mas ela não conseguia dormir; sentia-se desconfortável e preocupada, sem nem saber bem por quê.

Bem, com o *bebê*, é claro, e se tudo correria do jeito desejado. Tinha deixado de fazer os exercícios nos últimos dias. Chega; prometera a si mesma, solenemente.

Na verdade, já era segunda-feira, dia 13. Mais quinze dias. Duas semanas. Provavelmente todas as mulheres se sentiam nervosas e desconfortáveis duas semanas antes. E não conseguiam dormir por estarem cansadas de ter de dormir só de costas! A primeira coisa que ela faria quando tudo estivesse terminado seria dormir por longas 24 horas de bruços, abraçando um travesseiro, com o rosto enfiado nele.

Escutou um som vindo do apartamento de Minnie e Roman, mas achou que deveria vir do apartamento de cima ou do de baixo. Qualquer som era distorcido e abafado pelo ar-condicionado que estava ligado.

Já deviam ter chegado em Paris. Sortudos. Algum dia ela e Guy também iriam, com seus três filhos adoráveis.

O bebê acordou e começou a se mexer.

O Bebê de Rosemary
Ira Levin

CAPÍTULO 9

Ela comprou bolinhas e hastes flexíveis de algodão, talco e loção de bebê; encomendou fraldas e reorganizou todas as roupinhas nas gavetas da cômoda. Mandou fazer os cartões de participação do nascimento — Guy ligaria depois para passar o nome e a data — endereçou e selou todos os pequenos envelopes marfim. Leu um livro intitulado *Summerhill*, que apresentava casos aparentemente irrefutáveis em favor de uma educação livre, e então o discutiu com Elise e Joan, num almoço no Sardi's.

Começou a sentir contrações; um dia uma, no dia seguinte outra, no próximo nenhuma, então duas.

Chegou um cartão-postal de Paris, com a imagem do Arco do Triunfo, e uma mensagem em letra caprichada: *Pensando em vocês dois. Clima ótimo, comida excelente. O voo foi perfeito. Com carinho, Minnie.*

Sentiu o bebê descendo dentro dela, pronto para nascer.

No início da tarde da sexta-feira, dia 24 de junho, no balcão de papelaria da Tiffany's, aonde tinha ido comprar mais duas dúzias de envelopes, Rosemary encontrou Dominick Pozzo que, no passado, havia sido professor de dicção de Guy. Baixo, moreno, meio corcunda, com uma voz rouca e desagradável, ele estendeu a mão a Rosemary e a cumprimentou pela bela aparência e o recente sucesso de Guy, pelo qual recusou ter algum mérito. Rosemary lhe contou sobre a peça em que Guy estava trabalhando e sobre a oferta que a Warner Brothers havia feito. Dominick mostrou-se encantado; agora, ele disse, é que Guy poderia se beneficiar de verdade de uma preparação intensiva. Ele explicou porque, fez Rosemary prometer que Guy iria telefonar para ele e, já se despedindo, virou-se em direção dos elevadores. Rosemary segurou seu braço. "Eu nunca lhe agradeci pelos ingressos para *Os Fantásticos*", ela disse. "Eu simplesmente adorei. Acredito que vá continuar em cartaz para sempre, como aquela peça da Agatha Christie em Londres."

"*Os Fantásticos?*", perguntou Dominick.

"Você deu dois ingressos ao Guy. Ah, já faz bastante tempo; no outono. Eu fui com uma amiga. O Guy já tinha visto a peça."

"Eu nunca dei ingressos ao Guy para essa peça", disse Dominick.

"Deu, sim. No outono passado."

"Não, minha querida, nunca dei ingressos a ninguém para *Os Fantásticos*; nunca tive nenhum ingresso para dar. Você está enganada."

"Tenho certeza de que o Guy me disse que foi você quem nos deu", disse Rosemary.

"Então foi *ele* quem se enganou", disse Dominick. "Diga para ele me telefonar, está bem?"

"Digo sim."

Que estranho, pensou Rosemary, enquanto esperava para atravessar a Quinta Avenida. Guy *tinha* dito que Dominick lhe dera os ingressos, tinha certeza absoluta disso. Ela se lembrava de que até pensara em lhe enviar um cartão de agradecimento e, por fim, havia decidido não mandar. *Não podia* estar enganada.

Siga, o semáforo indicava, e ela atravessou a avenida.

Mas *Guy* também não poderia ter se enganado. Afinal, não é todo dia que se ganha ingressos; ele *deveria* se lembrar de quem os teria dado. Será que deliberadamente mentira para ela? Talvez não tivesse ganho os ingressos coisa nenhuma, mas os tivesse encontrado e pego. Não, isso poderia trazer problemas para ele no teatro; ele não a exporia a uma situação dessas.

Ela foi caminhando na direção oeste da Rua 57, caminhando bem devagar pelo peso do bebê e com as costas doendo por ter de suportar o esforço e a tensão de seu peso para a frente. O dia estava quente e úmido; 33°C graus e esquentando cada vez mais. Ela caminhava lentamente.

Será que Guy queria afastá-la de casa naquela noite por algum motivo? Será que ele mesmo comprara os ingressos? Para que ficasse mais livre e pudesse estudar seu papel? Mas não haveria nenhuma necessidade dessa estratégia se fosse este o caso; mais de uma vez, na antiga quitinete, ele tinha pedido a ela para sair por algumas horas e ela sempre atendera, sem problemas. Na maioria das vezes, contudo, ele pedia a ela para que ficasse, para lhe ajudar com as falas, como se fosse seu público.

Seria por causa de alguma mulher? Uma de suas antigas admiradoras, a quem duas horas talvez não fossem suficientes, e de cujo perfume ele estivesse se livrando no banho que tomava quando ela voltou para casa? Não, o cheiro que impregnava o apartamento naquela noite era de raiz de tânis e não de perfume; ela até tivera que embrulhar o talismã em papel de alumínio por causa daquele cheiro forte. E Guy tinha estado muito animado e amoroso para ter passado parte da noite com alguém. Ele havia feito amor de um jeito diferente, violento, ela se lembrava; mais tarde, enquanto ele dormia, ela havia escutado a flauta transversal e a cantoria que vinham do apartamento de Minnie e Roman.

Não, flauta transversal, não. A flauta doce tocada pelo dr. Shand.

Será que foi assim que Guy sabia sobre o instrumento? Teria ele estado lá naquela noite? Num sabá...

Ela parou de andar e ficou olhando para a vitrine da Henri Bendel, porque não queria mais seguir pensando sobre bruxos, assembleias de adoradores do diabo, sangue de bebês e Guy participando da cerimônia. Por que tinha encontrado com aquele idiota do Dominick? Não devia, de jeito nenhum, ter saído de casa aquele dia. Estava tão quente e abafado.

Viu um vestido maravilhoso de crepe vermelho que parecia um modelo de Rudi Gernreich. Depois de terça-feira, quando recuperasse sua silhueta habitual, talvez entrasse na loja e perguntasse o preço. E veria também aquela calça justa amarelo limão e uma blusa vermelha...

Mas, agora, tinha de continuar andando. Continuar andando, continuar pensando, com o bebê se contorcendo dentro dela.

O livro (*que Guy havia jogado fora*) descrevia cerimônias iniciáticas, assembleias de bruxos em que se admitiam novos membros, fazendo-os prestar juramentos e ser batizados, ungidos e marcados com um "sinal de bruxo". Seria possível (o banho para acabar com o cheiro de tânis) que Guy tivesse entrado para a assembleia? Que (não, ele não faria isso!) fosse um deles, com uma marca secreta em alguma parte de corpo?

Tinha notado um band-aid cor da pele no ombro de Guy. Foi no camarim, na noite da estreia da peça na Filadélfia ("Essa maldita espinha", ele havia respondido quando ela lhe perguntou o que era) e visto outro curativo no mesmo lugar alguns meses antes ("Não é a mesma!", ele havia dito). Ainda estaria lá, agora?

Ela não sabia. Ele já não dormia nu. Antigamente sim, especialmente em dias quentes. Mas já não mais, por meses e meses. Agora ele usava pijamas todas as noites. Quando fora a última vez que o vira sem roupa?

Um carro buzinou para ela; estava atravessando a Sexta Avenida. "Pelo amor de Deus, senhora, cuidado", um homem atrás dela disse.

Mas por que, *por quê*? Ele era *Guy*, não era um velho maluco sem nada melhor para fazer, sem nenhum outro meio de encontrar propósitos e autoestima! Ele tinha uma *carreira*, uma agenda lotada, uma carreira em galopante ascensão! O que poderia lucrar com varinhas mágicas, facas, incensários e — e *drogas*; com os Wees, os Gilmore, Minnie e Roman? O que esses bruxos poderiam lhe oferecer que ele não pudesse conseguir em outro lugar?

Ela já sabia a resposta antes mesmo de se fazer a pergunta. Formular essa questão tinha sido um modo de adiar ter de encarar os fatos.

A cegueira de Donald Baumgart.

Não dava para acreditar nisso.

Porém, fato era que Donald Baumgart tinha ficado cego apenas um ou dois dias depois daquele sábado. E Guy ficara em casa, atento a cada toque do telefone. Esperando uma notícia.

A cegueira de Donald Baumgart.

Que tinha sido o ponto de partida de tudo: a peça, as críticas elogiosas, a nova peça, o convite para o filme... Talvez até o papel de Guy em *Greenwich Village* teria sido de Donald Baumgart caso ele não tivesse ficado inexplicavelmente cego um ou dois dias depois de Guy ter se juntado (talvez) a uma assembleia (talvez) de bruxos (talvez).

Havia feitiços para tirar a visão do inimigo, ou a audição, o livro descrevia. *Todos eles bruxos* (não Guy!). A união da força mental de toda a assembleia, uma bateria concentrada de desejos maléficos, poderia cegar, ensurdecer, paralisar e até mesmo matar a vítima escolhida.

Paralisar e até mesmo matar.

"Hutch?", ela se perguntou em voz alta, parada em frente ao Carnegie Hall. Uma garotinha olhou para ela e agarrou a mão de sua mãe.

Ele tinha lido o livro naquela noite e telefonado combinando o encontro com ela na manhã seguinte. Para contar a ela que Roman era Steven Marcato. Guy sabia do encontro e, sabendo, saiu para — o que mesmo, sorvete? — e tocou a campainha do apartamento de Minnie e Roman. Será que foi uma convocação para uma reunião urgente? A união da força mental... Mas como poderiam saber o que Hutch pretendia revelar a ela? Nem ela mesma sabia; só Hutch é que sabia.

Mas vamos supor que "raiz de tânis" não fosse "raiz de tânis" coisa nenhuma. Hutch nunca tinha ouvido falar nisso, não é? Vamos supor que fosse — aquela outra coisa que ele sublinhou no livro, "Fungo do Diabo" ou qualquer que fosse o nome. Hutch havia dito a Roman que iria pesquisar sobre o assunto; isso já não teria sido um motivo para Roman passar a desconfiar dele? *E já naquele exato momento Roman surrupiara uma das luvas de Hutch*, pois para o feitiço funcionar era necessário ter algo de uso pessoal da vítima! E então, quando Guy lhes contou sobre o encontro marcado na manhã seguinte, eles não perderam tempo e se puseram a trabalhar.

Não, isso não, Roman não poderia ter pegado a luva de Hutch; Rosemary o tinha acompanhado na entrada e na saída do apartamento, sempre andando perto dele.

Guy é que tinha apanhado a luva. Ele tinha voltado para casa às pressas com o rosto ainda maquiado — coisa que ele *nunca* fez — e ido diretamente até o armário da entrada. Roman devia ter lhe telefonado e dito:

"Esse sujeito, Hutch, está ficando desconfiado sobre a raiz de tânis, corra já para casa e consiga algum objeto pessoal dele, por via das dúvidas!". E Guy tinha obedecido. Para que Donald Baumgart permanecesse cego.

Esperando o semáforo abrir na Rua 55, ela prendeu a bolsa e os envelopes embaixo do braço, tirou do pescoço a corrente com o talismã e jogou-os em um bueiro.

Chega de "raiz de tânis". Fungo do Diabo.

Estava tão apavorada que teve vontade de chorar.

Pois ela sabia o que Guy prometera em troca de seu sucesso.

O bebê. Para que o usassem em seus rituais.

Ele nunca *quisera* ter filhos até Donald Baumgart ter ficado cego. Ele não gostava de sentir o bebê se mexendo; não gostava de falar sobre isso; ele se mantinha tão distante e ocupado quanto possível como se o filho não fosse realmente dele.

Porque ele sabia o que pretendiam fazer com o bebê assim que o entregasse a eles.

No apartamento, no abençoadamente fresco apartamento, ela tentou se convencer de que estava enlouquecendo. *Você vai ter seu bebê daqui a quatro dias, Garota Idiota. Talvez até antes. Por isso está tão tensa e maluca, e está inventando toda uma perseguição absurda baseada em coincidências totalmente forçadas. Não existem bruxos de verdade. Não existem feitiços de verdade. Hutch morreu de morte natural, ainda que os médicos não tenham conseguido diagnosticar a doença. O mesmo no que se refere à cegueira de Donald Baumgart. E como, diga então, teria Guy conseguido um pertence de Donald Baumgart para realizar o feitiço contra ele? Viu, Garota Idiota? Todas as suspeitas caem por terra quando você esmiúça os detalhes.*

Mas por que Guy mentira a respeito dos ingressos?

Ela se despiu e tomou um banho frio e demorado, dando voltas desajeitadas debaixo do chuveiro e, então, voltou o rosto em direção ao jato, tentando pensar de modo mais claro e racional.

Deve haver alguma outra razão para ele ter mentido. Quem sabe ele havia ficado no Downey's bebendo com os amigos, sim, e havia ganho os ingressos de alguém da turma; então inventara ter sido Dominick que os dera, para que ela não se zangasse por ele ter passado a tarde vagabundeando?

Claro que foi isso mesmo que aconteceu.

Só isso, está vendo, Garota Idiota?

Mas por que ele não ficava nu na frente dela há tantos meses?

De todo modo, ela se sentia feliz por ter jogado fora aquele talismã maldito. Já devia ter se livrado dele há muito tempo. Para começo de conversa, nunca devia tê-lo aceitado de Minnie. Que prazer estar livre daquele cheiro nojento! Secou-se e passou muita água-de-colônia, muita mesmo.

Ele não se despia mais na frente dela porque devia ter alguma leve alergia e ficava com vergonha disso. Atores são vaidosos, não são? Elementar.

Mas por que teria jogado fora o livro? E por que passava tanto tempo na casa de Minnie e Roman? E por que esperara a notícia da cegueira de Donald Baumgart? E por que tinha voltado para casa correndo, sem nem tirar a maquiagem, logo antes de Hutch ter perdido a luva?

Rosemary escovou os cabelos e os prendeu; colocou o sutiã e a calcinha. Foi até a cozinha e tomou dois copos de leite gelado.

Não tinha respostas.

Foi até o quarto do bebê e forrou com plástico a área do papel de parede onde ficaria encostada a banheirinha, para que o bebê, quando brincasse no banho, não molhasse a parede.

Não tinha respostas.

Não sabia se estava ficando louca ou mais consciente, se bruxos tinham apenas desejo de poder ou se tinham poderes reais e intensos, se Guy era seu marido carinhoso ou o mais traiçoeiro dos inimigos dela e do bebê.

Eram quase quatro horas. Guy chegaria em mais ou menos uma hora.

Ela ligou para a Associação dos Atores e conseguiu o número do telefone de Donald Baumgart.

A ligação foi atendida em segundos por uma voz impaciente: "Pronto?".

"É Donald Baumgart?"

"Sim, ele mesmo."

"Aqui é Rosemary Woodhouse", ela disse. "Esposa de Guy Woodhouse."

"Oh!"

"Eu gostaria..."

"Meu Deus", ele disse, "você deve estar que é pura felicidade ultimamente! Ouvi dizer que vocês estão morando no esplendoroso 'Bram', tomando vinhos raros em taças de cristal, servido por lacaios de uniforme."

Ela disse: "Eu gostaria de saber como você está; se houve alguma melhora".

Ele riu. "Que Deus abençoe seu coração, esposa de Guy Woodhouse", disse ele, "eu estou bem! Incrivelmente bem! Houve uma enorme melhora! Hoje só quebrei seis copos, caí só de três lances da escada, e só bati com minha bengala em dois carros de bombeiro em alta velocidade! Cada dia, de modos diferentes, estou ficando cada vez melhor e melhor e melhor e melhor."

Rosemary disse: "O Guy e eu sentimos muito que o sucesso dele tenha vindo de sua desgraça".

Donald Baumgart ficou calado por um momento, depois disse: "Ah, que inferno. É a vida. Alguém está por cima, alguém está por baixo. Ele teria feito carreira de qualquer modo. Para ser sincero, depois do segundo teste para aquela Bela Porcaria de Duas Horas, eu estava convicto de que ele ganharia o papel. Ele foi maravilhoso".

"Ele achou que você conseguiria o papel", disse Rosemary. "Estava certo."

"Por pouco tempo."

"Senti não ter acompanhado o Guy no dia em que ele o visitou", disse Rosemary. "Ele me convidou, mas não pude ir."

"Me visitou? Quer dizer no dia em que nos encontramos para tomar uns drinques?"

"Sim", ela respondeu. "Isso mesmo."

"Foi bom não ter ido", ele disse, "não permitem a entrada de mulheres. Não, depois das quatro horas eles *permitem*, é verdade; e foi depois das quatro. Foi muito simpático da parte do Guy. A maioria das pessoas não teria tido a... bem, *classe*, imagino. *Eu* não teria tido, posso lhe garantir."

"O vencido convidando o vencedor para um drinque", disse Rosemary.

"E mal poderíamos imaginar que uma semana depois — menos de uma semana, na verdade —"

"Realmente", Rosemary disse. "Foi apenas alguns dias antes de você ter—"

"Ter ficado cego. Sim. Foi numa quarta ou quinta-feira, porque eu tinha estado em uma matinê — quarta-feira, acho — e logo no domingo seguinte, aconteceu. Ei," — ele disse rindo — "o Guy não colocou nada *dentro* daquele drinque, colocou?"

"Não, não colocou", respondeu Rosemary. Sua voz estava trêmula. "A propósito", ela disse, "ele ficou de devolver algo que lhe pertence, não é?"

"Devolver o quê?"

"Não se lembra?"

"Não", ele respondeu.

"Não se esqueceu de nada naquele dia?"

"Não. Não que eu me lembre."

"Tem certeza?"

"Ah! Você quer dizer a minha gravata?"

"Sim", ela disse.

"Bem, ele ficou com a minha e eu fiquei com a dele. Ele quer a dele de volta? Posso devolver; já não importa para *mim* a gravata que estou usando, nem mesmo se estou usando alguma."

"Não, ele não quer a dele de volta", disse Rosemary. "Acho que entendi errado. Pensei que ele tivesse pedido emprestada sua gravata."

"Não, foi uma troca. Está parecendo que você pensou que ele a havia *roubado* de mim."

"Tenho que desligar agora", disse Rosemary. "Bem, eu só queria saber se você estava tendo alguma melhora."

"Não, nenhuma. Foi gentil da sua parte ter ligado."

Ela desligou.

Eram quatro horas e nove minutos.

Ela colocou a cinta, um vestido e calçou sandálias. Pegou o dinheiro para emergências que Guy deixava guardado debaixo das cuecas — um maço não muito grande de notas — e o colocou na bolsa com a agenda de endereços e o vidro de comprimidos de vitamina. Sentiu uma breve contração, a segunda do dia. Pegou a maleta que estava pronta ao lado da porta do quarto e deixou o apartamento.

A meio caminho do elevador, ela se virou e voltou atrás.

Tomou o elevador de serviço, junto com dois entregadores bem jovens. Na Rua 55, ela pegou um táxi.

A srta. Lark, recepcionista do dr. Sapirstein, olhou para a maleta e perguntou sorrindo: "Não está em trabalho de parto, está?".

"Não", respondeu Rosemary, "mas preciso falar com o doutor. É muito importante."

A srta. Lark olhou para o relógio e disse. "Ele terá de sair às cinco", ela disse, "e tem a sra. Byron na frente..." — apontou para uma senhora lendo, sentada numa poltrona; então, sorriu para Rosemary — "mas tenho certeza de que ele irá recebê-la. Sente-se. Assim que o doutor se desocupar, avisarei que a senhora está aqui."

"Muito obrigada", agradeceu Rosemary.

Ela colocou a maleta ao lado da cadeira mais próxima e sentou-se. Sentiu nas mãos a alça branca de sua bolsa encharcada de suor. Abriu a bolsa, tirou um lenço de papel e enxugou as palmas das mãos, o lábio superior e as têmporas. Seu coração estava disparado.

"Como está o calor lá fora?", perguntou a srta. Lark.

"Terrível", respondeu Rosemary. "Trinta e cinco graus."

A srta. Lark fez um som de desconsolo.

Uma paciente saiu do consultório do dr. Sapirstein, uma gestante lá pelo quinto ou sexto mês, que Rosemary já conhecia de vista. Cumprimentaram-se. A srta. Lark entrou no consultório.

"Você já está para ter o bebê a qualquer momento, não?", perguntou a outra gestante, aguardando próxima à escrivaninha da recepcionista.

"Terça-feira", respondeu Rosemary.

"Boa sorte", disse a mulher. "Que sorte dar à luz antes dos dias mais quentes do verão."

A srta. Lark retornou à sala de espera. "Sra. Byron," ela disse. E, virando-se para Rosemary: "Ele vai atendê-la logo em seguida".

"Obrigada," disse Rosemary.

A sra. Byron entrou no consultório do dr. Sapirstein e fechou a porta. A gestante que estava perto da escrivaninha marcou com a srta. Lark a data da próxima visita e, então, saiu, despedindo-se de Rosemary e novamente lhe desejando felicidades.

A srta. Lark escrevia. Rosemary pegou um exemplar da revista *Time* que estava sobre uma mesinha lateral. *Deus está morto?* Era a pergunta da capa, em letras vermelhas sobre um fundo preto. Procurou no sumário a seção Entretenimento. Havia uma reportagem sobre Barbra Streisand. Tentou ler.

"Mas que cheiro bom", notou a srta. Lark, virando-se para Rosemary. "Que perfume é?"

"É Detchema", respondeu Rosemary.

"É bem mais agradável do que aquele que costuma usar, se não se importa que eu comente."

"Aquilo não era perfume", disse Rosemary. "Era o cheiro de um talismã da sorte. Joguei-o fora."

"Ótimo", disse a srta. Lark. "Tomara que o doutor siga seu exemplo."

Rosemary, depois de um momento, perguntou: "O dr. Sapirstein?".

A srta. Lark disse: "Anrram. Ele até usa loção pós-barba, mas não é esse o cheiro. Então ele também deve ter um talismã da sorte! Se bem que não é supersticioso. Eu *acho* que não é. *De qualquer maneira*, de vez em quando ele tem esse mesmo *cheiro*, *o que quer que seja*, e quando isso acontece, não consigo ficar a menos de um metro e meio de distância dele. O dele é bem mais intenso do que era o seu. Você nunca reparou?".

"Não", disse Rosemary.

"Talvez não tenha calhado de vir aqui nos dias em que ele está usando", disse a srta. Lark. "Ou, talvez, a senhora tenha achado que o cheiro que estava sentindo viesse do seu próprio talismã. O que é, uma substância química?"

Rosemary se levantou, colocou a *Time* na mesinha e pegou a maleta. "Meu marido está esperando lá fora; tenho que falar com ele", ela disse: "Voltarei em um minutinho".

"Pode deixar a sua maleta aqui", disse a srta. Lark.

Rosemary saiu, levando a maleta.

O Bebê de Rosemary
Ira Levin

CAPÍTULO 10

Rosemary subiu a Park Avenue em direção à Rua 81, onde encontrou uma cabine telefônica. Ligou para o dr. Hill. Estava muito quente na cabine.

O serviço telefônico atendeu. Rosemary passou seu nome e o número do telefone. "Por favor, peça ao doutor que retorne a ligação imediatamente", ela disse. "Trata-se de uma emergência e estou em um telefone público."

"Está bem", a telefonista respondeu e logo desligou.

Rosemary desligou, mas permaneceu segurando o gancho com os dedos, como se o telefone ainda estivesse ocupado. Levou o aparelho ao ouvido e fingiu estar conversando com alguém, assim ninguém se aproximaria e lhe pediria para que desocupasse a cabine. O bebê chutava e se mexia dentro dela. Ela suava. *Rápido, por favor, dr. Hill. Me ligue. Me salve.*

Todos eles. Todos eles. Estavam todos juntos nisso. Guy, o dr. Sapirstein, Minnie e Roman. Todos eles bruxos. *Todos Eles Bruxos.* Haviam usado o corpo dela para que produzisse um bebê para eles, para que pudessem pegar a criança e — *Não tenha medo Andy-ou-Jenny, eu os matarei antes que possam encostar um dedo em você!*

O telefone tocou. Ele tirou o dedo do gancho. "Alô?"

"Sra. Woodhouse?", era a telefonista.

"Onde está o dr. *Hill*?", ela perguntou.

"Será que não me enganei no nome?", perguntou a mulher. "O nome é Rosemary Woodhouse?"

"Sim!"

"A senhora é paciente do dr. Hill?"

Rosemary explicou sobre a única consulta que fizera no começo da gravidez. "Por favor, por favor", ela disse, "ele *tem* que falar comigo! É importante! É... por *favor. Por favor peça a ele que me ligue.*"

"Está bem", respondeu a telefonista.

Segurando o gancho novamente, Rosemary enxugou o rosto com a mão. *Por favor, dr. Hill.* Ela abriu ligeiramente a porta da cabine para respirar e então tornou a fechá-la, ao notar que uma senhora que se aproximava e aguardava. "Ah, eu não sabia disso", Rosemary disse no aparelho, com o dedo ainda no gancho. "Sério? E o que mais ele disse?" O suor escorria por suas costas e das axilas. O bebê se virou.

Tinha sido um erro usar um telefone tão perto do consultório do dr. Sapirstein. Ela deveria ter ido em direção à Madison ou à Lexington. "Isso é maravilhoso", ela disse. "E ele disse mais alguma coisa?" Naquele exato momento, o dr. Sapirstein poderia ter deixado o consultório e estaria à procura dela, e não seria na primeira cabine telefônica por ali que ele iria verificar? Deveria ter entrado direto num táxi e ido para bem longe. Virou-se de costas na direção em que ele poderia vir para que não a reconhecesse. A senhora que esperava do lado de fora da cabine estava indo embora, graças a Deus.

E, naquele momento, também Guy deveria estar chegando em casa. Ele daria falta da maleta e ligaria para o dr. Sapirstein, pensando que ela já estivesse na maternidade. Logo os dois estariam procurando por ela. E todos os outros também; os Wees, os—

"Alô?", disse ela atendendo antes mesmo de o telefone completar o primeiro toque.

"Sra. Woodhouse?"

Era o dr. Hill, dr. Salvador-Libertador-Maravilhoso-Hill. "Muito obrigada", ela disse. "Muito obrigada por ter telefonado."

"Pensei que a senhora estivesse na Califórnia."

"Não", ela disse. "Eu troquei de médico, um médico indicado por alguns amigos, mas ele não é bom, dr. Hill; ele tem mentido para mim e me receitado umas coisas estranhas — sucos e cápsulas. O bebê deve nascer na terça-feira — lembra-se que o senhor me disse dia 28 de junho? — e eu quero que o *senhor* faça o parto. Pagarei o quanto for necessário, como se o senhor tivesse me acompanhado durante toda a gravidez."

"Sra. Woodhouse —"

"Por favor, preciso falar com o senhor", ela disse, antes que ele recusasse. "Deixe-me explicar pessoalmente o que está acontecendo. Não posso permanecer por muito tempo neste lugar onde estou agora. Meu marido, esse médico e as pessoas que o indicaram, todos eles estão envolvidos em — bem, uma conspiração; sei que tudo isso parece loucura, dr. Hill, e o senhor deve estar provavelmente pensando 'Meu Deus, essa pobre moça está completamente maluca', mas *não* estou maluca, doutor, eu juro por todos os santos que não estou. Às vezes existem *mesmo* conspirações contra as pessoas, não existem?"

"Sim, pode ser que existam", ele respondeu.

"Há uma conspiração contra mim e meu bebê", ela disse, "e se me deixar conversar com o senhor eu lhe contarei tudo. Não vou lhe pedir que faça algo incomum, nem algo errado, nada disso; só quero que me interne num hospital e faça o parto."

Ele disse: "Venha ao meu consultório amanhã, depois...".

"Agora", ela disse. "Tem que ser agora. Eles vão começar a me procurar."

"Sra. Woodhouse", ele disse, "eu não estou no consultório nesse momento; estou em casa. Estou acordado desde ontem de manhã e..."

"Eu lhe imploro", ela disse. "Eu lhe imploro."

O médico ficou calado.

Ela disse: "Irei até sua casa e explicarei tudo. Não posso continuar aqui".

"No meu consultório às oito horas", ele disse. "Está certo?"

"Ótimo", ela respondeu. "Ótimo. Muito obrigada. E, dr. Hill?"

"Sim?"

"Meu marido pode telefonar perguntando por mim."

"Não falarei com *ninguém*", ele disse. "Vou dormir um pouco."

"Poderia solicitar a seu serviço telefônico? Que não informem que eu liguei? Por favor?"

"Está bem, solicitarei", ele disse.

"Obrigada", ela disse.

"Oito em ponto."

"Combinado. Obrigada."

Um homem encostado na cabine virou-se quando ela saiu; contudo não era o dr. Sapirstein, era outra pessoa.

Ela caminhou pela Lexington e subiu em direção à Rua 86; entrou num cinema, foi ao banheiro e, então, sentou-se entorpecida na escuridão, sentindo-se segura, olhando para a tela que exibia um filme colorido e com um som alto. Depois de algum tempo ela se levantou e, levando a maleta, procurou um telefone público. Pediu uma ligação interurbana a cobrar; era para seu irmão, Brian. O telefone dele não respondia. Ela voltou à sala de exibição e se sentou em outro lugar. O bebê estava quieto, dormindo. O filme tinha mudado e agora era algo com Keenan Wynn.

Às vinte para as oito, saiu do cinema e pegou um táxi para o consultório do dr. Hill na Rua 72. Seria seguro ir para lá, ela pensou; eles a estariam procurando na casa de Joan, na casa de Hugh e Elise, mas não pensariam nunca que pudesse estar no consultório do dr. Hill às oito da noite, principalmente se o serviço telefônico não tivesse informado nada sobre seus telefonemas. Por garantia, entretanto, pediu ao motorista para esperar até que ela estivesse dentro do prédio.

Ninguém lhe impediu a entrada. O próprio dr. Hill abriu a porta, até mais gentil do que o esperado, considerando a relutância que demonstrara ao telefone. Ele havia deixado o bigode, loiro e quase imperceptível, mas ainda se parecia com o dr. Kildare. Vestia uma camisa esporte xadrez, azul e amarela.

Eles passaram à sala de consultas, que tinha um terço do tamanho da sala do dr. Sapirstein, e lá Rosemary contou sua história. Sentou-se com as mãos no apoio da cadeira, as pernas cruzadas e falou calma e pausadamente, ciente de que qualquer indício de histeria faria com que o médico não acreditasse nela e a considerasse louca. Contou sobre Adrian Marcato, Minnie e Roman; sobre todos os meses de dores que havia suportado e dos sucos e bolinhos brancos; falou sobre Hutch e o livro *Todos Eles Bruxos*; sobre a mentira de Guy a respeito dos ingressos do teatro;

sobre as velas pretas e o episódio da gravata de Donald Baumgart. Tentou manter a coerência no relato, mas não conseguiu. Contudo, foi até o fim da história sem se mostrar histérica. Por último, contou sobre a flauta doce do dr. Shand, sobre o fato de Guy ter jogado fora o livro e a revelação involuntária da srta. Lark.

"Talvez o estado de coma e a cegueira tenham sido apenas coincidências", ela disse, "ou talvez tenham *mesmo* poderes malignos e possam ferir as pessoas. Mas isso não me importa. O que importa é que eles querem o bebê. Disto eu tenho certeza."

"Sim, tudo indica que sim", disse o dr. Hill, "especialmente pelo interesse que demonstraram pelo bebê desde o começo da sua gestação."

Rosemary fechou os olhos e sentiu que poderia até chorar. Ele acreditava nela. Não a considerava uma louca. Abriu os olhos e olhou para ele, mantendo a calma e a compostura. O dr. Hill escrevia. Será que todas as suas pacientes o adoravam? Sentiu as palmas das mãos suadas; deslizou-as do braço da cadeira e enxugou-as no vestido.

"O nome do médico é Shand, a senhora disse?", perguntou o dr. Hill.

"Não, o dr. Shand é apenas um do grupo", disse Rosemary. "Um dos participantes da assembleia. O nome do médico é dr. Sapirstein."

"Abraham Sapirstein?"

"Sim", Rosemary respondeu inquieta. "O senhor o conhece?"

"Já o encontrei uma ou duas vezes", disse o dr. Hill, voltando a escrever.

"Olhando para ele," disse Rosemary, "ou até mesmo conversando com ele, você nunca diria que ele —"

"Nunca mesmo", disse o dr. Hill, baixando a caneta, "por isso é que não devemos julgar os livros pelas capas. A senhora gostaria de ser internada no hospital Monte Sinai agora mesmo, esta noite?"

Rosemary sorriu. "Eu *adoraria*", ela respondeu. "É possível?"

"Vou ter que usar minha influência e meu poder de argumentação", disse o dr. Hill. Ele se levantou e foi até a porta aberta da sala de exames. "Quero que a senhora se deite e descanse um pouco", ele disse e acendeu as luzes fluorescentes da sala, "Vou ver o que posso fazer e, então, farei um exame na senhora."

Rosemary se levantou com dificuldade e, carregando sua maleta, se dirigiu à sala de exames. "Qualquer lugar que esteja disponível", ela disse. "Até um depósito de vassouras."

"Estou certo de que conseguiremos algo melhor que isso", brincou o dr. Hill. Ele entrou na sala e ligou o ar-condicionado próximo à janela de cortinas azuis. Era bem barulhento.

"Devo tirar a roupa?", Rosemary perguntou.

"Não, ainda não", disse o dr. Hill. "Vou demorar uma boa meia hora dando os telefonemas. Apenas deite-se e descanse." Ele saiu e fechou a porta.

Rosemary dirigiu-se ao sofá que ficava no fundo da sala e sentou-se pesadamente naquela maciez coberta de azul. Colocou a maleta sobre uma cadeira.

Deus abençoe o dr. Hill.

Algum dia mandaria gravar essa frase.

Ela tirou as sandálias e se deitou aliviada. O aparelho de ar-condicionado lançou sobre ela uma lufada de ar fresco; o bebê se virou bem devagar, como se também a sentisse.

Está tudo bem agora, Andy-ou-Jenny. Vamos para uma cama macia e limpa no hospital Monte Sinai, sem visitas e —

Dinheiro. Sentou-se, abriu a bolsa e contou as notas que tirara da reserva de Guy. Tinha 180 dólares. Mais uns dezesseis e umas moedas dela mesma. Devia ser o suficiente, com certeza, para qualquer pagamento adiantado que tivesse que ser feito e, caso fosse necessário mais dinheiro, Brian mandaria ou pediria a Elise e Hugh que emprestassem a ela. Ou Joan. Ou Grace Cardiff. Havia muita gente com quem ela poderia contar.

Pegou o frasco de comprimidos, tornou a guardar o dinheiro ali e fechou a bolsa; então se deitou novamente, com a bolsa e o frasco de comprimidos na cadeira a seu lado. Daria os comprimidos ao dr. Hill; ele os analisaria para se certificar de que não havia nada prejudicial neles. *Não* poderia haver. Eles queriam que o bebê fosse saudável, não queriam, para usá-lo em seus rituais insanos?

Ela sentiu um arrepio.

Uns — monstros.

E Guy.

Inacreditável, inacreditável.

Sua barriga endureceu e ela sentiu uma contração violenta, a mais forte que já tivera. Sua respiração se manteve curta, até que a contração passou.

Era a terceira do dia.

Tinha de contar ao dr. Hill.

Estava morando com Brian e Dodie numa casa ampla e moderna em Los Angeles; Andy estava começando a falar (embora ainda tivesse só quatro meses), quando o dr. Hill apareceu e ela se viu na sala de exames, deitada no sofá, sentindo o frescor que vinha do ar-condicionado. Abriu os olhos, protegendo-os com as mãos e sorriu para ele . "Tirei um cochilo", ela disse.

Ele abriu a porta totalmente e se afastou. O dr. Sapirstein e Guy entraram.

Rosemary sentou-se, baixando a mão dos olhos.

Atravessaram a sala e se aproximaram dela. O rosto de Guy estava petrificado e inexpressivo. Ele olhava para as paredes, apenas para as paredes, e não para ela. O dr. Sapirstein disse: "Venha conosco, Rosemary. Não discuta e nem faça cenas, porque se você disser mais alguma coisa sobre bruxos ou bruxarias nós seremos obrigados a interná-la num hospital para doentes mentais. Os recursos que eles têm lá para o parto do seu bebê ficam bem longe do desejável. Você não vai querer isso, não é? Então ponha os sapatos."

"Só queremos levá-la para casa", disse Guy, finalmente olhando para ela. "Ninguém vai machucá-la."

"Nem machucar o bebê", disse o dr. Sapirstein. "Calce os sapatos." Ele pegou o frasco de comprimidos, examinou-o e guardou-o no bolso.

Ela colocou as sandálias e ele lhe deu a bolsa.

Saíram, o dr. Sapirstein segurando o braço dela e Guy segurando-a pelo ombro.

O dr. Hill levava a maleta dela. Entregou-a a Guy.

"Ela agora está bem", disse o dr. Sapirstein. "Vamos levá-la para casa, e ela vai descansar."

Dr. Hill sorriu para Rosemary. "É só disso mesmo que precisam, em nove de dez casos", ele disse.

Ela o encarou sem dizer nada.

"Muito obrigado, doutor, pela sua dedicação", disse o dr. Sapirstein e Guy acrescentou: "Sinto muito que o senhor tenha tido que vir até aqui e —"

"Fico feliz em ter sido de alguma ajuda, estimado doutor", dr. Hill disse ao dr. Sapirstein, abrindo a porta para que saíssem.

Havia um carro esperando. O sr. Gilmore o dirigia. Rosemary sentou-se no banco de trás, entre Guy e o dr. Sapirstein.

Ninguém disse nada.

Foram para o Bramford.

O ascensorista sorriu para ela quando atravessaram o saguão do prédio em direção ao elevador. Diego. Sorria porque gostava dela, mais do que dos outros moradores.

O sorriso, lembrando-a de sua individualidade, despertou algo dentro dela, reviveu algo.

Ela destravou o fecho da bolsa, segurou a argola do chaveiro com um dedo e, perto da porta do elevador, virou a bolsa aberta deixando cair tudo que tinha dentro, menos as chaves. Batom, moedas, as notas de dez e de vinte de Guy esvoaçando, tudo. Olhou para o chão com ar de surpresa.

Eles recolheram as coisas, Guy e o dr. Sapirstein, enquanto ela permaneceu calada, a grávida que não podia ajudar. Diego saiu do elevador disposto a colaborar. Ele se abaixou e catou alguns pertences. Ela deu um passo para trás e entrou no elevador, como se estivesse apenas abrindo caminho para eles e, mantendo-os sob a visão, apertou o grande e redondo botão para fechar a porta.

Diego agarrou a porta, mas logo retirou a mão para não machucar os dedos; batendo na porta externa, gritou: "Ei, sra. Woodhouse!".

Desculpe, Diego.

Ela empurrou a alavanca e o elevador começou a subir.

Telefonaria a Brian. Ou para Joan, Elise ou Grace Cardiff. Para alguém.

Ainda não terminamos, Andy!

Fez o elevador parar no nono andar, então no sexto, então na metade do sétimo e, finalmente, mais perto do sétimo, o suficiente para que ela pudesse abrir a porta e tivesse que descer apenas alguns centímetros.

Atravessou os corredores o mais rápido que podia. Sentiu uma contração, mas seguiu em frente andando, sem poder se deter.

O mostrador do elevador de serviço acendeu o quarto e então o quinto andar; ela sabia que eram Guy e o dr. Sapirstein subindo para tentar interceptá-la.

É claro que a chave não entrou de primeira na fechadura.

Conseguiu, por fim, abrir a porta e entrar, fechando justo quando o elevador de serviço chegava, e conseguiu trancá-la com a corrente enquanto Guy enfiava sua chave na fechadura. A porta se abriu, mas a corrente de segurança impedia a entrada.

"Abra, Rô", disse Guy.

"Vá pro inferno", ela disse.

"Não vou lhe fazer mal algum, querida."

"Você prometeu o bebê a eles. Vá embora."

"Não prometi nada a eles", ele disse. "Sobre o que você está falando? Prometi quem?"

"Rosemary", disse o dr. Sapirstein.

"Você também. Vá embora."

"Parece que está imaginando que há uma conspiração contra você."

"Sumam daqui", ela disse e empurrou a porta com força, fechando-a. A porta continuou trancada.

Ela se afastou, andando de costas, olhando para a porta e, então, entrou no quarto.

Eram nove e meia.

Não se lembrava direito do número de Brian e a agenda de telefones devia estar agora no saguão do prédio ou no bolso de Guy; pediu à telefonista que ligasse para o serviço de Informações de Omaha. Quando conseguiu ligar, ninguém atendeu. "Deseja que eu tente de novo dentro de vinte minutos?" perguntou a telefonista.

"Sim, por favor", Rosemary respondeu, "tente daqui a *cinco* minutos."

"Não posso tentar novamente em cinco minutos", disse a telefonista, "mas tentarei em vinte minutos se a senhora desejar."

"Está bem, por favor", disse Rosemary desligando o aparelho.

Ela ligou para Joan e Joan também não estava.

O telefone de Elise e Hugh era — não sabia. O serviço de Informações demorou muito para responder, mas, assim que respondeu, forneceu o número rapidamente. Ela discou e foi atendida pelo serviço telefônico de recados. O casal estaria fora no fim de semana. "Eles estão em algum lugar que eu consiga me comunicar com eles? É uma emergência."

"É a secretária do sr. Dunstan?"

"Não, sou uma grande amiga. Preciso muito falar com eles."

"Eles estão em Fire Island", disse a mulher. "Posso lhe passar o número do telefone."

"Por favor."

Ela decorou o número, encerrou a chamada e estava prestes a discar para Elise quando escutou sussurros e o som de passos sobre o piso de vinil do corredor. Ficou em pé.

Guy e o sr. Fountain entraram no quarto. "Querida, nós *não* vamos lhe fazer mal", disse Guy — e atrás dele vinha o dr. Sapirstein com uma seringa preparada, a agulha para cima, gotejando, e com o polegar pronto para a aplicação. Também vinham o dr. Shand, a sra. Fountain e a sra. Gilmore. "Somos seus amigos," disse a sra. Gilmore, e a sra. Fountain disse: "Não há porque ter medo, Rosemary; sinceramente, não há o que temer".

"É apenas um sedativo leve", disse o dr. Sapirstein. "Vai acalmá-la, para que possa ter uma boa noite de sono."

Ela se encontrava entre a cama e a parede, ciente de estar pesada demais para subir na cama e fugir deles.

Eles vieram em direção a ela — "Você sabe que eu não deixaria ninguém lhe machucar, Rô" — e ela agarrou o telefone e bateu com o receptor na cabeça de Guy. Ele segurou o punho dela e o sr. Fountain segurou o outro braço; o telefone caiu no chão quando Guy a agarrou com uma força brutal. "*Socorro, algué* —" ela gritou e, nesse momento, um lenço ou alguma outra coisa foi enfiada em sua boca e mantida ali por uma mão pequena, mas firme.

Eles a arrastaram para longe da cama para que o dr. Sapirstein pudesse se aproximar dela com a seringa e uma bola de algodão. Sentiu no ventre uma contração muito mais intensa do que todas as anteriores e que a fez fechar os olhos. Prendeu a respiração, então foi inspirando em curtos e rápidos movimentos. Uma mão lhe apalpou a barriga e o dr. Sapirstein disse: "Só um momento, só um momento; ela está em trabalho de parto".

Ela abriu os olhos e encarou o dr. Sapirstein, puxando o ar pelas narinas, com a barriga relaxada. Ele confirmou com a cabeça e, de repente, tomou o braço dela, que o sr. Fountain ainda segurava, passou o algodão e enfiou a agulha.

Ela aceitou a injeção sem qualquer reação, apavorada demais, chocada demais.

Ele retirou a agulha, passou o polegar sobre o local da picada e, então, limpou com o algodão.

As mulheres, Rosemary viu, estavam desfazendo a cama.

Aqui?

Aqui?

Deve ser no hospital! No hospital Doctor's, com equipamento e enfermeiras, com tudo limpo e esterilizado!

Eles a contiveram enquanto ela se debatia e Guy lhe sussurrava ao ouvido: "Você vai ficar bem, querida, juro por Deus! Juro por Deus que você vai ficar bem! Pare de se debater desse jeito, Rô, por favor, pare! Eu lhe dou a minha palavra de honra de que você ficará bem!".

E então veio mais uma contração.

Foi colocada na cama, e o dr. Sapirstein lhe aplicou outra injeção.

A sra. Gilmore enxugava sua testa.

O telefone tocou.

Guy atendeu: "Não, pode cancelar a chamada, telefonista".

Veio mais uma contração, fraca e desconectada de sua cabeça que parecia flutuar.

Todos aqueles exercícios tinham sido em vão. Quanta energia desperdiçada. No final das contas, não foi parto normal; ela não estava ajudando, não estava vendo nada.

Ah, Andy, Andy-ou-Jenny! Sinto muito, meu amorzinho! Me perdoe!

O BEBÊ DE ROSEMARY
PARTE 3

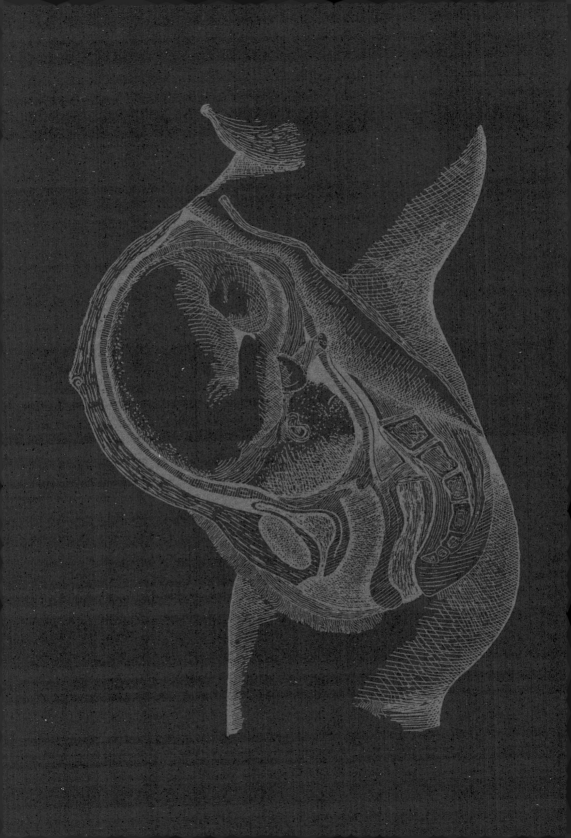

o Bebê de
Rosemary
Ira Levin

CAPÍTULO 1

Luz.

O teto.

Dor entre as pernas.

E Guy. Sentado ao lado da cama, observando-a com um sorriso ansioso e indefinido.

"Oi", ele disse.

"Oi", ela respondeu.

A dor era terrível.

E então ela se lembrou. Estava terminado. Estava terminado. O bebê nascera.

"Está tudo bem?", ela perguntou.

"Sim, tudo bem", ele respondeu.

"O que é?"

"Um menino."

"Verdade? Um menino?"

Guy assentiu com a cabeça.

"E está tudo bem?"

"Sim."

Deixou seus olhos se fecharem, então conseguiu reabri-los.

"Você ligou para a Tiffany?" ela perguntou.

"Sim", ele disse.

Deixou seus olhos se fecharem e dormiu.

Mais tarde, lembrou-se de mais detalhes. Laura-Louise estava sentada ao lado da cama, lendo a *Reader's Digest* com uma lupa.

"Onde está ele?", perguntou.

Laura-Louise deu um salto. "Nossa, querida", ela disse, com a lupa no peito, pendurada por fios vermelhos entrelaçados, "que susto você me deu, acordando assim de repente! Nossa!" Ela fechou os olhos e respirou fundo.

"O bebê; onde está?", ela perguntou.

"Espere só um minutinho," disse Laura-Louise, levantando-se e marcando a página da *Digest* com um dedo. "Vou chamar o Guy e o dr. Abe. Eles estão ali na cozinha."

"Onde está o bebê?", ela perguntou, mas Laura-Louise transpôs a porta sem responder.

Ela tentou se levantar, mas caiu para trás, os braços moles, como se não tivessem ossos. E sentia aquela dor entre as pernas, como se ali tivesse uma porção de pontas de facas. Deitou-se e esperou, relembrando, relembrando.

Era noite. Nove e cinco, informava o relógio.

Então entraram Guy e o dr. Sapirstein, com uma expressão grave e resoluta.

"Onde está o bebê?", ela lhes perguntou.

Guy deu a volta na cama, se agachou e, tomando a mão dela, disse: "Querida".

"Onde ele está?"

"Querida...", ele tentou dizer mais alguma coisa, mas não conseguiu. Olhou para o outro lado da cama para pedir auxílio.

O dr. Sapirstein continuava a olhar para ela. Tinha uma lasca de coco presa no bigode. "Houve complicações, Rosemary", ele disse, "mas nada que venha a afetar partos futuros."

"Ele está..."

"Morto", ele confirmou.

Ela o encarou.

Ele assentiu com a cabeça.

Ela virou-se para Guy.

Ele assentiu também.

"Estava na posição errada", disse o dr. Sapirstein. "No hospital, talvez eu pudesse ter feito alguma coisa, mas simplesmente não havia tempo para levá-la até lá. Qualquer coisa que tentássemos aqui poderia ter sido — perigoso demais para você."

Guy disse: "Poderemos ter outros, querida, e teremos, assim que você melhorar. Prometo".

Dr. Sapirstein disse: "Sem dúvida. Vocês poderão planejar outro dentro de alguns meses e posso garantir que não há chance de o fato se repetir. Foi um caso trágico, um entre dez mil; o bebê era perfeitamente saudável e normal."

Guy apertou a mão dela e sorriu, encorajando-a. "Assim que você melhorar", ele disse.

Ela olhou para os dois, para Guy e para o dr. Sapirstein com a lasca de coco no bigode. "Vocês estão mentindo", ela disse. "Não acredito em vocês. Os dois estão mentindo."

"Querida...", disse Guy.

"Ele não morreu", ela disse. "Vocês o pegaram. Estão mentindo. Vocês são bruxos. Estão mentindo. Vocês estão mentindo! Vocês estão mentindo! *Vocês estão mentindo! Vocês estão mentindo! Vocês estão mentindo!*"

Guy segurou-a pelos ombros e a fez reclinar na cama; o dr. Sapirstein lhe aplicou outra injeção.

Ela tomou uma sopa com torradinhas. Guy sentou-se na beirada da cama, mordiscando uma torrada. "Você ficou louca", ele disse. "Você ficou realmente lelé da cuca. Isso acontece, às vezes, nas últimas semanas. Foi o que o Abe disse. Ele até falou o nome científico disso: pré-parto sei-lá-o-quê, algum tipo de histeria. Foi o que você teve, querida, e forte para valer."

Ela não disse nada. Tomou uma colher de sopa.

"Escute," ele disse, "eu sei que você chegou à conclusão que a Minnie e o *Roman* eram bruxos, mas o que lhe levou a acreditar que o Abe e eu fazíamos parte da assembleia?"

Ela não respondeu.

"Acho que minha pergunta é meio idiota", ele disse. "Imagino que esse pré-parto o-que-quer-que-seja não *precisa* de razões." Ele pegou mais uma torradinha, mordeu uma ponta e depois o restante.

Ela perguntou: "Por que é que trocou de gravata com o Donald Baumgart?".

"Porque eu — bem, o que tem isso a ver com a história?"

"Você precisava de algum pertence dele", ela disse, "para que pudessem fazer o feitiço e deixá-lo cego."

Ele a encarou. "Querida", ele disse, "pelo amor de Deus, sobre o que você está *falando?*"

"Você sabe."

"Minha Nossa", ele disse. "Eu troquei de gravata com ele porque não gostava da minha e gostava da dele, e *ele* gostava da minha e não gostava da dele. Não lhe contei nada porque, depois, achei que ficou parecendo uma coisa meio gay e fiquei sem graça."

"Onde é que você arranjou os ingressos para *Os Fantásticos?*", ela perguntou.

"*O quê?*"

"Você me disse que tinha conseguido com o Dominick", ela disse, "mas não foi."

"Ai, ai", ele disse. "E isso me torna um bruxo? Eu ganhei de uma garota chamada Norma-alguma-coisa que encontrei em um teste e com quem tomei uns drinques. E o Abe, o que ele fez? Amarrou os sapatos de um jeito errado?"

"Ele usa raiz de tânis", ela disse. "Isso é uma coisa de bruxos. A recepcionista dele me contou que sentia o cheiro nele."

"Talvez a Minnie tenha dado a ele um talismã de boa sorte, do mesmo modo que lhe deu um. Quer dizer que só bruxos o usam? Não me parece muito plausível."

Rosemary ficou calada.

"Vamos encarar os fatos, querida", disse Guy, "você teve uma alucinação pré-parto. Agora vai descansar e superar isso." Ele se inclinou em direção a ela e pegou sua mão. "Eu sei que o que aconteceu foi a pior coisa da sua vida", ele disse, "mas de agora em diante tudo será um mar de rosas. A Warner está a um milímetro de chegar ao ponto que desejamos e, de repente, a Universal também está interessada. Vou esperar receber mais umas críticas favoráveis e, então, vamos sumir desta cidade e mudar para as lindas colinas de Beverly, com piscina, jardim, o pacote completo. E filhos também, Rô. Palavra de escoteiro. Você ouviu o que o Abe disse." Ele beijou a mão dela. "Tenho de correr agora e ficar famoso."

Ele se levantou e foi em direção à porta.

"Quero ver o seu ombro", ela disse.

Ele parou e se virou.

"Quero ver o seu ombro", ela disse.

"Está de brincadeira?"

"Não", ela disse. "Me deixe ver. O seu ombro esquerdo."

Ele a encarou e disse: "Tudo bem, querida, o que você quiser".

Ele desabotoou a camisa de malha azul e marga curta e tirou-a pela cabeça. Por baixo usava uma camiseta branca. "Geralmente prefiro fazer isso com música", ele disse, e tirou a camiseta também. Ele se aproximou da cama e, inclinando-se, mostrou a Rosemary seu ombro esquerdo. Não tinha nenhuma marca. Apenas a cicatriz diáfana de uma espinha. Então, mostrou o outro ombro, o peito e as costas.

"Isso é o máximo que eu mostro sem uma luz azul" ele disse.

"Tudo bem", ela disse.

Guy deu um largo sorriso. "A questão agora", ele disse, "é a seguinte: ponho a camiseta ou saio sem nada e dou à Laura-Louise a maior emoção de sua vida?"

Estava com os seios cheios de leite e era necessário esvaziá-los, então o dr. Sapirstein lhe ensinou a usar a bombinha de sucção (parecia daquelas buzinas de carro antigas, só que de vidro); assim, várias vezes ao dia, Laura-Louise, Helen Wees ou quem quer que estivesse de plantão trazia a bombinha para ela junto com um copo medidor. Ela tirava de cada seio de 30 a 60 mililitros de um fluido ralo e esverdeado, que cheirava levemente a raiz de tânis — num processo que era uma demonstração final e irrefutável da ausência do bebê. Quando o copo e a bombinha eram removidos do quarto, caía sobre os travesseiros exausta e tão sozinha que se sentia incapaz até de chorar.

Joan, Elise e Tiger vieram visitá-la, e ela falou com Brian pelo telefone durante vinte minutos. Chegaram flores — rosas, cravos e um vaso de azaleias amarelas — de Allan, Mike e Pedro, Lou e Claudia. Guy comprou uma televisão nova, com controle remoto, e a colocou de frente para a cama. Ela assistia à tv, comia e tomava os comprimidos que lhe eram dados.

Minnie e Roman enviaram uma carta de condolências, uma página escrita por cada um. Estavam em Dubrovnik.

Os pontos, aos poucos, deixaram de doer.

Numa manhã, depois de duas ou três semanas terem se passado, ela teve a impressão de ouvir um bebê chorando. Desligou a televisão e escutou. Parecia um choro distante. Seria mesmo? Rosemary saiu da cama e desligou o ar-condicionado.

Florence Gilmore entrou com a bombinha e o copo.

"Está escutando o choro de um bebê?", Rosemary perguntou a ela.

As duas pararam para ouvir.

Sim, era audível. Um bebê chorando.

"Não, querida, não escuto", disse Florence. "Agora volte para a cama; você sabe que ainda não deve ficar de pé. Você desligou o ar-condicionado? Não deve fazer isso; está um dia *terrível*. As pessoas estão morrendo de calor."

Ouviu o choro novamente naquela tarde e, misteriosamente, seus seios começaram a vazar leite...

"Alguns novos vizinhos se mudaram", comentou Guy, à noite, sem motivo nenhum. "Aqui em cima, no oitavo andar."

"E eles têm um bebê", ela disse.

"Sim. Como você sabe?"

Rosemary olhou para ele por um momento. "Ouvi o choro", respondeu. Ela ouviu o choro no dia seguinte. No outro também.

Parou de assistir à televisão. Segurava um livro com a mão em frente ao rosto fingindo estar lendo, mas estava apenas ouvindo, ouvindo...

Não era em cima, no oitavo andar; era bem ali no sétimo.

Com mais frequência, a bomba e o copo eram trazidos para ela poucos minutos após o choro começar; e o choro cessava poucos minutos após o leite ter sido levado embora.

"O que você faz com o leite?", perguntou uma manhã a Laura-Louise, devolvendo a ela a bombinha, o copo e uns 180 ml de leite.

"Por quê? Jogo fora, é claro", disse Laura-Louise saindo.

Naquela tarde, ao passar o leite a Laura-Louise, ela disse: "Espere um minutinho," e fez como se fosse colocar no copo uma colherinha suja de café.

Laura-Louise afastou o copo rapidamente. "Não faça isso", ela disse, e segurou a colher com um dos dedos da mão que carregava a bombinha.

"Que diferença faz?", Rosemary perguntou.

"Não precisa bagunçar, só isso", disse Laura-Louise.

O Bebê de Rosemary
Ira Levin

CAPÍTULO 2

Ele estava vivo.

No apartamento de Minnie e Roman.

Eles estavam mantendo o bebê lá, alimentando-o com seu leite e, graças a Deus, cuidando dele, porque, pelo que se lembrava do livro que Hutch lhe dera, o dia 1º de agosto era uma das datas importantes para eles, Lammas ou Leamas, com rituais maníacos especiais. Ou talvez estivessem mantendo o bebê até que Minnie e Roman voltassem da Europa. Para que participassem.

Mas ele ainda estava vivo.

Rosemary parou de tomar os comprimidos que lhe davam. Ela os escondia na mão, entre o polegar e a palma da mão e fingia engolir; depois os enfiava, o máximo que conseguisse, entre o colchão e o estrado da cama.

Sentia-se mais forte e mais disposta.

Espere, Andy. Estou chegando!

Tinha aprendido a lição com o dr. Hill. Desta vez não recorreria a ninguém, não esperaria que ninguém acreditasse nela e fosse salvá-la. Nem a polícia, nem Joan, nem os Dunstan ou Grace Cardiff, e nem mesmo Brian. Guy era um ator excelente, o dr. Sapirstein, um médico muito conhecido; no meio daqueles dois, até mesmo Brian pensaria que ela estava sofrendo de algum tipo de loucura após a perda do bebê. Desta vez faria tudo sozinha, iria lá e, ela mesma, tiraria o bebê deles, com a faca de cozinha mais longa e afiada para lutar contra aqueles maníacos.

E levava uma enorme vantagem sobre eles. Pois sabia — e eles não *sabiam* que ela sabia — que havia uma passagem secreta entre os dois apartamentos. A porta havia sido trancada aquela noite — estava tão certa disso como sabia que a mão para a qual olhava era sua mão, e não um pássaro e nem um encouraçado — e, ainda assim, tinham conseguido entrar no apartamento. Portanto, tinha de existir outra entrada.

Que só poderia ser pelo armário de roupas de cama, aquele que fora bloqueado pela falecida sra. Gardenia, que na certa tinha morrido em consequência da mesma bruxaria que havia paralisado e matado o pobre Hutch. O armário fora colocado bem ali naquele lugar para transformar o enorme apartamento em dois menores e, caso a sra. Gardenia tivesse feito parte da assembleia de bruxos — ela dera suas ervas a Minnie; não foi o que Terry dissera? —, então o que seria mais lógico do que abrir o fundo do armário de algum modo e passar de lá para cá rapidamente e sem que os vizinhos, os Bruhn e os Dubin-e-DeVore percebessem o movimento?

A passagem *era* pelo armário.

Num sonho, muito tempo atrás, ela havia sido levada através dele. Não tinha sido sonho; tinha sido um sinal dos céus, uma mensagem divina para ser armazenada e recordada agora, num momento de desespero.

Oh, Senhor, que estais no céu, me perdoe por ter duvidado! Me perdoe por ter abandonado a fé, Pai bondoso, e me ajude, me ajude neste momento de necessidade! Oh, Jesus, amado Jesus, me ajude a salvar meu bebê inocente!

Os comprimidos, é claro, eram a solução. Ela enfiou o braço embaixo do colchão e os recolheu um por um. Oito deles, todos iguais; tabletinhos brancos com um sulco no meio para que pudessem ser divididos. O que quer que contivessem, três por dia tinham sido suficientes para mantê-la dócil e indiferente; oito de uma só vez, com certeza, causariam em Laura-Louise ou Helen Wees um sono profundo. Ela limpou os comprimidos, embrulhou-os em um pedaço da capa de uma revista e os escondeu bem no fundo da caixa de lenços de papel.

Continuou se mostrando dócil e indiferente; comia bem às refeições, folheava revistas e esvaziava seu leite.

Era Leah Fountain que estava com ela quando o momento certo chegou. Leah entrou logo depois que Helen Wees tinha saído com o leite e disse: "Olá, Rosemary! Tenho deixado que as outras meninas se divirtam fazendo companhia a você, mas agora *eu* vou assumir esse turno de visita. Você tem uma verdadeira tela de cinema aqui! Tem algum programa bom passando na tv?".

Ninguém mais no apartamento. Guy tinha saído para encontrar Allan e discutir alguns contratos.

Assistiram a um filme de Ginger Rogers e Fred Astaire e, num intervalo, Leah foi até a cozinha e trouxe duas xícaras de café. "Estou com um pouquinho de fome também", disse Rosemary quando Leah colocou as xícaras na mesinha de cabeceira. "Será que você podia me fazer um sanduíche de queijo?"

"Claro que faço, querida", respondeu Leah. "Como você prefere, com alface e maionese?"

Leah saiu novamente e Rosemary tirou os comprimidos guardados na caixa de lenços de papel. Agora eram onze. Ela os colocou na xícara de Leah, mexeu o café com sua colherinha e enxugou-a com um lenço de papel. Pegou sua própria xícara de café, mas estava tremendo tanto que tornou a colocá-la na mesa.

Estava sentada e bebendo calmamente seu café quando Leah voltou com o sanduíche. "Obrigada, Leah", ela disse, "parece delicioso. O café está um pouco amargo; acho que ficou forte demais."

"Quer que faça outro?" Leah perguntou.

"Não, não está ruim," disse Rosemary.

Leah sentou-se na beirada da cama, pegou sua xícara e deu um gole. "Mmm," disse entortando o nariz e concordando com Rosemary.

"Mas dá para tomar," disse Rosemary.

Continuaram a assistir ao filme e, depois de dois intervalos, a cabeça de Leah tombou sobre o peito, mas ela logo despertou rapidamente. Colocou a xícara, quase vazia, sobre a mesinha. Rosemary comeu o último pedaço do sanduíche, vendo Fred Astaire e dois outros personagens dançando sobre palcos giratórios em um cenário glamouroso e artificial.

Durante a parte seguinte do filme, Leah caiu no sono.

"Leah?", chamou Rosemary.

A senhora idosa roncava sentada, com o queixo encostado ao peito e as mãos sobre o colo, com as palmas viradas para cima. Seu cabelo cinza-arroxeado, uma peruca, tinha se deslocado para frente; cabelinhos brancos e ralos ficaram à mostra na nuca.

Rosemary levantou-se da cama, calçou seus chinelos e vestiu o penhoar acolchoado azul e branco que comprara para usar na maternidade. Saindo pé ante pé do quarto, fechou a porta, foi até a entrada do apartamento e, silenciosamente, trancou a porta e passou a corrente de segurança.

Foi então até a cozinha e, do estojo, pegou a faca mais comprida e afiada que encontrou — era uma faca de trinchar praticamente nova, com lâmina de aço recurva e pontiaguda, um cabo maciço de osso e uma terminação de metal. Segurando a faca junto ao corpo, com a ponta voltada para baixo, ela deixou a cozinha e se encaminhou para o armário de roupas de cama no corredor.

Assim que o abriu teve a certeza de que estava certa. As prateleiras pareciam organizadas, mas notou que as peças de duas delas tinham sido trocadas de lugar; as toalhas de banho e de mão estavam no lugar dos cobertores de inverno e vice-versa.

Pousou a faca no chão, na soleira da porta do banheiro, e tirou tudo que havia no armário, exceto o que estava na prateleira do alto. Colocou toalhas e roupas de cama no chão, caixas grandes e pequenas e, então, puxou as quatro prateleiras que, há milhões de séculos, ela mesma revestira com tanto carinho de papel contact xadrez.

O fundo do armário, abaixo da prateleira de cima, era um amplo painel de madeira branca, cercado com uma estreita moldura da mesma cor. Chegando mais perto e se inclinando para receber mais luz, Rosemary notou que na junção da moldura e do painel a pintura tinha uma falha e exibia uma linha contínua. Empurrou um dos lados do painel e, então, o outro; pressionou mais forte, e ele cedeu, abrindo-se para dentro sobre dobradiças invisíveis. O interior era uma escuridão total; um outro armário, com um cabide metálico brilhando no chão e um ponto luminoso, o buraco de uma fechadura. Empurrando o painel para deixá-lo totalmente aberto, Rosemary entrou no segundo armário e espiou. Pelo buraco da fechadura ela viu, a uma distância de uns cinco metros, uma pequena cristaleira que ficava próxima ao corredor do apartamento de Minnie e Roman.

Empurrou a porta. Ela se abriu.

Fechou-a e retornou ao seu próprio closet para pegar a faca; então, atravessou novamente os armários, olhou outra vez pelo buraco da fechadura e abriu uma fresta da porta.

A seguir, escancarou-a, segurando a faca na altura dos ombros, com a ponta virada para a frente.

O vestíbulo se encontrava vazio, mas podia ouvir vozes distantes vindas da sala de estar. O banheiro, que ficava à sua direita, estava com a porta aberta e a luz apagada. O quarto de Minnie e Roman ficava à esquerda, iluminado pelo abajur na mesinha de cabeceira. Não havia nenhum berço, não havia bebê.

Ela caminhou devagar pelo corredor. Uma porta à direita estava trancada; outra, à esquerda, era de um armário de roupas de cama.

Pendurado sobre a cristaleira, havia um pequeno, mas vívido, quadro a óleo de uma igreja em chamas. Antes, ali havia apenas um espaço vazio e um prego; agora, aquela pintura chocante. Parecia a catedral de St. Patrick, com as labaredas amarelas e alaranjadas saindo de suas janelas e subindo pelo telhado destruído.

Onde já o tinha visto? Uma igreja em chamas...

No sonho. Aquele em que tinha sido carregada através do armário de roupas de cama. Guy e alguma outra pessoa tinham dito: "Você a drogou demais". Tinha ido parar em um salão de baile onde uma igreja ardia em chamas. Onde *aquela* igreja ardia em chamas.

Mas como poderia ter acontecido isso?

Será que tinha *realmente* sido carregada através do armário, vendo a pintura ao passarem por ali?

Encontrar Andy. Encontrar Andy. Encontrar Andy.

Com a faca erguida, ela seguiu procurando, à direita e à esquerda. Outras portas estavam fechadas. Viu outro quadro: homens e mulheres nus, dançando em círculo. Foi avançando pelo hall de entrada, pelo arco à direita que dava para a sala de estar. As vozes estavam mais audíveis. "Não se ele ainda estiver esperando pelo avião, mas ele não está!", disse o sr. Fountain e sua fala foi seguida de risos e, então, de silêncio.

No salão de bailes do sonho, Jackie Kennedy tinha conversado com ela e depois saíra, e então todos *eles* tinham aparecido ali, toda a assembleia de bruxos, nus e cantando ao redor dela. Teria sido tudo real, algo que realmente acontecera? Roman com aquela vestimenta preta tinha desenhado sinais sobre o corpo dela. O dr. Sapirstein segurara um cálice com tinta vermelha para ele. Tinta vermelha? Sangue?

"Ah, que diabos, Hayato", disse Minnie, "você está é caçoando de mim! É uma 'pilhéria' como se diz por aí."

Minnie? Já de volta da Europa? E Roman também? Mas ainda ontem tinha recebido um cartão deles, de Dubrovnik, dizendo que iam ficar lá!

Será que tinham realmente viajado?

Rosemary agora se encontrava sob o arco da sala e podia ver as estantes, os arquivos e as mesinhas com as pilhas de jornais e de envelopes. A assembleia estava reunida na outra extremidade da sala, rindo, conversando em voz baixa. Ouvia o tilintar dos gelos nos copos.

Ela segurou a faca com mais força e deu um passo para frente, entrando na sala. Parou, estarrecida.

Num lado da sala, sob uma das grandes janelas, havia um berço preto. Era preto; totalmente preto; forrado em tafetá preto, coberto por um véu de organza preta. Um enfeite de prata preso por um laço de fita preta pendia do berço.

Morto? Mas não, mesmo que ela temesse isso, os babados de organza e o enfeite de prata se moveram.

Ele estava ali dentro. Naquele monstruoso berço de bruxos pervertidos.

O enfeite de prata era um crucifixo pendurado de cabeça para baixo, com a fita preta enrolada e amarrada no tornozelo de Jesus.

Ao imaginar seu bebê deitado ali, tão desamparado, no meio de tal sacrilégio e perversão, lágrimas vieram aos olhos de Rosemary e, de repente, foi tomada por uma sensação de derrota, uma vontade de chorar e se render completamente diante um mal tão elaborado e inominável. Porém, resistiu à cena; apertou bem os olhos para não chorar, rezou uma rápida Ave Maria e reuniu toda a sua determinação e também todo o seu ódio; ódio de Minnie e Roman, Guy, dr. Sapirstein — todos que tinham conspirado para roubar Andy dela e usá-lo para os fins mais repulsivos. Enxugou as mãos no penhoar, jogou o cabelo para trás, segurou mais firme ainda o cabo da faca e deu um passo à frente, para que todos a vissem e soubessem que ela havia chegado.

Insanamente, não a viram. Continuaram conversando, rindo, bebendo, desfrutando a festa, como se ela fosse um fantasma, ou estivesse na cama sonhando; Minnie, Roman, Guy (discutindo contratos!), sr. Fountain, os Wees, Laura-Louise e um japonês de óculos e cara de intelectual — todos reunidos sob um retrato de Adrian Marcato sobre a lareira. Só ele a enxergava. Permaneceu olhando fixo para ela, imóvel, poderoso; mas inofensivo, pois era apenas uma pintura...

Então Roman também a viu; colocou o drinque sobre a mesa e tocou o braço de Minnie. O silêncio se espalhou e aqueles que estavam sentados de costas para Rosemary se viraram com semblantes inquisitivos. Guy fez menção de levantar-se, mas desistiu. Laura-Louise pôs as mãos na boca e começou a sussurrar algo. Helen Wees disse: "Volte para a cama, Rosemary; você sabe que não devia ter se levantado e nem ficar andando por aí". Ou estava louca ou usando psicologia.

"Essa é a mãe?", perguntou o japonês e, quando Roman assentiu, ele disse: "Ah, xiiiiiii", e olhou para Rosemary com interesse.

"Ela matou a Leah", disse o sr. Fountain, levantando-se. "Ela matou a minha Leah. Matou? Onde está ela? Você matou a minha Leah?"

Rosemary olhou-os fixamente, olhou para Guy. Ele baixou o olhar, ruborizado.

Ela levantou ainda mais a faca. "Sim", ela disse, "eu a matei. Esfaqueei-a até a morte. E depois limpei minha faca e vou esfaquear e matar quem chegar perto de mim. Conte a eles quão afiada ela é, Guy!"

Ele não disse nada. O sr. Fountain sentou-se, com a mão no peito. Laura-Louise deu um gritinho.

Sempre mantendo todos sob seus olhos, Rosemary cruzou a sala em direção ao berço.

"Rosemary", disse Roman.

"Cale a boca", ela disse.

"Antes de você olhar —"

"Cale a boca", ela disse. "Você está em Dubrovnik. Não consigo ouvi-lo."

"Deixe-a", disse Minnie.

Ela seguiu vigiando todos até chegar perto do berço, que estava virado para eles. Com a mão livre, pegou a alça preta e, lentamente, foi virando o berço em sua direção para poder olhar melhor. O tafetá farfalhou; as rodinhas pretas rangeram.

Dormindo e calmo, tão pequeno e rosado, Andy estava ali todo enrolado em uma manta preta, com luvinhas pretas presas com um laço nos pulsos. Tinha cabelo ruivo, um surpreendente volume, sedoso e escovado. *Andy! Oh, Andy!* Ela se inclinou sobre ele, com a faca virada para o lado; os lábios do bebê se moveram, ele abriu os olhos e olhou para ela. Tinha olhos amarelos, totalmente amarelos, sem o branco dos olhos, sem íris; totalmente amarelos, com pupilas que eram um traço preto vertical.

Rosemary olhou para ele.

Ele olhou para ela, um olhar dourado, e então, o fixou no crucifixo que balançava.

Ela encarou todos que a observavam e, segurando firmemente a faca, gritou: "*O que vocês fizeram com os olhos dele?*".

Todos ficaram inquietos e olharam para Roman.

"Ele tem os olhos do Pai", ele disse.

Ela olhou para ele, em seguida olhou para Guy — cujos olhos estavam escondidos pelas mãos —, olhou para Roman de novo. "O que você está *dizendo*?", ela perguntou. "Os olhos de Guy são *castanhos*, são *normais*! O que vocês *fizeram* com o bebê, seus maníacos?" Ela se afastou do berço, pronta para matá-los.

"Satã é Seu Pai e não Guy", disse Roman. "*Satã* é Seu Pai, que se ergueu do Inferno e plantou seu Filho numa mulher mortal! Para se vingar das iniquidades cometidas pelos adoradores de Deus sobre Seus fiéis seguidores!"

"Ave, Satã", disse o sr. Wees.

"*Satã* é Seu Pai e Seu nome é Adrian", gritou Roman, com uma voz cada vez mais elevada e orgulhosa, com uma postura mais forte e agressiva. "Ele derrotará os poderosos e destruirá seus templos! Ele redimirá os desprezados e trará a vingança em nome dos que foram queimados e perseguidos!"

"Ave, Adrian", disseram. "Ave, Adrian." "Ave, Adrian." E "Ave Satã!" "Ave, Satã!" "Ave, Adrian." "Ave, Satã."

Ela balançou a cabeça. "Não", murmurou.

Minnie disse: "Ele escolheu *você* em todo o mundo, Rosemary. Entre todas as mulheres de todo o mundo, Ele escolheu *você*. Ele trouxe você e Guy para o apartamento, Ele fez com que aquela idiota da, qual era mesmo o nome, Terry, fez com que ela ficasse amedrontada e apalermada de modo que tivéssemos que mudar nossos planos, Ele organizou tudo que *tinha* que ser organizado, porque Ele queria que *você* fosse a mãe de Seu Único Filho vivo."

"Seu poder é mais forte que toda a força", disse Roman.

"Ave, Satã", disse Helen Wees.

"Seu poder durará mais do que todo o tempo."

"Ave, Satã", disse o japonês.

Laura-Louise retirou as mãos da boca. Guy olhou para Rosemary por entre os dedos.

"Não", ela disse, "não", com a faca junto ao corpo. "Não. Não pode *ser*. Não."

"Dê uma olhada em Suas mãos", disse Minnie. "E em Seus pés."

"E em Seu rabo", disse Laura-Louise.

"E nos Seus chifres despontando," disse Minnie.

"Oh, Deus!", Rosemary exclamou.

"Deus está morto", disse Roman.

Ela virou-se para o berço, deixou cair a faca e voltou-se novamente para o grupo que a observava. "Oh, meu Deus!", exclamou cobrindo o rosto. "Oh, meu Deus!" E ergueu as mãos e gritou para o teto: "*Oh, meu Deus! Meu Deus! Meu Deus! Meu Deus! Meu Deus!*".

"Deus está MORTO!", disse Roman como um trovão. "*Deus está morto e Satã vive! É o Ano Um, o primeiro ano de nosso Senhor! É o Ano Um, Deus acabou! É o Ano Um, a era de Adrian começou!*"

"Ave, Satã!", todos gritaram. "Ave, Adrian!" "Ave Adrian!" "Ave Satã!"

Rosemary foi se afastando — "Não, não" —, foi se afastando até ficar entre duas mesas de jogo. Havia uma cadeira ao lado dela; sentou-se e os encarou. "Não."

O sr. Fountain saiu apressadamente da sala em direção ao corredor. Guy e o sr. Wees, também às pressas, foram atrás dele.

Minnie se aproximou de Rosemary e, grunhindo enquanto se abaixava, apanhou a faca e a levou para a cozinha.

Laura-Louise aproximou-se do berço e balançou-o possessivamente, conversando baixinho com o bebê. O tafetá preto farfalhou; as rodinhas rangeram.

Rosemary permaneceu na cadeira, olhando para o nada. "Não", repetiu.

O sonho. O sonho. Tinha sido real. Aqueles olhos amarelos que haviam encontrado os seus. "Oh, Deus", ela disse.

Roman veio até ela. "O Clare está só de fingimento", ele disse, "fingindo sentir a morte de Leah. Ele não está assim tão consternado quanto parece. Ninguém gostava dela de verdade; era avarenta, material e emocionalmente. Por que você não nos ajuda, Rosemary, sendo uma verdadeira mãe para Adrian? E daremos um jeito para que não seja punida por tê-la matado. De um modo que ninguém jamais descobrirá nada disso. Você nem precisa se juntar a nós se não quiser; apenas seja a mãe de seu bebê." Ele se inclinou e sussurrou: "Minnie e Laura-Louise estão muito velhas. Não é o certo."

Ela o encarou.

Ele se endireitou e disse: "Pense bem sobre isso, Rosemary".

"Eu não a matei", ela disse.

"Não?"

"Só lhe dei uns comprimidos", ela disse. "Está apenas dormindo."

"Ah!", ele disse.

A campainha tocou.

"Com licença", ele pediu desculpas e saiu para atender a porta. "De qualquer maneira, pense bem sobre isso", ele disse sobre os ombros.

"Meu *Deus*", ela disse.

"Cala a boca com esses 'Meu Deus' ou mataremos você", disse Laura-Louise balançando o berço. "Com ou sem leite."

"Cale a boca *você*", retrucou Helen Wees, indo até Rosemary e oferecendo um lenço umedecido. "Rosemary é a mãe Dele, não importa como ela se comporte," ela disse. "Lembre-se disso e tenha mais respeito."

Laura-Louise resmungou algo baixinho.

Rosemary limpou a testa e as bochechas com o lenço úmido. O japonês, sentado em um pufe do outro lado da sala, encarou-a, deu um largo sorriso e fez uma reverência com a cabeça. Ele segurava uma máquina fotográfica na qual colocava filme, e a movia para cima e para baixo na direção do berço, sorrindo e assentindo com a cabeça. Rosemary olhou para baixo e começou a chorar. Ela tentava enxugar os olhos.

Roman entrou segurando pelo braço um homem robusto, bonito, moreno, que vestia uma roupa toda branca e usava sapatos da mesma cor. Ele carregava um grande caixa embrulhada em papel azul-claro estampado com ursinhos e pirulitos. Sons musicais vinham da caixa. Todos se apressaram em cumprimentá-lo. "Estávamos preocupados", diziam, e "prazer", "aeroporto", "e "Stavropoulos", e "ocasião". Laura-Louise levou o pacote para perto do berço. Ela o ergueu para que o bebê o visse, chacoalhou a caixa para que ele escutasse os sons e a colocou no assento da janela, junto de vários outros pacotes de presente também embrulhados com papel azul e alguns embrulhados em papel preto e atados com fitas pretas.

"Exatamente depois da meia-noite do dia 25 de junho", disse Roman. "Bem na metade do ano de você sabe quem... Não é perfeito?"

"Mas por que se mostram tão surpresos?", perguntou o recém-chegado com as mãos erguidas. "Pois Edmond Lautréamont, há trezentos anos, já não tinha previsto 25 de junho?"

"De fato, ele previu", disse Roman, sorrindo, "mas é uma bela novidade que suas previsões tenham se mostrado tão acertadas." Todos riram. "Venha, meu amigo", disse Roman, conduzindo o recém-chegado, "venha vê-lo. Venha ver a Criança."

Dirigiram-se ao berço, que Laura-Louise guardava com um sorriso de posse, aproximaram-se e olharam, silenciosamente. Depois de alguns instantes, o recém-chegado se ajoelhou.

Guy e o sr. Wees entraram.

Eles esperaram no arco da porta até que o recém-chegado tivesse se levantado e, então, Guy dirigiu-se a Rosemary: "Leah ficará bem", ele disse, "Abe está lá cuidando dela". Ele ficou olhando para ela, esfregando as mãos nos lados do corpo. "Eles me prometeram que não fariam mal a você", ele disse. "E, realmente, não fizeram. Quer dizer, imagine que você teve um bebê e o perdeu; não seria a mesma coisa? E nós vamos receber tanto em troca, Rô."

Rosemary colocou o lenço sobre a mesa e olhou para Guy. Com toda a força de que dispunha, cuspiu nele.

Ele ficou corado e se afastou, limpando-se com a manga do paletó. Roman chamou-o para lhe apresentar o recém-chegado, Argyron Stavropoulos.

"Quão orgulhoso o senhor deve estar", disse Stavropoulos, apertando a mão de Guy. "Mas e a mãe, não se encontra aqui? Por que, em nome de —" Roman lhe interrompeu e lhe falou ao ouvido.

"Tome", disse Minnie, oferecendo a Rosemary uma xícara de um chá fumegante. "Beba isso e você se sentirá um pouco melhor."

Rosemary olhou para o chá e voltou a olhar para Minnie. "O que tem aí?", ela perguntou, "raiz de tânis?"

"Não tem *nada* aí", disse Minnie. "É de limão com açúcar. Um simples e comum chá Lipton. Beba." Ela colocou a xícara ao lado do lenço.

A solução seria matá-lo. Óbvio. Esperar até que todos estivessem sentados do outro lado da sala, então correr, empurrar Laura-Louise, agarrar o bebê e jogá-lo pela janela. E saltar logo em seguida. *Mãe joga bebê e se atira do Bramford.*

Salvar o mundo de Deus sabe o quê. De Satã sabe o quê.

Um rabo! Os chifres despontando!

Ela queria gritar, morrer.

Era o que faria, iria jogá-lo e se atirar depois.

Todos eles estavam circulando pela sala agora. Um agradável coquetel. O japonês tirava fotografias: de Guy, de Stavropoulos, de Laura-Louise segurando o bebê.

Ela virou a cabeça, evitando ver a cena.

Aqueles olhos! Como os olhos de um animal, de um tigre, não de um ser humano!

Ele *não era* um ser humano, é claro. Ele era — algum tipo de híbrido.

Mas como era encantador e meigo antes de ter aberto aqueles olhos amarelos! O queixinho, meio parecido com o de Brian; a boquinha linda; e todo aquele adorável cabelo ruivo... Gostaria de vê-lo mais uma vez; se pelo menos ele não abrisse aqueles olhos amarelos e bestiais.

Provou o chá. Era chá mesmo.

Não, não *podia* jogá-lo pela janela. Era seu filho, não importa quem fosse o pai. O que precisava fazer era levá-lo a alguém que compreendesse. Um padre, talvez. Sim, essa era a resposta; um padre. Era um problema que a Igreja tinha que resolver. Um problema para o papa e todos os cardeais resolverem, não a tola Rosemary Reilly, de Omaha.

Matar era errado, a despeito das circunstâncias.

Bebeu mais um pouco de chá.

O bebê começou a choramingar porque Laura-Louise estava balançando o bercinho rápido demais e, em seguida, a idiota, é claro, balançou-o ainda mais depressa.

Ela aguentou aquilo o quanto pôde e, então, levantou-se e foi para perto do berço.

"Saia daqui", disse Laura-Louise. "Não chegue perto Dele. Roman!"

"Você está embalando muito rápido", ela disse.

"Senta aí!", disse Laura-Louise, e, para Roman: "Tira ela daqui. Mande-a de volta pro lugar dela!".

Rosemary disse: "Ela está balançando o berço muito rápido; é por isso que o bebê está chorando".

"Meta-se com sua vida!", disse Laura-Louise.

"Deixe que Rosemary O embale", disse Roman.

Laura-Louise o encarou.

"Vá", ele disse, postando-se atrás do berço. "Sente-se com os outros. Deixe que Rosemary O embale."

"Não é seguro —"

"*Vá, Laura-Louise, sente-se com os outros.*"

Ela bufou e saiu.

"Embale-O", disse Roman a Rosemary, sorrindo. Ele mesmo, segurando a alça, começou a balançar o bercinho de um lado para o outro.

Ela permaneceu imóvel e o encarou. "Você está tentando — despertar meu instinto maternal."

"E você *não é* a mãe Dele?", perguntou Roman. "Vamos, embale-O até que Ele pare de chorar."

Ela colocou a mão na alça preta do berço até segurá-la com firmeza. Durante alguns segundos, ambos balançaram juntos, mas depois, Roman se retirou e ela continuou a movê-lo sozinha, leve e vagarosamente. Deu uma espiada no bebê, viu os olhos amarelos e desviou o olhar para a janela. "É preciso pôr óleo nas rodinhas", ela disse. "Esse barulho também pode estar incomodando."

"Vou pôr", disse Roman. "Está vendo? Ele parou de reclamar. Ele sabe quem você é."

"Não seja idiota", respondeu Rosemary, olhando novamente para o bebê. Ele olhava para ela. Até que seus olhos não eram assim feios, agora que já se acostumara. Era surpreendente que tivesse se sentido perturbada por eles. Eram bonitos, de algum modo. "Como são as mãos dele?", ela perguntou, balançando o bercinho.

"São muito bonitas", disse Roman. "Ele tem garras, mas pequenas e peroladas. As luvas são só para evitar que Ele se arranhe e não porque Suas mãos não são bonitas."

"Ele parece desconfortável", ela disse.

O dr. Sapirstein entrou. "Que noite cheia de surpresas", ele disse.

"Saia de perto", disse Rosemary, "ou vou cuspir na sua cara."

"Saia, Abe", disse Roman, e o dr. Sapirstein assentiu e se afastou.

"Não é com você", Rosemary disse ao bebê. "Não é *sua* culpa. Estou furiosa com *eles*, porque me enganaram e mentiram para mim. Não precisa ficar preocupado; não vou fazer mal a você."

"Ele sabe disso", disse Roman.

"Então por que parece estar assim tão tenso?", disse Rosemary. "Pobrezinho. Olhe para ele."

"Espere um minuto", disse Roman. "Tenho que dar atenção aos meus convidados. Voltarei logo." Roman se afastou deixando-a só.

"Palavra de honra que não vou fazer mal a você", ela disse ao bebê. Inclinando-se sobre o berço, desamarrou a gola do casaquinho do filho. "A Laura-Louise deu um laço muito apertado, não é? Vou soltar um pouquinho e você se sentirá melhor. Você tem um queixo muito bonito; sabia disto? Tem olhos amarelos estranhos, mas o queixinho é muito bonito."

Deu um novo laço na roupinha, deixando o bebê mais confortável. Pobre criaturinha.

Não podia ser mau *de todo*, simplesmente *não podia*. Mesmo que tivesse uma parte de Satã, ele não tinha a outra metade *dela* também, metade decente, comum, sensível, humana? Se ela agisse *contra* eles, exercendo uma boa influência para contrabalançar a ação nefasta deles...

"Sabe que você tem um quartinho só seu?" ela disse, soltando um pouco a manta em que ele estava enrolado. "Tem um papel de parede branco e amarelo e um berço branco com grades amarelas, e não tem nadinha deste preto macabro no seu quarto. Vou lhe mostrar, quando estiver pronto para a próxima mamada. Caso esteja curioso, acontece que *eu* sou a mulher que tem fornecido todo o leite que você tem tomado. Aposto que pensou que vinha em garrafas, não é? Pois então, não vem; vem das *mães* e eu sou a sua. Isso mesmo, sr. Carinha-preocupada. Parece que você recebeu essas notícias sem muito entusiasmo."

O silêncio fez com que ela olhasse em volta. Estavam todos ao redor dela para observá-la, parados a uma distância respeitosa.

Ela se sentiu enrubescer e tornou a ajeitar a manta do bebê. "*Deixe* que olhem", ela disse; "nós não nos importamos, não é mesmo? Só queremos nos sentir bem protegidos e confortáveis, só isso. Prontinho. Melhor?"

"Ave, Rosemary", disse Helen Wees.

Todos os outros repetiram. "Ave, Rosemary." "Ave, Rosemary." Minnie, Stavropoulos e o dr. Sapirstein. "Ave, Rosemary." E Guy repetiu também. Laura-Louise moveu os lábios, mas não disse nada.

"Ave, Rosemary, mãe de Adrian!", disse Roman.

Ela olhou por cima do berço. "É Andrew", ela disse. "Andrew John Woodhouse."

"Adrian Steven", disse Roman.

Guy disse: "Escute, Roman", e Stavropoulos, que estava ao lado de Roman, tomando-lhe pelo braço perguntou: "Será que o nome é tão importante assim?"

"É sim. É. É importante", respondeu Roman. "Seu nome é Adrian Steven."

Rosemary disse: "Compreendo porque você deseje chamá-lo assim, mas sinto muito, não será possível. Seu nome é Andrew John. Ele é meu filho e não seu, e sobre isso não vou nem discutir. Sobre isso e sobre as roupinhas. Ele não pode vestir só preto".

Roman abriu a boca, mas Minnie disse: "Ave, Andrew", em voz alta, olhando diretamente para Roman.

E todos os outros repetiram "Ave, Andrew" e "Ave, Rosemary, mãe de Andrew!" e "Ave, Satã!"

Rosemary acariciou a barriguinha do filho. "Você não tinha gostado de 'Adrian', não é?", ela perguntou ao bebê. "Acho que não mesmo. 'Adrian Steven'! Será que você, por favor, pode parar de fazer essa carinha de preocupação?" Ela tocou na pontinha do nariz dele. "Você ainda não sabe sorrir, Andy? Sabe? Vamos, pequeno Andy-dos-olhos-engraçados, sabe sorrir? Pode dar um sorriso para a mamãe?" Ela balançou o enfeite de prata fazendo-o girar. "Vamos lá, Andy", ela disse. "Um sorrisinho. Vamos lá, grande-Andy."

O japonês se aproximou com a máquina fotográfica, agachou-se e, em rápida sucessão, tirou duas, três, quatro fotografias.

others.

Laura-Louise.

ay.

he bassinet back and
its hood. Rosemary

be his

overed handle come
gers around it. For
net between them,
emary rocks it alone,
thdraws silently to
emi-circle, watching.
and looks at the

```
ndle come
nd it.  For
en them,
ks it alone,
ilently to
e, watching.
ks at the
 finger to
 crouching
    Very
 the window,
t and cars
he buildings
 city.
```

          MR. CASTEVET
Go on. Sit down with the others.
Let Rosemary rock Him.

          LAURA-LOUISE
She's liable –

          MR. CASTEVET
<u>Sit down with the others, Laura-Louise.</u>

Laura-Louise huffs and marches away.

          MR. CASTEVET
Rock him.

IRA LEVIN (1929-2007) publicou seu primeiro romance aos 22 anos, o clássico policial *Um Beijo Antes de Morrer* (1953), seguido de sua primeira peça teatral, *No Time for Sergeants* (1956), baseado no romance de Mac Hyman, ambos adaptados para o cinema, lançando uma carreira que se destacou pelo sucesso como romancista e dramaturgo. Seus romances icônicos mantêm o mesmo impacto e relevância cultural cerca de cinquenta anos após sua escrita, entre eles *O Bebê de Rosemary* (1967), *The Stepford Wifes* (1971) e *Os Meninos do Brasil* (1976). Natural de Nova York e formado pela Horace Mann School e pela Universidade de Nova York, Levin foi indicado ao Tony Award e recebeu prêmios pelo conjunto da obra da Mystery Writers of America e da Horror Writers

Concluído em agosto de 1966,
em Wilton, Connecticut,
e dedicado a Gabrielle

Porque para Deus nada é impossível.
— LUCAS 1:37 —

DARKSIDEBOOKS.COM

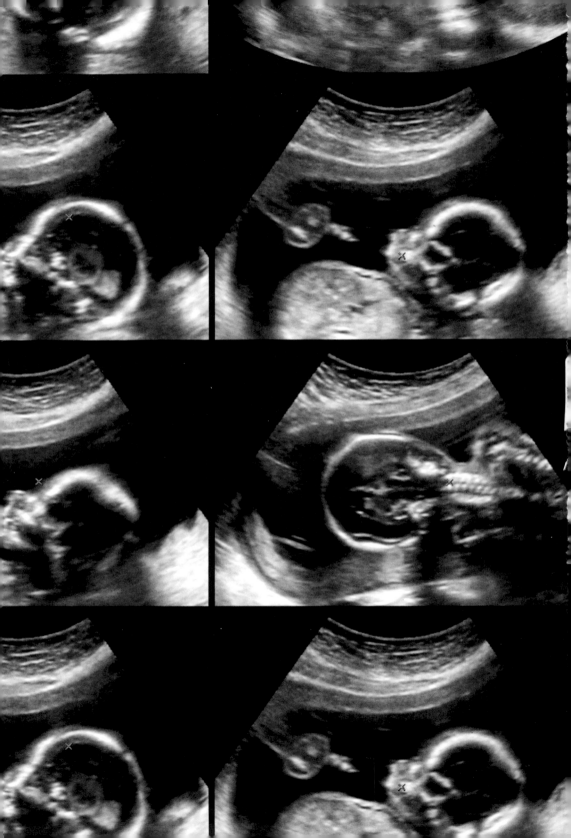